O SILÊNCIO DAS MULHERES

The silence of the girls
Copyright © Pat Barker, 2018

Tradução © 2022 by Book One
Todos os direitos de tradução reservados e protegidos pela Lei 9.610 de 19/02/1998. Nenhuma parte desta publicação, sem autorização prévia por escrito da editora, poderá ser reproduzida ou transmitida sejam quais forem os meios empregados: eletrônicos, mecânicos, fotográficos, gravação ou quaisquer outros.

Tradução	*Lina Machado*
Preparação	*Tainá Fabrin*
Revisão	*Letícia Nakamura*
	Tássia Carvalho
Arte, projeto gráfico, adaptação de capa e diagramação	*Francine C. Silva*
Tipografia	*Adobe Garamond Pro*
Impressão	*Ipsis*

Dados Internacionais de Catalogação na Publicação (CIP)
Angélica Ilacqua CRB-8/7057

B237s   Barker, Pat
        O silêncio das mulheres / Pat Barker; tradução de Lina Machado. – São Paulo: Excelsior, 2022.
        304 p.
        ISBN 978-65-87435-64-0
        Título original: *The silence of the girls*
        1. Ficção inglesa 2. Briseida (Personagem fictício) 3. Troia, Guerra de – Ficção I. Título II. Machado, Lina

21-5724   CDD 823

O SILÊNCIO DAS MULHERES

EXCELSIOR
BOOK ONE

São Paulo
2022

PAT BARKER

Para meus filhos, John e Anna;
e, sempre, em memória de David.

"Sabem como a literatura europeia começa?", perguntava
ele, depois de fazer a chamada na primeira aula da turma.
"Com uma briga. Toda a literatura europeia vem de
uma briga." Então, pegou seu exemplar da *Ilíada* e
leu os primeiros versos para os alunos.
'*Canta-me, ó deusa, do Peleio Aquiles*
A ira tenaz, que, lutuosa aos Gregos,
Verdes no Orco lançou mil fortes almas,
Corpos de heróis a cães e abutres pasto:
Lei foi de Jove, em rixa ao discordarem
O de homens chefe e o Mirmidon divino.'
E por que brigam esses dois grandiosos e violentos espíritos?
Por algo digno de uma briga de bar. Disputam uma mulher.
Uma garota, na verdade. Uma garota roubada do pai.
Capturada numa guerra."

A marca humana[1], Philip Roth

---

1 Publicado pela editora Companhia das Letras, em 2002. (N.E.)

PARTE UM

1

Grandioso Aquiles. Fenomenal Aquiles, resplandecente Aquiles, divino Aquiles… Como os epítetos se acumulam. Nunca o chamamos de nada disso; nós o chamávamos de "o açougueiro".

Veloz Aquiles. Agora, esse é interessante. Mais do que qualquer outra coisa, mais do que a excelência, mais do que a grandiosidade, sua velocidade o definia. Conta-se que uma vez ele perseguiu o deus Apolo pelas planícies de Troia. Encurralado, afinal, Apolo supostamente disse:

— Não pode me matar, sou imortal.

— É claro — respondeu Aquiles. — Mas ambos sabemos que, se não fosse imortal, você estaria morto.

Ninguém podia ter a última palavra; nem mesmo um deus.

Eu o ouvi antes de vê-lo, seu grito de guerra ecoando pelas muralhas de Lirnesso.

Nós, mulheres — crianças também, é claro —, recebemos ordens de ir para a cidadela, levando uma muda de roupas e tanta comida quanto pudéssemos carregar. Como toda mulher casada respeitável, eu raramente deixava minha casa — embora no meu caso devo admitir que a casa era um palácio —, então, andando pela rua em plena luz do dia, eu me sentia como em um dia de festival. Quase. Sob as risadas, brincadeiras e piadas ditas aos gritos, acho que estávamos todas com medo. Sei que eu estava. Todas sabíamos que os homens estavam sendo rechaçados; a batalha antes travada na praia e no porto estava agora bem diante dos portões. Conseguíamos ouvir gritos, berros, espadas chocando-se contra escudos; e sabíamos o que nos esperava se a cidade caísse. Ainda assim, o perigo não *parecia* real, pelo menos não para mim, e duvido que as outras estivessem mais próximas de apreendê-lo. Como era possível que essas muralhas, que nos protegeram por toda a nossa vida, caíssem?

Por todas as vielas estreitas da cidade, pequenos grupos de mulheres carregando bebês ou levando crianças pela mão se dirigiam para a praça principal. Sol forte, vento cortante e a sombra escura da cidadela se esticando para nos abarcar. Com a vista ofuscada por um momento, tropecei, passando da luz às sombras. As mulheres comuns e as escravas se agruparam juntas no porão, enquanto as da família real e da aristocracia ocuparam o andar superior. Subimos toda a tortuosa escada, mal conseguindo pisar com segurança nos degraus estreitos, girando, girando e girando até que enfim chegamos, de repente, a um grande aposento vazio. Feixes de luz vindos das janelas estreitas estendiam-se pelo chão a intervalos, deixando cantos do cômodo nas sombras. Devagar, observamos o espaço, escolhendo lugares para nos sentar, depositar nossos pertences e tentar criar algo que parecesse um lar.

A princípio estava fresco, mas, conforme o sol se elevou, o ambiente ficou quente e abafado. Faltava ar. Em algumas horas o cheiro de corpos suados, leite, fezes de crianças e sangue menstrual tornou-se quase insuportável. Bebês e crianças pequenas ficaram irritados no calor. Mães deitaram as crianças mais novas em lençóis e as abanaram, enquanto os irmãos e irmãs mais velhos corriam de um lado para o outro, agitados, sem de fato entender o que estava acontecendo. Um par de meninos, de dez ou onze anos, jovens demais para lutar, se postaram no topo da escada e fingiram rechaçar os invasores. As mulheres se encaravam, com a boca seca, sem falar muito, enquanto lá fora a gritaria aumentou e um som forte de pancadas nos portões começou. De novo e de novo, aquele grito de guerra soava, tão inumano quanto o uivo de um lobo. Pela primeira vez, as mulheres que tinham filhos invejaram as que tinham filhas, pois às garotas seria permitido viver. Os garotos, se estivessem próximos da idade de lutar, eram normalmente abatidos. Até mesmo mulheres grávidas eram mortas às vezes, com uma lança atravessando a barriga, pelo risco de seu bebê ser um menino. Notei Ismênia, grávida de quatro meses do meu marido, pressionando com força as mãos contra a barriga, tentando se convencer de que não dava para notar a gravidez.

O SILÊNCIO DAS MULHERES

Nos últimos dias, eu havia percebido que ela me encarava; Ismênia, que antes fora tão cuidadosa em evitar o meu olhar, e sua expressão dizia, com mais clareza do que quaisquer palavras: *Agora é sua vez. Vamos ver como se sente.* Era doloroso, aquele olhar impertinente e obstinado. Eu vinha de uma família na qual escravos eram tratados com bondade e, quando meu pai me deu em casamento para Mines, o rei, continuei essa tradição na minha própria casa. Fui bondosa com Ismênia, ou achei que havia sido; porém, talvez nenhuma bondade pudesse existir entre proprietário e escravo, apenas diferentes graus de brutalidade? Encarei Ismênia do outro lado da sala e pensei: *Sim, você está certa. Agora é a minha vez.*

Ninguém falava em derrota, apesar de todas nós a esperarmos. Quer dizer, exceto por uma velha, a tia-avó de meu marido, que insistia que essa retirada para os portões era apenas um estratagema. Mines apenas estava os enganando, ela argumentava, atraindo-os, sem que percebessem, para uma armadilha. Íamos vencer, perseguir os gregos salteadores até o mar; e creio que algumas das mulheres mais jovens acreditavam nela. Mas então, aquele grito de guerra soou mais uma vez, e mais outra, cada vez mais perto, e todas sabíamos quem era, embora ninguém dissesse seu nome.

O ar estava pesado com o conhecimento prévio do que teríamos de enfrentar. Mães abraçavam filhas que estavam crescendo rápido, mas ainda não estavam na idade de casar. Meninas de nove ou dez anos não seriam poupadas. Ritsa se inclinou para mim.

— Bem, pelo menos, nós não somos virgens.

Ela dava um sorriso largo enquanto falava, revelando falhas nos dentes, causadas por longos anos tendo filhos, mas sem nenhuma criança viva no fim das contas. Assenti com a cabeça e forcei um sorriso, mas não falei nada.

Eu estava preocupada com minha sogra, que decidira ficar para trás no palácio em vez de ser carregada para a cidadela numa liteira; preocupada e exasperada comigo mesma por estar preocupada, pois, se nossas posições estivessem invertidas, com certeza ela não se preocuparia comigo. Ela estava doente há um ano, com uma enfermidade que fizera sua barriga inchar e retirou-lhe a carne dos ossos. Por fim, decidi que precisava ir até ela, ao menos para ver se tinha água e comida suficientes. Ritsa teria ido comigo, ela já estava de pé, mas neguei com um gesto.

— Não vou levar mais que um minuto — falei.

Do lado de fora, inspirei profundamente. Mesmo naquele momento, com o mundo prestes a explodir e desabar ao meu redor, senti o alívio de respirar ar puro. Poeirento e quente, queimou minha garganta, mas ainda assim carregava um aroma fresco se comparado à atmosfera fétida do aposento no andar superior. A rota mais rápida até o palácio atravessava a praça principal, mas eu podia ver flechas espalhadas pela poeira e, enquanto observava, uma voou sobre as muralhas e se cravou, tremulando, numa pilha de lixo. *Não, é melhor não arriscar.* Corri por uma rua lateral tão estreita que as casas se elevando acima de mim mal deixavam alguma luz passar. Alcançando as paredes do palácio, entrei por um portão lateral que devia ter sido deixado destrancado quando os servos fugiram. Cavalos relinchavam nos estábulos à minha direita. Cruzei o pátio e corri rapidamente ao longo de uma passagem que levava ao átrio principal.

Pareceu-me estranho, com o enorme e imponente aposento com o trono de Mines na extremidade mais distante. A primeira vez que adentrei esse salão foi no dia de meu casamento, carregada da casa de meu pai em uma liteira, após o anoitecer, cercada por homens portando tochas flamejantes. Mines, com a mãe, a rainha Maire, ao seu lado, estava à espera para me receber. O pai dele morrera no ano anterior, ele não tinha irmãos e era vital que tivesse um herdeiro. Então, estava se casando, muito mais jovem do que os homens costumam se casar, embora sem dúvida ele já tivesse se deitado com todas as mulheres do palácio e também com alguns cavalariços para se divertir ao longo do caminho. Que decepção eu devo ter sido quando, enfim, desci da liteira e esperei tremendo enquanto as criadas retiravam meu manto e meus véus: uma coisinha magricela, só cabelo e olhos e quase nenhuma curva à vista. Pobre Mines. Sua ideia de beleza feminina era uma mulher tão gorda que se lhe desse uma palmada no traseiro pela manhã, ela ainda estaria tremendo quando ele voltasse para casa para jantar. Mas ele fez o melhor que pôde, todas as noites, por meses, labutando entre minhas coxas nada voluptuosas, com tanta vontade quanto um cavalo de carga entre os varais, mas, quando uma gravidez não veio, ele logo se entediou e voltou para seu primeiro amor: uma mulher que trabalhava nas cozinhas e que, com a sutil mistura de carinho e agressividade de uma escrava, o levara para a cama quando ele tinha apenas doze anos.

O SILÊNCIO DAS MULHERES

Mesmo naquele primeiro dia, olhei para a rainha Maire e soube existir uma batalha à minha frente. Só que não fora apenas uma batalha, mas toda uma guerra sangrenta. Quando completei dezoito anos, já era veterana de muitas campanhas longas e acirradas. Mines parecia ignorar por completo as tensões, mas, na minha experiência, os homens são curiosamente cegos à agressividade nas mulheres. *Eles* são os guerreiros, com seus capacetes e armaduras, suas espadas e lanças, e parecem não notar nossas lutas, ou preferem não notá-las. Talvez, se percebessem que não somos as criaturas dóceis que acreditam que somos, sua paz de espírito seria perturbada?

Se eu tivesse tido um bebê, um menino, tudo teria mudado, mas ao final de um ano eu ainda usava meu cinto de forma desafiadoramente apertada, até que Maire, desesperada em seu desejo por um neto, apontou para minha cintura estreita e zombou abertamente. Não sei o que teria acontecido se ela não tivesse adoecido. Ela já havia escolhido uma concubina de uma das famílias nobres; uma garota que, embora não casada pela lei, teria se tornado rainha em tudo, exceto no nome. Contudo, a barriga da própria Maire começou a crescer. Ela ainda era jovem o bastante para que houvesse ondas de escândalo. *De quem era?,* todos perguntavam. Ela nunca deixava o palácio, a não ser para rezar diante do túmulo do marido! Mas então ela começou a ficar com a pele amarelada e a perder peso e passou a ficar em seus aposentos a maior parte do tempo. Sem ela para conduzi-las, as negociações pela concubina de dezesseis anos vacilaram e cessaram. Era a minha oportunidade, a primeira que tive, e agarrei-a. Em pouco tempo, todos os oficiais do palácio, antes leais a Maire, passaram a responder a mim. E o palácio não estava pior administrado do que quando ela estava no comando. Se é que havia diferença, a administração se tornara mais eficiente.

Fiquei parada no centro do salão, lembrando-me dessas coisas, e o palácio que normalmente era tão barulhento, com vozes, panelas tinindo, pés apressados, estendia-se ao meu redor tão silencioso quanto uma tumba. Ah, eu ainda podia ouvir os sons da batalha fora das muralhas da cidade, mas, como o zumbido intermitente de uma abelha numa noite de verão, o som parecia apenas intensificar o silêncio.

Gostaria de ter ficado lá no salão ou, melhor ainda, de ir para o pátio interno e me sentar sob minha árvore favorita, mas sabia que Ritsa se preocuparia comigo, então segui devagar pelas escadas e passei pelo corredor principal em direção ao quarto de minha sogra. A porta rangeu quando a abri. O quarto estava na penumbra; Maire mantinha as cortinas fechadas, seja porque a luz lhe ferisse a vista ou porque desejava esconder do mundo sua aparência alterada, eu não sabia dizer. Ela havia sido uma mulher muito bela, e algumas semanas antes eu havia notado que o precioso espelho de bronze que era parte de seu dote não estava à vista.

Houve um movimento na cama. Um rosto pálido se voltou para mim nas sombras.

— Quem é?

— Briseida.

No mesmo instante, virou o rosto. Não era esse o nome que ela esperava ouvir. Havia se afeiçoado a Ismênia, que supostamente estava carregando o filho de Mines; e é provável que estivesse, embora com a vida que as escravas levavam, não fosse sempre possível saber quem era o pai de uma criança. Mas nessas últimas semanas e meses de desespero, aquela criança se tornara a esperança de Maire. Sim, Ismênia era uma escrava, mas escravas podem ser libertas, e se a criança fosse um menino...

Avancei mais para dentro do quarto.

— Tem tudo de que precisa?

— Sim — respondeu sem pensar, apenas querendo que eu fosse embora.

— Tem água suficiente?

Ela olhou para a mesa de cabeceira. Dei a volta na cama e peguei a jarra, que estava quase cheia. Enchi uma caneca para ela e depois fui reabastecer a jarra numa tigela que estava no canto mais distante da porta. Água quente e parada com um filme de poeira na superfície. Mergulhei a jarra fundo e a levei até a cama. Quatro feixes estreitos de luz se estendiam pelo tapete vermelho e púrpura sob meus pés, brilhantes o bastante para fazer doer minha vista, embora a cama estivesse quase na escuridão.

Ela tinha dificuldade para se sentar. Segurei a caneca junto aos seus lábios e ela bebeu avidamente, sua garganta ressecada estremecendo a cada gole. Depois de certo tempo, ergueu a cabeça e pensei que havia bebido o bastante, mas ela deu um gemido de protesto quanto tentei afastar a caneca. Quando enfim terminou, enxugou a boca com delicadeza na ponta do véu. Eu conseguia sentir seu ressentimento por eu ter testemunhado sua sede e seu desamparo.

O SILÊNCIO DAS MULHERES

Arrumei os travesseiros atrás de sua cabeça. Quando ela se curvou para a frente, sua coluna ficou chocantemente visível sob sua pele pálida. Retiram-se espinhas assim de peixes cozidos. Abaixei-a com delicadeza sobre os travesseiros e ela suspirou de alívio. Alisei os lençóis, cada dobra de linho liberando cheiros de velhice, doença… Urina também. Eu estava com raiva. Odiara essa mulher com tanta ferocidade por muito tempo; e não sem motivo. Entrei em sua casa como uma menina de catorze anos, uma menina sem mãe para orientá-la. Ela poderia ter sido bondosa para comigo e não foi; ela poderia ter me ajudado a me ajustar e não ajudou. Eu não tinha nenhum motivo para amá-la, mas o que me deixou enraivecida naquele momento foi que, ao permitir-se definhar até que não fosse nada além de uma trouxa de carne enrugada e ossos salientes, ela me deixara com muito pouco para odiar. Sim, eu vencera, mas era uma vitória vazia; e não apenas porque Aquiles estava atacando os portões.

— Há uma coisa que você pode fazer por mim. — Sua voz estava alta, clara e fria. — Vê aquele baú?

Eu conseguia, embora muito mal. Um retângulo de carvalho pesado e entalhado, mergulhado na própria sombra ao pé da cama.

— Preciso que pegue algo.

Levantando a tampa pesada, liberei um cheiro forte de penas e ervas envelhecidas.

— O que devo procurar?

— Há uma faca. Não, em cima não. Embaixo… Consegue ver?

Eu me voltei para encará-la. Ela me encarou de volta sem piscar nem desviar o olhar.

A faca estava aninhada entre a terceira e a quarta camada de roupas de cama. Retirei-a da bainha e a lâmina afiada cintilou ameaçadora diante de meus olhos. Estava longe de ser a faca pequena e ornamental que eu esperara encontrar, do tipo que mulheres ricas usam para cortar carne. Era do comprimento da adaga cerimonial de um homem e com certeza pertencera ao seu marido. Levei-a para Maire e depositei-a em suas mãos. A mulher baixou o olhar, passando os dedos pelas pedras preciosas incrustadas no cabo. Perguntei-me por um instante se ela me pediria que a matasse e como eu me sentiria se ela o fizesse, mas não, ela suspirou e colocou a faca ao seu lado.

Ajeitando-se um pouco mais acima na cama, indagou:

— Ouviu alguma coisa? Sabe o que está acontecendo?

— Não. Sei que estão perto dos portões.

Conseguia ter pena dela nesse momento, uma velha, pois a doença a tornara velha, temendo ouvir que seu filho estava morto.

— Se eu souber de alguma notícia, é claro, mandarei avisá-la…

Anuiu com a cabeça, dispensando-me. Quando cheguei à porta, parei com a mão sobre a tranca e olhei para trás, mas ela já havia se virado.

2

Ritsa estava dando banho numa criança doente quando voltei. Tive de passar por cima de vários corpos adormecidos para chegar até ela.
Ela se virou quando minha sombra pousou sobre ela.
— Como ela está?
— Nada bem. Não vai durar.
— Talvez seja melhor.
Percebi que ela me observava com curiosidade. A rivalidade entre minha sogra e eu era bem conhecida. Comentei, muito na defensiva, talvez:
— Ela podia ter vindo conosco. Podíamos tê-la carregado. Ela não quis.
O menino choramingou e Ritsa afastou os cabelos da testa úmida dele. A mãe estava sentada a uma pequena distância, lidando com um bebê inquieto que queria mamar, mas estava lutando contra o seio. Ela parecia exausta. Questionei-me se encarar o futuro era mais difícil quando se era responsável por outras vidas. Eu tinha apenas meu próprio fardo para carregar e, vendo aquela mãe exausta, senti a liberdade disso e a solidão. E então pensei que havia diferentes formas de estar ligada a outras pessoas. Sim, eu não tinha filhos; porém, me sentia responsável por cada mulher e criança naquele aposento, sem falar nas escravas amontoadas no porão.
Conforme o calor se intensificou, a maioria das mulheres se acomodou e tentou dormir. Algumas conseguiram, e por um tempo houve um coro crescente de roncos e respirações ruidosas, mas a maioria apenas ficou lá deitada encarando o teto, apática. Fechei os olhos e os mantive fechados, enquanto a pulsação vibrava nas minhas têmporas e sob meu queixo. Então, o grito de guerra de Aquiles soou mais uma vez, tão perto que algumas

mulheres se sentaram e olharam ao redor assustadas. Todas sabíamos que nos aproximávamos do fim.

Uma hora depois, ouvindo o estrondo e o estilhaçar de madeira se partindo, corri para o terraço, inclinei-me sobre o parapeito e vi combatentes gregos se derramando por uma brecha nos portões. Logo abaixo de mim, um emaranhado de braços e ombros avançava e recuava conforme nossos homens lutavam para repelir os invasores. Não adiantava, eles se despejavam pela brecha, golpeando e apunhalando enquanto avançavam. Logo, aquela praça tranquila onde os camponeses realizavam seu mercado nos fins de semana estava coberta de sangue. De vez em quando, sem motivo aparente, uma lacuna se abria nas fileiras em confronto, e numa dessas aberturas momentâneas vi Aquiles elevar sua cabeça emplumada e olhar na direção dos degraus do palácio, onde meu marido estava com dois de meus irmãos ao seu lado. A próxima cena que vi foi Aquiles abrindo caminho em sua direção. Quando ele alcançou os degraus, os guardas desceram correndo para barrar seu caminho. Eu o vi enterrar sua espada na barriga de um homem. Sangue e urina jorraram, mas o moribundo, com a face livre de dor, segurava seus intestinos despejados com tanta delicadeza quanto uma mãe embala sua criança recém-nascida. Observei as bocas dos homens se abrirem como flores escarlates, mas não consegui ouvir seus gritos. O barulho da batalha ia e vinha, ensurdecedor num minuto, abafado no outro. Eu apertava tanto o parapeito que minhas unhas se lascaram na pedra áspera. Houve momentos em que podia jurar que o tempo parou. Meu irmão mais novo, de catorze anos, mal era capaz de levantar a espada de meu pai, e assisti à sua morte. Vislumbrei o lampejo da lança erguida, vi meu irmão caído no chão, contorcendo-se como um porco abatido. Naquele momento, Aquiles, como se tivesse todo o tempo do mundo, voltou a cabeça e direcionou um olhar para a torre. Olhava diretamente para mim, ou assim pareceu — acho que até dei um passo para trás —, mas o sol estava em seus olhos, não era possível que tivesse me visto. Então, com uma espécie de precisão meticulosa — gostaria de poder esquecer, mas não consigo —, apoiou o pé no pescoço de meu irmão e puxou a lança. Sangue jorrou da ferida, meu irmão lutou por um minuto inteiro para continuar respirando, depois ficou imóvel. Vi a espada de meu pai cair de seu punho, que se afrouxava.

O SILÊNCIO DAS MULHERES

Aquiles já havia passado para o próximo homem e o seguinte. Ele matou sessenta homens naquele dia.

A luta mais acirrada se deu nos degraus do palácio, onde meu marido, o coitado e tolo Mines, lutou com bravura para defender sua cidade; ele que até aquele dia havia sido um menino fraco, grosseiro e vacilante. Morreu com as mãos agarrando a lança de Aquiles, como se pensasse que lhe pertencesse e Aquiles estivesse tentando tomá-la. Mines parecia completamente estarrecido. Meus dois irmãos mais velhos morreram ao seu lado. Não sei como meu terceiro irmão mais velho morreu, entretanto, de um jeito ou de outro, seja próximo aos portões ou nos degraus do palácio, ele encontrou seu fim. Pela primeira e única vez na vida, fiquei feliz por minha mãe estar morta.

Todos os homens da cidade morreram naquele dia, lutando diante dos portões ou do palácio. Aqueles que eram velhos demais para lutar foram arrastados para fora de suas casas e massacrados na rua. Observei Aquiles, vermelho de sangue desde o capacete emplumado até os pés nas sandálias, jogar o braço sobre os ombros de outro jovem, rindo triunfante. Sua lança, arrastada atrás dele, traçou uma linha na terra vermelha.

Em questão de horas tudo estava acabado. Quando as sombras se alongaram pela praça, os degraus do palácio estavam tomados por cadáveres empilhados, embora os gregos estivessem ocupados por mais uma hora depois disso, caçando desgarrados, revistando casas e jardins onde os feridos podiam ter tentado se esconder. Quando não havia mais homens para matar, a pilhagem começou. Homens como fileiras de formigas vermelhas passavam bens de mão em mão, empilhando-os próximo aos portões, prontos para carregá-los rumo aos navios. Quando ficaram sem espaço, arrastaram os corpos para um lado do mercado, amontoando-os contra as paredes da cidadela. Cães salivando fitas de baba começaram a farejar ao redor dos mortos, suas sombras esguias, angulosas e escuras, afiadas feito facas sobre a pedra branca. Corvos se aproximaram, brigando enquanto se acomodavam no topo de telhados e paredes, cobrindo todos os batentes de portas e janelas como neve preta. A princípio barulhentos, depois quietos. Esperando.

O saque estava mais organizado agora. Bandos de homens arrastavam cargas pesadas para fora dos prédios: móveis entalhados, fardos de tecidos opulentos, tapeçarias, armaduras, trípodes, caldeirões de cozinha, barris de vinho e grãos. De vez em quando, os homens se sentavam e descansavam, alguns no chão, outros nas cadeiras e camas carregadas por eles. Todos bebiam vinho diretamente da jarra, secando a boca no dorso das mãos manchadas de sangue, ficando aos poucos completamente embriagados. E, com cada vez mais frequência, conforme o céu escurecia, eles levantavam o olhar para as janelas de fenda da cidadela, onde sabiam que as mulheres estariam escondidas. Os capitães iam de grupo em grupo, incitando os homens a se levantar de novo, e aos poucos conseguiam. Alguns goles finais e estavam de volta ao trabalho.

Por horas, assisti enquanto eles desnudavam casas e templos da riqueza que gerações do meu povo trabalharam para construir, e eram tão bons nisso, tão *bem treinados.* Foi exatamente como testemunhar um enxame de gafanhotos pousar em uma plantação, você sabe que não deixarão nem uma espiga de milho. Assisti impotente ao palácio — minha casa — ser despojado. A essa altura, muitas das outras mulheres haviam se juntado a mim no terraço, mas estávamos todas dominadas demais pela dor e pelo medo para falar umas com as outras. Aos poucos a pilhagem cessou, não havia mais nada para pegar, e a bebedeira começou para valer. Muitos tonéis enormes foram levados à praça e jarras passaram de homem para homem...

E então, eles voltaram sua atenção para nós.

As escravas no porão foram arrastadas para fora primeiro. Ainda assistindo do terraço, vi uma mulher ser estuprada repetidas vezes por um grupo de homens que dividiam uma jarra de vinho, passando-a bem-humorados de mão em mão enquanto esperavam sua vez. Os dois filhos dela — de doze ou treze anos, talvez — jaziam feridos e morrendo a poucos metros; apesar disso, aqueles poucos metros podiam ter sido quilômetros, pois ela não tinha como alcançá-los. Continuava estendendo as mãos e chamando seus nomes, enquanto primeiro um e depois o outro morreu. Desviei o olhar; não suportava continuar assistindo.

A essa altura, todas as mulheres tinham subido ao terraço e estavam encolhidas juntas, em especial as meninas agarradas às mães. Podíamos ouvir risos, enquanto os gregos subiam as escadas. Arianna, minha prima por parte de mãe, agarrou meu braço, dizendo sem palavras: *Venha.* E então, ela subiu no parapeito e, no exato momento que eles invadiram o terraço, se atirou, suas vestes brancas esvoaçando ao seu redor enquanto caía, como uma mariposa chamuscada. Pareceu levar muito tempo até que ela chegasse ao chão, embora só pudesse ter levado segundos. Seu grito se esvaiu num silêncio doloroso, no qual, devagar, colocando-me diante das outras mulheres, virei-me para encarar os homens. Observavam-me, constrangidos agora, inquietos, como cãezinhos que não sabem o que fazer com o coelho que capturaram em suas mandíbulas.

Nesse momento, um homem de cabelos brancos se adiantou e se apresentou como Nestor, rei de Pilos. Curvou-se com cortesia, e pensei que, provavelmente pela última vez na minha vida, alguém estava olhando para mim e enxergando Briseida, a rainha.

— Não tema — disse ele. — Ninguém irá lhe fazer mal.

Apenas tive vontade de rir. Os meninos que estiveram fingindo defender as escadas já haviam sido arrastados para longe. Outro menino, um ou dois anos mais velho, mas pequeno para sua idade, agarrava-se às saias de sua mãe até que um dos guerreiros se abaixou e soltou os dedos rechonchudos. Nós o ouvimos gritando "mamãe, mamãe!" por todo o caminho escada abaixo. Depois, silêncio.

Mantendo o rosto cuidadosamente inexpressivo, encarei Nestor e pensei: *Irei odiá-lo até meu último suspiro.*

Depois disso, tudo é um borrão. Poucas coisas se destacam, ainda afiadas como punhais. Fomos levadas, pelas estreitas ruas laterais de nossa cidade, conduzidas por homens com tochas. Nossas sombras misturadas se elevavam nas paredes brancas diante de nós e se perdiam. Uma vez, passamos por um jardim murado e o perfume das mimosas chegou até nós no quente ar noturno. Mais tarde, quando tantas outras lembranças haviam desaparecido, ainda me recordo daquele aroma, apertando meu coração, me lembrando de tudo o que perdi. Então se fora; estávamos agarradas umas às outras de novo, escorregando e rastejando por ruas pavimentadas com nossos irmãos.

E assim seguimos até a praia, com o mar escuro e bravio quebrando-se branco como coalhada contra a proa dos navios. Fomos empurradas a bordo, forçadas a embarcar por homens que empunhavam as pontas dos cabos de suas lanças, depois fomos forçadas a ficar amontoadas no convés, os porões lotados com cargas mais perecíveis. Focamos um último olhar para a cidade. A maioria das casas e templos estava pegando fogo.

As chamas haviam engolfado uma ala do palácio. Esperava apenas que minha sogra tivesse de algum modo reunido forças para se matar antes que o fogo a alcançasse.

Com um enorme estrondo das correntes das âncoras, os navios se lançaram ao mar. Uma vez que deixamos o abrigo do porto, um vento traiçoeiro encheu as velas e nos carregou rapidamente para longe de nosso lar. Nós nos aglomeramos nas laterais, famintas por um último vislumbre de Lirnesso. Mesmo durante o pouco tempo em que estávamos a bordo, os incêndios haviam se espalhado. Pensei nas altas pilhas de cadáveres na praça do mercado e desejei que as chamas as alcançassem antes dos cães, mas, no momento em que o pensamento se formou em minha mente, vi os corpos despedaçados dos meus irmãos sendo arrastados de rua em rua. Por algum tempo, os cães mordiam e rosnavam para os pássaros negros que sobrevoavam e para os abutres grandes e desajeitados que esperavam. De tempos em tempos, os pássaros se erguiam no ar e depois pousavam lentamente, vagando para baixo como pedaços de tecido queimado, restos carbonizados das tapeçarias enormes que revestiam as paredes do palácio. Logo os cães teriam se empanturrado até não aguentarem mais e então fugiriam da cidade, para longe do fogo que avançava, e seria a vez dos pássaros.

Foi uma viagem curta. Agarramos umas às outras em busca de conforto no convés que oscilava. A maioria das mulheres e todas as crianças ficaram terrivelmente enjoadas, tanto por medo, creio eu, quanto pelo movimento das ondas. Em pouquíssimo tempo, ao que pareceu, o navio deu uma guinada e estremeceu enquanto virava, contra a corrente, para o abrigo de uma enorme baía. Subitamente, homens gritavam e jogavam cordas — uma corda serpenteou de um lado ao outro do convés e acertou meu pé — ou pulavam ao mar e vadeavam, com água pela cintura, através das ondas espumosas até a praia. Continuamos agarradas umas às outras, molhadas e tremendo de frio, porque uma onda se quebrara contra a proa quando o navio dava a volta, todas aterrorizadas pelo que aconteceria em seguida. Conduziram o navio para cima do cascalho, e outros homens, dezenas deles, entraram no mar para ajudar a içá-lo acima do limite da maré. A seguir, uma por uma, fomos baixadas ao chão. Olhei ao longo da curva da baía e me deparei com centenas de navios negros, bicudos

O SILÊNCIO DAS MULHERES

e de aparência predatória, mais do que havia visto na vida. Mais do que jamais poderia ter imaginado. Quando estávamos todas em terra firme, fomos conduzidas pela praia, passando por uma ampla área aberta rumo a uma fileira de cabanas. Eu caminhava ao lado de uma garota de cabelos escuros e muito bonita, ou seria, caso seu rosto não estivesse lavado pelas lágrimas. Agarrei seu braço nu e o belisquei. Assustada, ela se virou para me fitar, e eu disse:

— Não chore.

Ela me encarou boquiaberta, então, belisquei-a mais uma vez, com mais força.

— *Não chore.*

Fomos enfileiradas diante das cabanas e examinadas. Dois homens, que falavam apenas um com o outro, andaram ao longo da fila de mulheres, puxando um lábio para baixo aqui, uma pálpebra inferior ali, cutucando barrigas e apertando seios, enfiando as mãos entre nossas pernas. Entendi que estávamos sendo avaliadas para a distribuição. Algumas de nós foram separadas e empurradas para dentro de determinada cabana, enquanto as outras eram levadas embora. Ritsa se foi. Tentei mantê-la comigo, mas fomos separadas. Uma vez dentro da cabana, nos deram pão, água e um balde, depois saíram, trancando a porta atrás de si. Não havia janela, mas, depois de dado tempo, ao passo que nossos olhos se acostumaram à escuridão, havia luar suficiente se esgueirando entre frestas nas paredes para nos permitir distinguir o rosto umas das outras. Esse era agora um grupo muito menor de mulheres e garotas muito jovens, todas belas, todas de aparência saudável, algumas com bebês de colo. Procurei ao redor por Ismênia, mas ela não estava ali. Um espaço quente, fechado, sem ar, com bebês choramingando e, conforme a noite avançou, um fedor de merda vindo do balde que éramos obrigadas a usar. Acredito que não dormi nada.

Pela manhã, os mesmos dois homens jogaram pilhas de túnicas pela porta e, com grosseria, mandaram que nos vestíssemos. Nossas próprias roupas estavam sujas, úmidas e amassadas por causa da travessia marítima. Fizemos como nos foi ordenado, dedos dormentes se atrapalhando com amarrações que deviam ter sido simples. Uma garota, de não mais do que doze ou treze anos, começou a chorar. O que podíamos dizer a ela? Afaguei suas costas, e ela pressionou o rosto quente e úmido na lateral do meu corpo.

— Vai ficar tudo bem — afirmei, ciente de que não ficaria.

Fui a primeira a sair. Lembre-se, eu não havia saído de casa, sem véu nem desacompanhada, desde que completara catorze anos, então mantive o olhar baixo, fitando as fivelas ornamentadas das minhas sandálias que brilhavam ao sol. Havia gritos de apreciação: *"Ei, olha só as tetas dela!"*. A maioria era bem-humorada, apesar de um ou dois berrarem coisas terríveis, o que gostariam de ter feito comigo e com todas as outras vadias troianas.

Nestor estava lá. Nestor, o velho, com setenta anos no mínimo. Aproximou-se e falou comigo, pomposo, mas não rude.

— Não pense em sua vida anterior — aconselhou ele. — Agora acabou... vai apenas se entristecer se começar a remoer isso. *Esqueça!* Essa é sua vida agora.

Esqueça. Aí estava, então, meu dever declarado, simples e claro como uma bacia d'água: *Recorde-se.*

Fechei os olhos. A luz forte brilhou laranja nas minhas pálpebras fechadas, manchada aqui e ali com faixas flutuantes de roxo. Os homens gritavam mais alto agora: *Aquiles! Aquiles!* Então um rugido soou e eu soube que ele estava ali. Uivos, risos, piadas; piadas que soavam como ameaças e que eram ameaças. Eu era uma vaca, amarrada e à espera de ser sacrificada; e, acredite, naquele momento a morte seria bem-vinda. Cobri os ouvidos com as mãos e, reunindo os últimos vestígios de forças, me levei de volta a Lirnesso. Atravessei os portões intactos, deparei-me mais uma vez com os palácios e templos não queimados, as ruas movimentadas, as mulheres lavando roupa no poço, os camponeses descarregando frutas e vegetais nas barracas do mercado. Reconstruí a cidade em ruínas, repovoei suas ruas, trouxe meu marido e meus irmãos de volta à vida e sorri, de passagem, para a mulher que havia visto ser estuprada, enquanto ela passeava pela praça principal com seus dois lindos filhos ao seu lado... *Eu* fiz isso. No meio daquela multidão barulhenta, empurrei-os para longe, fora da arena, pela praia e para dentro dos navios. Eu fiz isso. *Eu*, sozinha. Mandei as frotas assassinas embora.

Mais gritos: "Aquiles! Aquiles!". De todos os nomes inimigos, o mais odioso. Mais uma vez, eu o vi fazer uma pausa no ato de matar meu irmão e se virar para olhar para a cidadela — direto para mim, pareceu —, deixando meu irmão caído ali, preso ao chão, antes de se voltar para ele e, daquele seu jeito confiante, calmo e *elegante*, puxar a lança de seu pescoço.

Não, pensei. Assim, caminhei para casa seguindo da praça do mercado pelas ruas frescas e tranquilas, passando pelos portões do palácio, entrando na escuridão do salão; aquele no qual entrei pela primeira vez no dia do meu casamento. De lá, fui direto para meu lugar favorito. Havia uma árvore no pátio interno, uma árvore de copa ampla que provia sombra mesmo nos dias mais quentes. Eu costumava me sentar lá à noite, ouvindo a música vinda do salão. O som das liras e flautas flutuava no ar noturno e todas as preocupações do dia me deixavam. Eu estava lá agora, esticando o pescoço para fitar a copa da árvore, contemplando a lua presa como um cintilante peixe prateado na rede negra de seus galhos...

E então uma mão, com dedos ásperos de areia, tomou meu queixo e virou minha cabeça para um lado e para o outro. Tentei abrir os olhos, mas o sol os feria muito, e, quando por fim os forcei a abrir, ele já estava se afastando.

No centro da arena ele parou e levantou as mãos acima da cabeça até a gritaria cessar.

— Alegrem-se, rapazes — disse ele. — Ela serve.

E todos, cada homem naquela vasta arena, riram.

No mesmo instante, dois guardas apareceram e me levaram até a cabana de Aquiles. "Cabana" provavelmente fornece a impressão errada; era uma construção grande, com uma varanda em dois de seus lados e degraus levando à porta principal. Fui conduzida por um vasto salão até um quartinho apertado nos fundos, pouco maior do que uma despensa e sem janela para o lado externo. Fui apenas largada ali. Tremendo de frio e choque, sentei-me em uma cama estreita. Depois de certo tempo, notei que minhas mãos tocavam uma colcha de lã e me forcei a examiná-la. A tecelagem era muito boa, um padrão intrincado de folhas e flores, claramente um trabalho troiano — tecidos gregos não eram nem de perto tão bons quanto os nossos — e me perguntei de qual cidade havia sido saqueada.

De algum lugar próximo vinha um barulho de pratos e travessas. Um cheiro de carne assada invadiu o quarto. Meu estômago se revirou, senti o gosto da bile e me forcei a engolir e a respirar fundo várias vezes. Meus olhos lacrimejavam, minha garganta ardia. Respirar fundo. Inspira, expira, inspira, expira. Respirações profundas e constantes...

Ouvi a aproximação de passos e a trava da porta ser aberta. Com a boca seca, esperei.

Um homem alto, não Aquiles, entrou no quartinho carregando uma bandeja com comida e vinho.

— Briseida? — perguntou.

Assenti. Não me sentia nada apta a ter um nome.

— Pátroclo.

O SILÊNCIO DAS MULHERES

Apontava para o próprio peito enquanto falava, como se pensasse que eu não fosse capaz de entender — e dificilmente poderia culpá-lo por isso, já que eu estava ali sentada com olhos vagos e apática como um boi. Mas reconheci o nome. A guerra já durava muito tempo, sabíamos muito sobre os comandantes inimigos. Esse era o companheiro mais próximo de Aquiles, seu segundo em comando, mas isso não fazia sentido algum, pois por que um homem tão poderoso serviria uma escrava?

— Beba — ofereceu ele. — Vai fazer com que se sinta melhor.

Serviu uma medida generosa e estendeu a caneca. Peguei-a e fingi levá-la aos lábios.

— Ninguém vai machucá-la.

Encarei-o, absorvendo cada detalhe de sua aparência: a altura, os cabelos bagunçados, o nariz quebrado; mas não consegui falar. Depois de algum tempo, ele abriu um sorriso torto, colocou a bandeja em uma mesinha ao lado da cama e saiu.

A comida foi um problema. Mastiguei um pedaço de carne pelo que pareceram horas, antes de cuspi-la na palma da mão e escondê-la sob a borda do prato. A princípio pensei que não ia conseguir tomar o vinho também, mas me forcei a engolir. Não sei se ajudou — talvez tenha ajudado. Tomar tanto vinho forte com o estômago vazio deixou meu nariz e minha boca dormentes; o restante de mim já estava entorpecido.

Do salão ecoava o retumbar de vozes masculinas, o rugido áspero que abafa todos os outros sons. O cheiro de carne assada se intensificou. *Nossa* carne. Eles haviam levado nosso gado há três dias, antes de a cidade cair. Uma hora passou se arrastando. Mais gritos, mais risadas, canções, as músicas sempre terminavam com batidas nas mesas e uma salva de palmas. Em algum lugar lá fora, na escuridão, pensei ter ouvido uma criança chorar.

Por fim, levantei-me e fui até a porta. Não estava trancada. Ora, é claro que não estava, por que iriam se preocupar com isso? Sabiam que eu não tinha para onde ir. Abri aos poucos com cuidado e o barulho das canções e risadas tornou-se de repente muito mais alto. Estava com medo de me arriscar, mas sentia que precisava *ver*. Precisava saber o que estava acontecendo. O quarto apertado havia começado a parecer um túmulo. Então, segui na ponta dos pés ao longo da curta passagem que levava ao salão e espiei na penumbra.

Era um salão longo e estreito, cujo teto era baixo e com vigas aparentes, cheirando a pinho e resina e iluminado por fileiras de lâmpadas fumegantes penduradas em suportes nas paredes. Duas mesas de cavalete com bancos de cada lado ocupavam todo o comprimento. Homens, apertados ombro a ombro, empurravam uns aos outros enquanto estendiam a mão para espetar pedaços de carne vermelha com adagas. Observei fileiras de rostos brilhantes com sangue e sucos escorrendo pelos queixos brilhando nos círculos de luz sobrepostos. Pelo teto de vigas, sombras enormes se encontravam e se cruzavam, agigantando-se sobre os homens que as lançavam. Mesmo daquela distância senti o fedor de suor, o suor de hoje, ainda fresco, mas sob esse o suor rançoso de outros dias e outras noites, recuando para longe, na escuridão, chegando até o primeiro ano dessa interminável guerra. Eu era uma menininha brincando com minhas bonecas quando os navios negros chegaram.

Aquiles e Pátroclo estavam sentados a uma pequena mesa, com vista do centro do salão em direção à porta externa. Estavam de costas para mim, mas pude ver com que frequência se entreolhavam. Todos estavam de muito bom humor, gabando-se de suas façanhas em Lirnesso. Mais canções, incluindo uma sobre Helena, cada verso mais obsceno do que o anterior. Terminou em uma explosão de risadas. Na pausa que se seguiu, Aquiles empurrou o prato e se levantou. A princípio, ninguém percebeu, então, aos poucos, a algazarra começou a diminuir. Ele ergueu as mãos e anunciou algo no seu forte dialeto do norte — normalmente, eu não tinha dificuldades para entender grego, mas achei seu sotaque muito difícil nos primeiros dias —, estava dizendo algo sobre não querer interromper a festa, *mas...*

Ele ria enquanto falava, era uma espécie de piada sobre si mesmo. Seguiu-se um coro de piadas e assovios e então alguém nos fundos gritou: "Todos sabemos por que você quer dormir cedo!".

Começaram a bater nas mesas. Alguém deu início a uma canção e eles berraram, seguindo o ritmo de seus punhos cerrados.

Por que nasceu tão belo?
Por que nasceu, afinal?
Não é útil pra ninguém, porra!
Não presta pra porra nenhuma!

O SILÊNCIO DAS MULHERES

Pode ser uma alegria para sua mãe,
Mas é um pé no meu saco!

E assim por diante. Esgueirei-me de volta para a despensa e fechei a porta, mas então, enquanto a cantoria continuava, a abri de novo, apenas alguns centímetros, o suficiente para espiar o quarto de Aquiles. Um vislumbre de ricas tapeçarias penduradas nas paredes, um espelho de bronze e, empurrada bem próxima à parede, uma cama.

Mais ou menos um minuto depois, passos pesados soaram ao longo da passagem. Vozes masculinas. Recuei, embora soubesse que não podiam me ver. Pátroclo entrou no outro quarto, seguido quase imediatamente por Aquiles, que jogou o braço sobre os ombros do amigo, rindo em triunfo e alívio. Outro ataque bem-sucedido, outra cidade destruída, homens e meninos mortos, mulheres e meninas escravizadas — ao todo, um bom dia. E ainda havia a noite vindoura.

Cogitaram beber mais um pouco, Pátroclo estava com a mão na alça do jarro pronto para servir, mas, então, Aquiles acenou com a cabeça para a porta onde eu estava e abriu um pouco mais os olhos.

Pátroclo riu.

— Ah, sim, ela está ali.

Recuei e me sentei na cama estreita, pressionando minhas mãos uma contra a outra para impedi-las de tremer. Eu tentei engolir, mas minha boca estava muito seca. Segundos depois, a porta se abriu e a sombra enorme de Aquiles encobriu a luz. Não falou, talvez pensasse que eu não seria capaz de entendê-lo, apenas fez um gesto brusco com o polegar apontando o outro cômodo. Tremendo, levantei-me e o segui.

4

O que posso dizer? Ele não foi cruel. Imaginei que seria, até esperava que fosse, mas nem chegou perto disso, e ao menos acabou logo. Trepava tão rápido quanto matava, e para mim era a mesma coisa. Algo em mim morreu naquela noite.

Permaneci deitada ali, odiando-o, embora ele não estivesse fazendo nada que não tinha completo direito de fazer. Se seu prêmio de honra tivesse sido a armadura de um grande senhor ele não teria sossegado até experimentá-la: ergueria o escudo, levantaria a espada, avaliaria seu comprimento e peso, golpearia algumas vezes o ar. Foi isso que ele fez comigo. *Ele me experimentou.*

Disse a mim mesma que eu não ia dormir. Estava exausta, mas tão tensa, com tanto medo de tudo ao meu redor, e acima de tudo dele, que, depois que ele terminou e rolou de cima de mim para dormir, só fiquei ali deitada, mirando a escuridão, rígida como uma tábua. Sempre que eu piscava, minhas pálpebras se arrastavam dolorosamente sobre meus olhos ressecados. Ainda assim, de alguma maneira, devo ter adormecido, porque, quando olhei de novo, a lâmpada estava com a chama fraca. Aquiles estava deitado com o rosto a meros centímetros do meu, roncando baixinho, o lábio superior se movendo a cada respiração. Desesperada para escapar do calor da fornalha de seu corpo, apertei-me contra a parede e virei a cabeça para não ter de fitá-lo.

Depois de alguns minutos, percebi um som. Não era um som novo, eu estivera ciente dele mesmo no meu estado semiadormecido. A respiração dele, talvez; mas então pensei: *Não, é o mar.* Tinha de ser, estávamos a apenas centenas de metros da costa. Escutei e deixei que me acalmasse, aquele ir e vir incessante, o estrondo das ondas se quebrando, o áspero suspiro de sua retirada. Era como se deitar sobre o peito de alguém que a ama, alguém em quem se sabe poder confiar; embora o mar não ame ninguém e nunca se possa confiar nele. Percebi de imediato um novo desejo, fazer parte dele, de dissolver-me nele: o mar que não sente nada e nunca pode ser ferido.

E, então, suponho, devo ter adormecido de novo porque quando acordei ele havia partido.

No mesmo instante, fiquei ansiosa. Devia ter levantado antes dele, preparado seu desjejum, talvez? Eu não fazia ideia de como, nessa praia desolada, a comida era preparada ou mesmo se a preparação seria um dos meus trabalhos. Mas então pensei que Aquiles teria muitas escravas, todas com diferentes funções: tecer, cozinhar, preparar seu banho, lavar sua roupa de cama e vestes... Eu seria informada em breve o que era esperado de mim. Era possível que muito pouco fosse necessário além do que eu já havia feito. Quando pensei sobre a jovem concubina de meu pai, a que ele tomou após a morte de minha mãe, a maioria das tarefas recaíra sobre ela.

A cama estava fria. Sentando-me, vi que ele deixara uma das portas abertas. Eu ainda tentava me orientar. Havia três portas: uma que conduzia ao quartinho; eu já havia começado a pensar nele como a despensa; outra levava por uma curta passagem para o salão; e a terceira se abria diretamente para a varanda e dali para a praia. Era evidente que ele saíra por essa, pois estava entreaberta e suas dobradiças rangiam.

Apertando o manto em volta dos meus ombros, fui até a soleira. Uma brisa soprando vinda do mar ergueu meus cabelos e esfriou o suor da cama em minha pele. Ainda estava escuro, embora a lua, parecida com um pedaço de unha cortada, iluminasse o suficiente para que eu enxergasse as cabanas, centenas delas ao que parecia, estendendo-se ao longe. Entre suas formas escuras muito próximas umas das outras, tive vislumbres atormentadores do mar. Voltando minha cabeça para olhar terra adentro, percebi um brilho fraco no céu, que me intrigou a princípio, até que percebi que devia ser Troia. Troia, cujos palácios, templos e até ruas eram iluminados por toda a noite. Aqui, os caminhos entre as cabanas eram estreitos, escuros como sangue. Senti que havia vindo para um lugar terrível, exatamente o oposto de uma cidade grandiosa, um lugar onde a escuridão e a selvageria reinavam.

De onde eu estava, na soleira da cabana de Aquiles, o trovão das ondas quebrando soava como uma batalha, o choque de espadas em escudos, mas também, para minha mente exausta, tudo soava como uma batalha, assim como não havia cor no mundo, fora a vermelha. Com cautela, aventurei-me na madeira áspera da varanda e dali saltei para a areia. Fiquei parada por um momento, esfregando os dedos dos pés na umidade arenosa, aliviada por poder sentir algo, *qualquer coisa*, após o entorpecimento da noite. E então, descalça e vestindo apenas a minha manta, parti em busca do mar.

Encontrando meu caminho mais pelo tato do que pela visão, achei um caminho que parecia levar para longe das cabanas, primeiro margeando as dunas e depois descendo, íngreme, rumo à praia. Nos últimos metros, o caminho tornou-se um túnel, com dunas de areia cobertas por amófila erguendo-se de cada lado; tive de parar por um momento porque o espaço apertado tirava meu fôlego. No fundo eu temia: e se ele voltasse, e se ele me quisesse de novo e eu não estivesse lá? O luar se refletia nas folhas de grama enquanto elas se curvavam e balançavam ao vento. Eu saí na praia ao lado de um riacho de água salobra que fluía entre pedras e seixos, alargando-se à medida que alcançava o mar.

Havia um novo barulho agora, mais alto do que as ondas: uma vibração frenética que abalava os nervos. Levei um tempo para identificá-lo como o som do cordame dos navios batendo contra os mastros. As embarcações, em sua maioria puxada para fora da linha da maré e presa em carreiras, formavam uma massa escura à minha esquerda. Havia outros navios ancorados no mar aberto, mas eram pequenos barcos de casco largo, tão diferentes dos navios de guerra estreitos quanto patos de águias-pescadoras. Eu sabia que os navios de guerra estariam protegidos contra a possibilidade de um ataque troiano, então retornei para as dunas de novo e atravessei uma área de charneca rasteira até o mar aberto.

Ali, o som dominante era aquele choque de ondas como o de espadas contra escudos. Segui até o mar, na esperança de ter um vislumbre de Lirnesso, onde imaginei que os incêndios destruidores da cidade ainda estariam ardendo, mas, quanto mais me aproximava da água, mais densa a névoa se tornava. Parecia ter vindo do nada; uma névoa densa, fria e pegajosa como os dedos de um cadáver, transformando os navios negros em formas espectrais que não mais aparentavam ser inteiramente reais. Parecia estranho que uma névoa dessas se formasse e perdurasse em uma noite de vento forte, mas me deixava livre, tornando-me invisível até para mim mesma.

Lá longe, além das ondas turbulentas, no lugar calmo onde o mar esquece a terra, jaziam as almas dos meus irmãos mortos. Os ritos fúnebres lhes foram negados e, portanto, estavam proibidas de entrar em Hades, condenadas a assombrar os vivos, não apenas por dias, mas por toda a eternidade. Repetidas vezes, por trás de minhas pálpebras fechadas, vi meu irmão mais novo morrer. Lamentei por todos eles, mas em especial por ele. Depois da morte de nossa mãe, ele se esgueirava para minha cama todas as noites, buscando o consolo que tinha vergonha de precisar durante o dia. Ali, naquela praia varrida pelo vento, o ouvi me chamando, tão perdido, tão sem refúgio e sem ajuda quanto eu.

Sem qualquer intenção, exceto alcançá-lo, comecei a vadear o mar: tornozelos, panturrilhas, joelhos, coxas, e então o repentino choque frio quando uma onda saliente chocou-se contra minha virilha. Parada ali, com as pernas afastadas, a areia se movendo sob meus pés, baixei a mão e me lavei *dele*. E então, limpa, ou tão limpa quanto ficaria a partir de então, parei com a água pela cintura, sentindo o movimento das ondas me erguer na ponta dos pés e me baixar de novo, então fiquei subindo e descendo com o mar. Uma onda enorme me pegou e ameaçou me varrer para as profundezas, e pensei: *Por que não?* Sentia meus irmãos esperando por mim.

Mas então ouvi uma voz. Por um momento cogitei ser a voz do meu irmão mais novo. Escutei, esforçando-me para ouvir acima do barulho das ondas, e veio de novo; definitivamente a voz de um homem, embora eu não conseguisse entender as palavras. E de repente, senti medo. Estava assustada há dias, esquecera como era *não* estar assustada, mas esse era um tipo diferente de medo. Senti um calafrio na nuca enquanto os pelos se arrepiavam. Disse a mim mesma que a voz devia estar vindo do acampamento, de algum modo ricocheteando na parede de névoa, parecendo assim originária do mar, mas então a ouvi de novo e dessa vez tive certeza de que estava adiante. Alguém, alguma *coisa*, agitava a água além das ondas em quebra. Um animal, tinha de ser, não poderia ser outra coisa, um golfinho ou uma baleia-assassina. Às vezes, vêm para muito perto da

PAT BARKER

terra, chegando até a encalhar, para pegar nas rochas um filhote de foca. Mas então os véus flutuantes de névoa se separaram por um momento e notei braços e ombros humanos, o brilho do luar sobre pele molhada. Mais agitação, mais água espanada e depois, abruptamente, silêncio, quando ele se virou e se deitou de bruços na água, flutuando para a frente e para trás com a maré.

Nessa região, os homens não aprendem a nadar. São marinheiros, sabem que nadar serve apenas para prolongar uma morte que poderia ser rápida e de certa forma misericordiosa. Mas esse homem estivera brincando com o mar como um golfinho ou uma toninha, como se fosse sua verdadeira casa. E, agora, deitado de braços abertos na superfície, permanecia nessa posição por tanto tempo que comecei a pensar que ele podia respirar dentro da água. Mas então, de repente, ergueu a cabeça e os ombros e flutuou ereto, como uma foca. Fitar seu rosto foi um choque, embora não devesse ter sido, porque eu já adivinhara sua identidade.

Comecei a voltar rápido para a areia, agora com pressa de retornar à cabana e me enxugar, pois como eu explicaria isso? Mas, na parte rasa, fui forçada a ir mais devagar porque não queria espanar água e atrair sua atenção. Quando pisei em terra firme, senti uma pontada de dor rápida e aguda em meu pé direito. Alguma coisa, uma pedra ou um fragmento de concha quebrada, estava encravado na sola do meu pé e tive de me abaixar e tirá-la. Quando ergui os olhos de novo, deparei-me com Aquiles, não nadando agora, mas avançando com dificuldade, a água na altura de seus joelhos, em direção à areia. Agachei-me, prendi a respiração, mas ele passou sem me ver, as duas mãos levantadas para limpar a água salgada dos olhos. Voltei a respirar, pensando que tinha terminado, que ele voltaria para o acampamento, mas apenas ficou na linha da arrebentação, contemplando o mar.

Quando ele falou, achei que estivesse falando comigo e abri a boca, embora não tivesse ideia do que eu ia dizer. Mas então, ele falou de novo, as palavras borbulhando de sua boca como o último suspiro de um homem que se afoga. Não entendi nada do que ele disse. Parecia discutir com o mar, argumentando ou implorando... A única palavra que pensei ter entendido era "mamãe" e isso não fazia o menor sentido. *Mamãe?* Não, não podia ser. Mas então falou de novo: "Mamãe, mamãe", como uma criancinha chorando para ser pega no colo. Tinha de significar outra coisa, mas a palavra "mamãe" é igual, ou quase igual, em vários idiomas diferentes. O que quer que fosse, eu sabia que não devia estar ouvindo, mas não ousei me mover; sendo assim, fiquei agachada e esperei que terminasse. Repetiu de novo e de novo, até que finalmente a fala pastosa se dissipou em silêncio.

A névoa se dissipava conforme o sol nascia. Vi os primeiros raios de luz dourada encontrarem seus braços e ombros molhados conforme Aquiles se virou e seguiu ao longo da praia, desaparecendo nas sombras dos seus navios negros.

Assim que tive certeza de que ele tinha ido embora, corri o mais rápido que pude pelas dunas, porém, uma vez no acampamento fiquei perdida. Permaneci imóvel, molhada, enlameada e apavorada, sem ideia do que fazer ou para onde ir. Mas nesse momento uma garota veio até a porta de uma das cabanas e me chamou para dentro. Seu nome, disse, era Ífis. Ela cuidou de mim naquela manhã, até mesmo enchendo uma banheira com água quente para tirar o sal dos meus cabelos. Quando pus meu manto de lado e me preparei para entrar na banheira, algo caiu no chão e percebi que havia trazido a pedra comigo da praia. Meu pé ainda sangrava onde tinha me cortado. Na palma da minha mão, examinei-a com aten-ção, como às vezes as pessoas em estado de choque fazem, concentrando toda a atenção em uma ninharia. Era verde, o verde bilioso de um mar em meio a uma tempestade, com uma faixa diagonal branca. Não tinha nada de notável, exceto que era afiada. Muito afiada. Aproximei-a do rosto e a cheirei: água do mar e poeira. Lambi, senti a areia e o gosto de sal. Então, passei o dedo ao longo da borda irregular, não era de admirar que o corte fosse tão profundo. Quando a passei sobre o pulso, quase sem aplicar pressão, deixou um vergão, decorado ao longo de seu comprimento por gotinhas de sangue. Senti um alívio por isso, fazer o sangue fluir da minha pele entorpecida. Contudo, quando fui me cortar de novo, curiosa para saber se o alívio se repetiria, algo me impediu. Não sabia por que o mar tinha me dado esse presente, porém sabia que não era para que eu me ferisse. Havia facas por todo o acampamento se eu quisesse fazê-lo. Então, repousei-a novamente na palma da mão e a observei, sem pensar em mais nada, apenas em sua cor, toque e peso. Tantas pedrinhas naquela praia, *milhões,* todas desgastadas pelo movimento implacável do mar, mas não essa. Essa permanecera afiada.

Aquela pedrinha teimosa era importante para mim, e ainda é. Eu a tenho aqui, agora, na palma da minha mão.

Quando Ífis me trouxe roupas limpas e secas e as vesti, ou melhor, ela me vestiu, fiquei ali parada sentindo tanto quanto um bloco de madeira; coloquei a pedra por dentro do cinto, onde a pressionaria contra a minha pele a cada vez que me movesse. Não era confortável, mas era reconfortante, lembrando-me do mar, da praia e da garota que fui e nunca poderia voltar a ser.

5

O que mais lembro, além do terror terrível, cansativo, de olhos arregalados dos primeiros dias, é da curiosa mistura de opulência e miséria. Aquiles jantava em pratos de ouro, descansava os pés à noite em um banquinho incrustado de marfim, dormia sob colchas bordadas com fios de ouro e prata. Todas as manhãs, enquanto penteava e trançava os cabelos — e nenhuma moça jamais se vestiu com mais cuidado para o dia de seu casamento do que Aquiles para o campo de batalha —, ele conferia o efeito em um espelho de bronze que valeria o resgate de um rei. Pelo que sei, podia ter sido o resgate de um rei. Mesmo assim, se ele precisasse cagar depois do jantar, pegava um quadrado de pano áspero de uma pilha no canto do salão e ia para uma latrina que fedia horrivelmente e ficava coberta por uma camada de moscas pretas zumbindo. E no caminho teria de passar por uma enorme pilha de lixo que deveria ser queimada de tempos em tempos, mas nunca era, e, por consequência, tornou-se um criadouro de ratazanas.

Essa é a outra imagem de que me lembro: as ratazanas. Ratazanas por toda parte. Era possível caminhar entre duas fileiras de cabanas e, de repente, o chão à sua frente se levantar e andar — sim, chegava a esse ponto! Os cães magros e semisselvagens que vagavam pelo acampamento deviam controlar as ratazanas, mas de algum modo nunca conseguiram. Míron, o responsável pela manutenção do acampamento de Aquiles, costumava organizar os guerreiros mais jovens em competições de caça às ratazanas com vinho forte como prêmio para o vencedor. Viam-se jovens desfilando com fileiras de pequenos cadáveres empalados em suas lanças:

espetinhos de ratazana. Não importava quantas matassem, sempre parecia haver muitas mais.

Estou tentando, talvez um tanto desesperadamente, transmitir minhas primeiras impressões do acampamento, embora não estivesse em condições de absorver nada. De certa forma, era um lugar simples: havia o mar, a praia, as dunas, um trecho de matagal e, além, o campo de batalha que se estendia até as muralhas de Troia. Isso era o que eu podia ver, mas é claro que nós, as mulheres capturadas, estávamos confinadas ao acampamento. Cinquenta mil guerreiros e os escravos ao seu serviço amontoavam-se naquela faixa de terra. As cabanas eram pequenas, as vielas entre elas estreitas, tudo apertado; ainda assim, aquele espaço parecia infinito, porque o acampamento era o nosso mundo inteiro.

O tempo também pregava peças curiosas: expandindo-se, contraindo-se, dobrando-se sobre si mesmo na forma de recordações mais vívidas do que a vida diária. Certos momentos em especial, como os poucos minutos que eu havia passado observando a pedra, se expandiam até parecerem anos, mas eram seguidos por dias inteiros que deslizavam em uma bruma de choque e tristeza. Não sou capaz de relatar um único fato ocorrido em qualquer um desses dias.

Aos poucos, porém, uma rotina se estabeleceu. Minha única obrigação de verdade era servir Aquiles e seus capitães durante o jantar. Então, toda noite, eu era vista em público, sem nem ao menos um véu, e isso me chocou, pois estava acostumada a levar uma vida isolada, longe do olhar dos homens. A princípio, não consegui entender por que ele me desejava ali, todavia depois lembrei que eu era seu prêmio de honra, sua recompensa por matar sessenta homens em um dia; então, é claro que ele queria me exibir para seus convidados. Ninguém ganha um troféu e o esconde no fundo de um armário. Quer que esteja onde pode ser visto, para que outros homens o invejem.

Eu odiava servir bebidas no jantar, embora seja óbvio que não importava para Aquiles se eu odiava ou não, e, curiosamente, logo deixou de ter importância para mim. Isso é o que as pessoas livres nunca entendem. Uma escrava não é uma pessoa que está sendo tratada como uma coisa. Uma escrava *é* uma coisa, tanto na sua própria estimativa quanto na de outras pessoas.

Então, de qualquer forma, lá estava eu, andando de uma ponta a outra das longas mesas de cavalete, servindo vinho para os homens e sorrindo,

O SILÊNCIO DAS MULHERES

sempre sorrindo. Todos os olhos me observavam e, ainda assim, quando me inclinava sobre seus ombros, não me apalpavam nem sussurravam comentários obscenos. Eu estava tão segura aqui quanto estaria no palácio do meu marido; provavelmente mais, porque todos os homens aqui sabiam que, se passassem dos limites, teriam de responder a Aquiles. Em outras palavras: teriam de morrer.

Aquiles sentava-se à sua mesa com Pátroclo. Participavam dos brindes e risadas, até que a conversa se assentava num burburinho constante, e então falaram principalmente só um com o outro. Se uma briga começasse, e é claro que acontecia, com frequência – esses eram homens treinados desde a mais tenra infância para se ressentirem do menor insulto à sua honra – Pátroclo punha-se de pé no mesmo instante, acalmando, refreando, persuadindo os adversários a apertar as mãos, compartilhar uma piada e, por fim, sentarem-se novamente como amigos. Então, voltava para Aquiles e sua conversa recomeçava na mesma hora. A relação deles não era de iguais, embora Aquiles sempre formulasse suas ordens com cortesia; sempre, pelo menos na frente dos homens, chamava Pátroclo de "Príncipe" ou "Senhor". Ainda assim, Pátroclo era claramente o segundo em comando, um subordinado. Só que essa não era toda a história. Certa vez, eu os vi caminhando juntos na praia, Pátroclo com a mão na nuca de Aquiles, como um homem às vezes faz com um irmão mais novo ou um filho. Mais ninguém no exército poderia ter feito isso com Aquiles e sobrevivido.

Você parece ter passado muito tempo observando-o.

Sim, eu o observava. A cada instante que passava acordada, e não me permitia dormir muito na presença dele. É estranho, mas quando disse "eu o observava" quase acrescentei "como uma águia", porque é isso que as pessoas dizem, não é? É assim que se descreve um olhar atento e fixo. Mas não era nada disso. Aquiles era a águia. Eu era sua escrava, com quem ele podia fazer o que quisesse; estava totalmente sob seu poder. Se ele acordasse uma manhã e decidisse me espancar até a morte, ninguém iria intervir. Sim, eu o observava, o observava *como um camundongo*.

A última etapa da noite, depois do jantar, eu passava na companhia de Ífis, que era a garota de Pátroclo, dada a ele por Aquiles. Costumávamos ficar sentadas na cama, a que ficava na despensa, esperando ser chamadas. Pátroclo mandava chamá-la quase todas as noites, o que não era surpreendente, dada sua beleza pálida e delicada. Ela era como um ranúnculo trêmulo em seu caule delgado, tão frágil que parece que não vai sobreviver aos ventos que o fustigam, embora sobreviva a todos. Conversamos muito, mas não sobre o passado, não sobre a vida que precedeu a vinda ao acampamento, então, de certo modo, eu sabia muito pouco sobre ela. As coisas eram assim — todas nascemos de novo no nosso primeiro dia no acampamento. Ela sabia que tinha sorte de ter sido dada a Pátroclo, que era sempre gentil. Percebi como ele era delicado com ela, embora suspeitasse que a preferia às outras garotas em grande parte por se tratar de um presente de Aquiles.

Naqueles primeiros dias, eu não confiava na bondade de Pátroclo, porque não conseguia entendê-la. A brutal indiferença de Aquiles fazia muito mais sentido. Ele mal havia me dirigido duas palavras, embora muitas vezes, conforme minha desconfiança começou a se dissipar, eu conversasse com Pátroclo. Lembro-me de que uma vez, muito cedo, ele me encontrou chorando e falou que eu não me preocupasse, que ele poderia fazer Aquiles se casar comigo. Era algo extraordinário de se dizer; não soube como responder, então apenas balancei a cabeça e desviei o olhar.

Meu consolo eram minhas caminhadas até o mar, antes da alvorada. Eu avançava até a cintura, até ficar na ponta dos pés, sentindo o puxão de cada onda que recuava. Frequentemente, a névoa vinha do mar, algumas vezes espessa o suficiente para impedir a visão. Envolta assim, invisível para qualquer um que passasse por ali, eu ficava em paz, ou tão em paz quanto poderia ficar. Meus irmãos, cujos corpos insepultos deviam, agora, ter sido reduzidos a fragmentos de osso roído, pareciam se reunir ao meu redor. Aquela faixa de cascalho à beira d'água que, conforme as marés a varriam, pertencia por vezes ao mar e por vezes à terra, era nosso ponto de encontro natural. Meus irmãos haviam se tornado liminares em sua própria natureza, já que agora não pertenciam nem aos vivos nem aos mortos. Considerei que isso também se aplicava a mim.

Embora envolta em névoa e invisível, eu não estava sozinha. Aquiles nadava todas as manhãs antes do amanhecer, embora nunca tenha havido qualquer contato entre nós. Ou ele não me via ou decidira me ignorar. Ele não tinha nenhuma curiosidade sobre mim, nenhuma noção de mim como pessoa distinta de si próprio. Quando, durante o jantar, eu colocava comida ou bebida diante dele, nem sequer uma vez erguia os olhos. Eu era invisível, exceto na cama. Na verdade, não tenho certeza de quão visível eu era ali, exceto como uma coleção de partes do corpo. Com partes do corpo ele estava familiarizado: eram seu instrumento de trabalho. Penso que a única vez que ele realmente me viu foi naquele breve momento de avaliação quando fui exibida na frente dele, com certeza ele me olhou naquele momento, embora apenas o suficiente para ter certeza de que o exército estava lhe dando um prêmio compatível com suas realizações.

Ele não falava comigo, não me enxergava, mas mandava me chamar toda noite. Eu aguentei dizendo a mim mesma que um dia, e possivelmente logo, tudo mudaria. Ele se lembraria de Diomede, a garota que havia sido sua favorita antes de minha chegada, e mandaria buscá-la em meu lugar. Ou melhor ainda, saquearia outra cidade; bem sabiam os deuses que seu apetite por saquear cidades parecia ilimitado, e o exército lhe concederia outro prêmio, outra garota chocada e trêmula. E então, *ela* seria exibida aos seus homens, ostentada diante de seus convidados, e me seria permitido mergulhar na obscuridade das cabanas das mulheres.

As coisas mudaram, sempre mudam, mas não da forma que eu desejava. Não sei há quanto tempo eu estava no acampamento, talvez cerca de três semanas. Como disse, era quase impossível acompanhar a passagem do tempo naquele acampamento, eu parecia viver numa bolha, sem passado, sem futuro, apenas numa repetição infinita de agora, agora e agora. Mas creio que talvez a mudança tenha começado comigo. A apatia diminuiu, sendo substituída por uma dor tão intensa que eu não conseguia ficar parada, nem de pé nem sentada. Até este ponto, eu estivera passiva e anormalmente vigilante, mas com uma curiosa falta de emoção. Agora, havia momentos frequentes de aflição e até mesmo desesperança. Quando, no terraço da cidadela, minha prima Arianna estendeu a mão para mim antes de pular para própria a morte, eu escolhi viver, mas se tivesse que fazer aquela escolha de novo, *agora*, sabendo o que sabia *agora*... Será que ainda tomaria a mesma decisão?

Uma noite, depois do jantar, em vez de ir me sentar com Ífis no quartinho, para esperar ser chamada, desci para o mar. Geralmente, depois que os homens terminavam de comer, as mulheres faziam uma rápida refeição, mas eu estava enjoada, não conseguia nem pensar em comida. Segui o caminho entre as dunas, cada passo espalhando areia fofa. Às vezes, quando pensava em meus irmãos, eu sentia uma espécie de euforia. Enquanto eu continuasse viva e me lembrasse, eles não estariam totalmente mortos.

E eu queria viver o suficiente para ver Aquiles ardendo em sua pira funerária. Mas esses momentos eram breves e sempre acompanhados pela constatação de que isso era tudo, de agora em diante essa era a minha vida. Eu compartilharia a cama de Aquiles à noite até que ele se cansasse de mim e então eu seria rebaixada a carregar baldes de água ou cortar juncos para espalhar pelo chão. E, quando a guerra acabasse, eu seria levada para Ftia; porque os gregos venceriam, eu sabia que venceriam, eu vira Aquiles lutar. Troia seria destruída, assim como Lirnesso havia sido destruída. Mais viúvas, mais meninas chocadas e sangrando. Eu não queria viver para testemunhar nada disso.

Quando cheguei à praia, entrei direto no mar, como sempre fazia, mas dessa vez continuei caminhando até que a água se fechou sobre minha cabeça. Abaixo de mim, feixes de luar oscilantes brilhavam sem constância nos montes de areia branca. Tentei me forçar a inspirar, mas é incrível como o corpo luta para sobreviver, mesmo quando o espírito está pronto para partir. Não consegui me forçar a inspirar e, depois de um tempo, o aperto da faixa de ferro ao redor do meu peito tornou-se insuportável. Involuntariamente, nadei para cima, rompendo a superfície com um guincho de ar aspirado.

Quando voltei para o conjunto de cabanas de Aquiles, enlameada e abatida, Ífis estava à minha espera. Eu tremia enquanto ela me vestia com uma túnica limpa seca e torcia meus cabelos em um nó na minha nuca para que não ficasse muito aparente que estava úmido. O tempo todo, ela murmurava de preocupação, dando tapinhas em meus ombros e esfregando meu rosto e fazendo tudo que podia para me deixar apresentável, mas então Pátroclo chamou por ela, e Ífis teve de ir.

Continuei sentada lá. No cômodo ao lado, Aquiles tocava a lira, como sempre fazia a essa hora da noite. Havia uma canção em particular que terminava em uma sequência de notas que soavam como as últimas gotas de chuva no final de uma tempestade. Soava familiar, como se eu a conhecesse desde sempre, mas não conseguia situá-la; com certeza não conseguia me lembrar de nenhum dos versos. Escutei, e então ele parou de tocar, o momento que eu sempre temia. Ouvi quando colocou a lira na mesa ao lado de sua cadeira. Um minuto depois, abriu a porta e me mandou entrar com um gesto de cabeça.

O SILÊNCIO DAS MULHERES

Deixando a túnica cair no chão, parei por um momento esfregando meus braços úmidos e depois deslizei entre os lençóis. Ele não tinha pressa alguma, bebeu o resto de seu vinho, pegou a lira e tocou a mesma sequência de notas novamente. Deitei e escutei, odiando a delicadeza de seus dedos enquanto se moviam pelas cordas. Eu conhecia cada gesto daquelas mãos com a manicure muito bem-feita que, entretanto, ainda tinha sangue entranhado nas cutículas; nem mesmo banhos perfumados tiravam todas as manchas. Porque eu o observava com tanta atenção, por medo, não por qualquer outro motivo, eu sentia que sabia tudo sobre ele, mais do que seus homens, mais do que qualquer pessoa, exceto Pátroclo. Tudo e nada. Porque eu não era capaz de imaginar nem por um segundo como seria ser Aquiles. E, ao mesmo tempo, ele não havia aprendido absolutamente nada sobre mim, o que por mim era perfeito. Com certeza eu não queria ser compreendida.

Por fim, ele acabou vindo para a cama. Fechei os olhos, desejando que ele diminuísse a lâmpada, embora soubesse que não faria isso; nunca o fazia. Eu o senti se virar de lado e colocar aquelas mãos terríveis sobre os meus seios. Obriguei-me a não ficar rígida, a não me afastar...

E então ele parou.

— Que cheiro é esse?

Foram quase as primeiras palavras que ele me dirigiu. Afastei-me ainda mais dele, sabia que era um erro, mas não consegui me conter. Ele se inclinou, cheirando minha pele e cabelo. Eu estava ciente de como devia parecer para ele, a crosta de sal nas minhas bochechas, o cheiro de mar nos meus cabelos. Eu realmente esperava que ele me expulsasse da cama ou me batesse — a violência que estava sempre borbulhando sob a superfície se voltando contra mim afinal.

O que ele de fato fez foi muito mais chocante.

Gemendo, ele enterrou o rosto nos meus cabelos, em seguida, percorreu minha pele, beijando e lambendo até chegar aos meus seios. Quando começou a sugar meus mamilos, arqueei as costas ante o choque, porque esse não era um homem fazendo amor com uma mulher; era um bebê faminto, um bebê que sugava tão desesperadamente a ponto de perder o seio e se agitar em uma fúria imensa. Ele esmurrou meu peito com o punho fechado e, então, contendo-se, começou a levar as mãos cheias de mechas dos meus cabelos molhados até a boca. Em seguida, retornou para meus seios, tomando todo o mamilo na boca e fechando a mandíbula com força. Pode-se pensar: *Por que isso a chocou tanto?* Posso apenas repetir: esse não era um homem, e sim uma criança. No momento que me soltou, ele exibia aquele olhar vidrado, a expressão embriagada de um bebê empanturrado de leite. Uma expressão que eu nunca tinha visto no rosto de um homem antes ou desde então.

Quando acabou, ele me fitou; parecia confuso, quase perturbado. Fiquei tensa, esperando que ele me batesse, não por qualquer coisa que eu tivesse dito ou feito, ou que eu não tivesse dito ou feito, mas simplesmente porque eu havia testemunhado isso. Eu testemunhei sua necessidade. Em vez disso, ele se virou de lado, de costas para mim, e fingiu dormir.

6

Tudo mudou depois daquela noite, e não para melhor. Em vez de Aquiles fazer uso rápido, eficiente e prático do meu corpo para obter alívio, havia uma paixão imensa; paixão, porém, não ternura. Ele fazia amor — *rá!* — como se esperasse que a próxima foda me matasse. Em um momento, ele estava me moendo, no próximo, agarrava-se a mim, como se temesse o meu desaparecimento repentino. Algumas noites pensei que ele realmente me estrangularia.

Ífis várias vezes me perguntava se eu estava bem. Eu apenas fazia que sim com a cabeça e continuava a tarefa daquele momento. Mais e mais, me aventurava para mais longe das cabanas das mulheres, indo primeiro para as fogueiras mais próximas, onde em geral havia pelo menos algumas mulheres que eu conhecia de Lirnesso. Eu estava ao ar livre, tinha o sol sobre minha pele, sobrevivi. Bem, de certa forma sobrevivi. Havia mulheres no acampamento, mulheres que viram seus filhos serem mortos, que ainda não conseguiam falar, que cambaleavam com olhos mortos de choque. Literalmente, podia-se bater palmas na frente de seus rostos e elas nem piscavam.

Mas nada é simples, não é? Por incrível que pareça, havia mulheres cujas vidas mudaram para melhor. Uma garota, que fora escrava em Lirnesso — e escrava de cozinha, a mais baixa da classe mais baixa —, era agora a concubina de um grande senhor, enquanto sua senhora, uma mulher de aparência simples e barriga flácida perto do fim de seus anos férteis, precisava rastejar por restos de comida ao redor das fogueiras. Nada importava agora, exceto juventude, beleza e fertilidade.

Todas nós enfrentamos a situação de maneiras diferentes. Havia duas mulheres de quem me lembro em particular, irmãs, creio eu. Passavam o dia todo nos barracões de tecelagem, nunca saíam, exceto por uma breve caminhada ao fim da tarde, e sempre iam juntas, de braços dados, cobertas por tantos véus que me surpreende que conseguissem enxergar o caminho. Era como se esperassem que, observando todas as restrições de uma mulher respeitável, pudessem fazer o tempo andar para trás e desfazer o que haviam se tornado. Eu costumava olhar para elas e pensar: *Vocês estão loucas.*

Na verdade, fiz o oposto. Toda manhã, sozinha e sem véu, eu saía para caminhar ao redor do acampamento. Algumas dessas caminhadas me conduziam ao longo da costa, passando por vários acampamentos, até o promontório onde os mortos eram cremados. De lá, era possível ver por quilômetros. Em um dia de tempo bom, era possível observar as torres queimadas e quebradas de Lirnesso. Havia outro caminho, para o interior, passando pelas dunas e seguindo para as charnecas, onde trilhas lamacentas e pisoteadas levavam, por fim, ao campo de batalha. De lá, eu podia ver do outro lado da planície até Troia e, de vez em quando, até enxergar o brilho do sol refletindo na coroa de ouro do rei Príamo. Ele estava quase sempre no parapeito, observando o campo de batalha, e ao lado dele, inclinando-se o máximo que ousava, a mancha branca que era Helena.

Ninguém conseguia acreditar que a guerra se arrastara por tanto tempo. Há nove anos vinham lutando na planície troiana, a linha de frente avançando e retrocedendo sem nunca ir muito longe; nenhum dos lados foi capaz de rompê-la. O que antes era terra fértil e cultivada, agora era lamaçal, pois no outono e no inverno os dois rios que serpenteavam pela planície transbordavam com regularidade. As árvores haviam sumido, cortadas no primeiro inverno da guerra para construir cabanas e consertar os navios. As aves também haviam partido. Era surpreendente quão poucos deles restavam, apenas um urubu solitário navegando acima da desolação.

Eu não seguia por esse caminho com muita frequência. Era doloroso me deparar com Troia, onde uma vez passei dois anos muito felizes.

Aos poucos, fui conhecendo os outros "prêmios", mulheres concedidas pelo exército aos vários reis. Nós nos encontrávamos no acampamento de Nestor porque era o mais próximo da arena central e, portanto, o mais conveniente para todas. Hecamede, que fora concedida a Nestor quando

O SILÊNCIO DAS MULHERES

Aquiles saqueou Tênedos, preparava pratos de vinho forte e os distribuía com travessas de pão, queijo e azeitonas. Ela tinha cerca de dezenove anos, suponho — mais ou menos a mesma idade que eu —, com cabelos lisos, pele morena, rápida e hábil em todos os seus movimentos; ela me lembrava uma corruíra. Fora presenteada a Nestor como seu prêmio por "raciocínio estratégico", já que ele era velho demais para participar da incursão de fato.

— Velho demais para qualquer coisa? — arrisquei ter esperança.

Uza, também de Tênedos, soltou uma gargalhada.

— Não acredite nisso! Eles são sempre os piores, os velhos acham que se você apenas fizesse alguma coisa, algo *diferente*, algo que você ainda não está fazendo, ficariam duros como uma rocha. Não, prefiro os jovens a qualquer momento.

Uza era prêmio de Odisseu. Não havia problemas entre eles, ao que parecia. Era tudo *muito* direto. Quando acabava, ele ficava deitado olhando para o teto e se deliciava com longas e incoerentes reminiscências sobre a esposa, Penélope, a quem era totalmente devotado.

— Todos falam de suas esposas — comentou Uza, abafando um bocejo.

Nunca ficou claro qual havia sido a profissão de Uza antes da queda de Tênedos, embora eu sentisse que podia arriscar um palpite.

Ritsa se virou para mim.

— E quanto a Aquiles? Como ele é?

— Rápido — respondi e não disse mais nada.

Fiquei feliz em rever Ritsa. Havia sido concedida a Macaão, o médico--chefe do exército, não tanto por sua aparência — bem, definitivamente não por sua aparência —, mas por sua habilidade na cura. Ela era viúva, mais velha do que o restante de nós e, em circunstâncias normais, não teria aprovado mulheres casadas falando assim na frente de garotas.

A mais jovem de nós, Criseida, tinha quinze anos; filha de um sacerdote, ainda vivia na casa do pai quando Tênedos caiu. Agamêmnon a escolhera de uma fila de garotas capturadas alinhadas para sua inspeção; como comandante-chefe, ele sempre era o primeiro a escolher, embora fosse Aquiles quem encarasse o pior da batalha. Criseida era adorável, como as garotas naquele primeiro desabrochar costumam ser. No início, parecia muito tímida, embora depois eu tivesse descoberto que não era timidez, mas uma formidável reserva. Sua mãe morrera quando Criseida ainda era criança, por isso ela havia sido senhora da casa de seu pai desde pequena e o auxiliava no templo também. A dupla responsabilidade lhe concedeu maturidade além de sua idade. Ela falou muito pouco na primeira vez que a encontrei — se por timidez, reserva ou pudor, eu não soube determinar —, entretanto era o foco da atenção de todas. Quando ela saiu, antes de nós, tornou-se de imediato o assunto da conversa, mas que também não era fofoca maliciosa. Todas estavam preocupadas com ela. Embora, em um aspecto, como Uza declarou, ela estava melhor do que a maioria de nós: Agamêmnon não se cansava dela.

— Nunca manda chamar mais ninguém — disse ela. — Estou surpresa que não esteja grávida.

— Ele prefere a porta dos fundos — disse Ritsa.

Ela saberia. Ritsa tinha um pote de banha de ganso misturada com raízes e ervas trituradas que as mulheres comuns ao redor das fogueiras dos acampamentos usavam caso tivessem uma noite especialmente difícil. Ela era discreta demais para revelar que Criseida fora vê-la, mas a implicação era óbvia.

— Sério? — indagou Uza. — É claro, ela é muito magrinha. — E se inclinou para trás, colocando as mãos atrás da cabeça para chamar a atenção para suas curvas opulentas.

— Ele a ama — disse Hecamede.

Uza bufou.

— Sim, até se cansar dela. Lembra o nome daquela… Ô, inferno. Começa com "W". Diziam que ele estava apaixonado por ela, mas isso não o impediu de dá-la aos homens. E depois teve a…

— Eles fazem isso? — perguntei.

— O quê?

— Entregar as mulheres-prêmio aos homens.

Uza encolheu os ombros.

— Já aconteceu.

— Não vai acontecer com ela — opinou Hecamede. — Ele está obcecado.

— Não, bem, espero que você esteja certa — disse Uza.

Ritsa espreguiçou-se e bocejou.

— Tudo que Criseida precisa fazer é dar um filho a ele e, pronto, está com a vida ganha.

O SILÊNCIO DAS MULHERES

— Não vai ser um pouco difícil? — questionei. — Se ele prefere a porta dos fundos?

Uma onda de risadas. Parece-me incrível agora, olhando para trás, que ríssemos; mas com frequência o fazíamos. Talvez seja importante lembrar que nenhuma de nós havia perdido um filho.

Outra mulher que comparecia a essas reuniões, embora com menos frequência do que as outras, era Tecmessa, prêmio de Ájax. Ela estava no acampamento havia quatro anos e tinha um filho bebê que Ájax adorava. Como o acampamento de Ájax era próximo ao de Aquiles, eu costumava seguir parte do caminho de volta com ela, que era uma mulher grande que achava difícil caminhar no calor, então eram passeios lentos com bastante tempo para conversar, mas eu achava difícil gostar de Tecmessa ou sentir qualquer coisa por ela, exceto uma espécie de pena exasperada. Ájax matara seu pai e seus irmãos e na mesma noite a estuprara; ainda assim, ela passou a amá-lo, ou assim dizia. Não tinha certeza se acreditava nela. Admito, não queria acreditar nela. Considerava sua adaptação à vida no acampamento ameaçadora e vergonhosa. Contudo, ela tinha um filho, e toda a sua vida girava em torno da criança.

Sua outra paixão era comer. Havia um prato em especial que Hecamede costumava servir, uma mistura de frutas secas, nozes e mel, tão enjoativamente doce que uma ou duas porções no fim de uma refeição eram o máximo que a maioria de nós aguentava comer. Tecmessa era capaz de devorar uma bandeja inteira. O restante de nós assistia com incredulidade, trocando olhares de vez em quando, mas ninguém falava nada.

Uma ou duas vezes, Tecmessa realmente me aborreceu com seus conselhos bem-intencionados, mas irritantes, sobre como tirar o melhor proveito das situações. Eu devia tentar fazer Aquiles me amar, ela disse.

— Ele não é casado, sabe, e só tem um filho, isso não é nada para um homem na posição dele. Ele poderia ter se casado com ela, mas não o fez.

Aparentemente, o filho se chamava Pirro, e Aquiles não o via desde que era um bebê. O menino estava sendo criado pela família da mãe.

— Não é a mesma coisa — insistiu ela. — Não é como ter um filho e vê-lo crescer.

A mensagem era clara: havia uma vaga e eu seria uma tola se não tentasse preenchê-la.

— Veja como estou; Ájax beija o chão onde piso.

Eu pensei: *Ora, é claro, veja como está. Se sua vida é tão maravilhosa, por que nunca para de mastigar?*

Um dia, ela apareceu envolta em um manto pesado, apesar do calor. Quando estava se abaixando para pegar o navio de guerra de brinquedo do menino, as dobras de tecido se abriram para revelar marcas escuras de dedos em volta de sua garganta. Ela sabia que tínhamos visto. Por muito tempo, ninguém falou.

Então:

— Problemas no Paraíso? — questionou Uza, aparentemente dirigindo-se para o ar.

Ritsa fez que não com a cabeça, mas era tarde demais. Tecmessa tinha ficado com as faces de um vermelho feio e manchado.

— Não é culpa dele — retrucou ela. — Ele tem pesadelos terríveis, às vezes, acorda, pensa que sou de Troia.

— Você *é* uma troiana — disse eu.

— Não, quis dizer um *soldado* — esclareceu Tecmessa.

No nosso retorno ao lar — palavras dela, não minhas — naquele dia, Tecmessa repassou os acontecimentos da noite anterior, como ela teve de bater em Ájax com os punhos para fazê-lo parar.

— Ele não consegue evitar.

Pobre mulher, estava claro que ela precisava desabafar com alguém, mas eu era realmente a pior pessoa…

— Aquiles tem pesadelos?

Em silêncio, neguei com um gesto de cabeça.

— Ele vai. Mais cedo ou mais tarde, todos eles têm. Uma noite ele vai acordar e achar que você é o inimigo.

— Bem, se ele fizer isso, estará certo.

— Você não vai dizer isso quando tiver um filho.

Quando, percebi. Não *se*.

Até aquele ponto, sempre acreditei que não engravidaria. Afinal, cinco anos de casamento não produziram um filho tão necessário, mas é um fato bem conhecido que uma égua estéril, às vezes, gera um potro caso seja montada por um garanhão diferente. Comecei a me questionar. Lá estava Tecmessa com seu filho, e por todo o acampamento mulheres empurravam grandes barrigas diante de si ou carregavam bebês pequeninos choramingando nos braços. Aquelas que estavam há mais tempo no

O SILÊNCIO DAS MULHERES

local já tinham crianças que se viravam sozinhas ao redor das fogueiras. No entanto, eu estava convencida de que isso não aconteceria comigo. Reconheço que não estava contando apenas com a convicção, ainda o lavava de mim todas as manhãs, indo contra meus próprios interesses, Ritsa teria dito. E parte de mim entendia perfeitamente bem que o que Nestor havia dito era verdade: *Esta é a sua vida agora*. Não havia nada a ganhar ao me apegar a um passado que já não existia mais. Mas eu me apeguei a ele, porque naquele mundo perdido eu havia sido alguém, uma pessoa com um papel na vida. Sentia que, se deixasse isso para trás, perderia o último vestígio de mim mesma.

Separei-me de Tecmessa no portão do acampamento de Ájax e caminhei as últimas centenas de metros sozinha. Estava ciente das mulheres comuns ao meu redor, cuidando do fogo e carregando panelas, preparando-se para o retorno dos guerreiros. De todas as mulheres do acampamento, essas eram as mais miseráveis. Muitas delas carregavam os curiosos hematomas circulares que vinham do contato com a ponta do cabo de uma lança. Viviam ao redor das fogueiras, dormiam sob as cabanas à noite; as mais novas entre elas não tinham mais do que nove ou dez anos. Eu pensava que suas vidas eram completamente separadas da minha, mas agora entendia que pelo menos Agamêmnon, às vezes, dava uma de suas concubinas para seus homens fazerem uso dela. Quando se cansava dela, talvez, ou se a mulher tivesse feito algo para desagradá-lo, ou simplesmente porque considerava que seus homens mereciam um agrado. Aquiles já havia feito isso? Eu não fazia ideia, sabia apenas que o acampamento de repente se tornara um lugar ainda mais ameaçador.

Quando passei pelos portões do acampamento, que ficavam abertos durante o dia, minha mente se encheu de pavor pela noite que se aproximava. Havia banhos a serem preparados para Aquiles e Pátroclo, que tomavam um banho quente e perfumado ao final de cada dia de luta, com a primeira de muitas bebidas à mão. Não havia nenhum trabalho de fato nisso para mim, as mulheres comuns ferviam a água e carregavam os caldeirões pesados, mas eu sempre me certificava de que o banho de Aquiles estaria pronto a tempo porque fazia diferença em seu humor, e o humor de Aquiles governava tudo.

Todas ficávamos em silêncio quando sua biga se aproximava. Sempre, mesmo antes de remover seu capacete, ele ia até os estábulos e se assegurava de que seus cavalos fossem escovados e recebessem água de forma adequada. Só então, tirava a armadura e a arremessava para que seus escudeiros a limpassem. Com frequência, em vez de afundar no banho quente preparado com tanto cuidado, ele mergulhava no mar. Muito além da arrebentação, ele se colocava de costas e flutuava enquanto, no acampamento atrás de si, a água de seu banho esfriava. Normalmente, Pátroclo o seguia até a praia e ficava na costa, observando. Ele sempre parecia ansioso nesses momentos, embora eu não pudesse entender o motivo de sua ansiedade; um homem que nadava daquele jeito dificilmente se afogaria.

Por fim, devagar, Aquiles voltava para a praia, cambaleando pelas ondas que quebravam contra seus joelhos até que alcançasse a terra seca. Ali, ele parava e se sacudia até que seus cabelos compridos, salpicados de preto com sangue, chicoteavam ao redor de sua cabeça e gotas de água pontilhavam a superfície da areia, formando um círculo ao seu redor. Então, o sangue tendo sido lavado, ele ficava parado por um momento, enxugando os olhos antes de emergir, piscando, para a luz. Parecia renascido. Então, passava o braço sobre os ombros de Pátroclo e juntos subiam as encostas de areia e cascalho, pegavam as canecas de vinho que lhes eram entregues e entravam na cabana para se preparar para o jantar.

7

Eu rezava para que algo bom acontecesse, alguma coisa, qualquer coisa que modificasse a maneira como eu estava vivendo. Na época, parecia que um dia seguia o outro e uma noite seguia a outra sem que o tempo parecesse passar; porém, olhando para trás, posso notar que havia mudanças, embora parecessem insignificantes na época. Determinada noite, por exemplo, enquanto Ífis e eu esperávamos no quartinho, Pátroclo entrou para buscar mais vinho e, nos vendo sentadas lá, disse:

— Por que não entram?

Entreolhamo-nos. Era inesperado, e qualquer acontecimento inesperado era alarmante, mas estávamos condicionadas a obedecer, assim, nos levantamos e o seguimos até o outro quarto. Ali, sentei-me em uma cadeira o mais longe de Aquiles quanto foi possível, e beberiquei o vinho doce da caneca entregue por Pátroclo. Quase não ousava respirar. Aquiles pareceu surpreso por um momento, mas de outro modo não nos deu atenção.

Quando Pátroclo saiu, levando Ífis consigo, deitei-me na cama, como de costume. A essa altura, eu havia entendido que a alteração no comportamento de Aquiles estava ligada ao cheiro da água do mar nos meus cabelos. Tentei ficar longe da praia, mas não consegui; eu precisava da imersão nas profundezas frias, salgadas, implacáveis e parecia precisar cada vez mais à medida que tempo passava. Assim, continuei indo para a cama dele com o cheiro da maresia nos cabelos e o sal repuxando minha pele, e me preparava para encarar sua luxúria, sua raiva e sua necessidade; assustada, amedrontada demais para falar com qualquer uma. E sem entender nada.

Esse se tornou o padrão de nossas noites, Ífis e eu sendo chamadas para o quarto de Aquiles antes da hora de dormir. Às vezes, Aquiles e Pátroclo continuavam a conversa ocorrida durante o jantar, repassando as lutas do dia, decidindo o que precisava ser enfatizado na reunião da manhã seguinte. Se o dia tivesse corrido bem, a conversa não durava muito. Se tivesse corrido mal, Aquiles explodiria, vomitando desprezo por Agamêmnon. O homem era incompetente, não se importava com seus homens, nem com coisa alguma, exceto a própria ganância. Pior do que isso, era covarde, sempre ficando para trás "para proteger os navios", enquanto outras pessoas suportavam o peso da luta.

— E — nesses momentos Aquiles erguia a taça pedindo mais vinho — ele bebe.

— Todos nós bebemos.

— Não tanto quanto ele. — Aquiles olhou para Pátroclo. — Ora, diga, quando foi que me viu bêbado?

Por fim, depois de Pátroclo passar muito tempo o acalmando, Aquiles pegava sua lira e começava a tocar.

Assim que ele se entretinha, eu estava livre para observar. Ricas tapeçarias, pratos de ouro, um baú esculpido incrustado com marfim... Suponho que alguns desses bens ele pudesse ter trazido consigo de casa, mas a maioria havia sido saqueada de palácios em chamas. O espelho de bronze de corpo inteiro; eu me perguntava de onde tinha vindo. Não me perguntei sobre a lira, pois sabia. Ele a havia tirado do palácio de Eécion, no dia em que saqueou Tebas. Eécion foi morto, seus oito filhos mortos, homens e meninos massacrados, mulheres e meninas levadas para a escravidão, e apenas a lira restou. Acho que era a coisa mais linda que eu já tinha visto.

Enquanto ele tocava, a luz das tochas iluminava bem o seu rosto e eu podia ver as estranhas marcas na sua pele. As áreas da testa e das bochechas cobertas pelo ferro de seu capacete eram muitos tons mais claras do que a pele ao redor dos olhos e da boca, quase como se o capacete tivesse se tornado parte dele, de alguma forma se incrustado em sua pele. Talvez eu esteja exagerando o efeito. Lembro-me de ter mencionado com Ífis e, embora ela soubesse imediatamente a que eu me referia, disse que ela mesma não tinha notado muito. Para mim, as listras de tigre na pele dele eram sua característica mais perceptível. Alguém certa vez me disse: *Você nunca fala da aparência dele.* E é verdade, não falo, acho difícil. Naquela época, ele provavelmente era o mais belo dos homens na face da Terra, da mesma forma que com certeza era o mais violento, mas esse é o problema. Como separar a beleza de um tigre de sua ferocidade? Ou a elegância de um leopardo da velocidade de seu ataque? Aquiles era assim; a beleza e o horror eram os dois lados de uma mesma moeda.

Enquanto Aquiles tocava, Pátroclo ficava sentado em silêncio, com o queixo apoiado nas mãos unidas, às vezes, acariciando, distraído, as orelhas do cão favorito que se sentava olhando para ele ou se deitava aos seus pés. De vez em quando, o cão adormecido emitia um ganido engraçado enquanto perseguia um coelho imaginário, então Pátroclo sorria, e Aquiles erguia os olhos e ria, antes de voltar sua atenção para a lira.

As canções eram todas sobre glória imortal, heróis morrendo no campo de batalha ou, com menor frequência, voltando para casa em triunfo. Eu me lembrava de muitas dessas canções, pois as escutei durante minha própria infância. Quando era uma garotinha na casa do meu pai, costumava me esgueirar para o pátio quando deveria estar na cama dormindo, em busca de ouvir os bardos tocando e cantando no salão. Talvez, naquela idade, eu pensasse que todas as histórias emocionantes de coragem e aventura trouxessem um vislumbre do meu próprio futuro, embora anos depois, com dez ou onze anos, talvez, o mundo começou a se fechar ao meu redor e percebi que as canções pertenciam aos meus irmãos, não a mim.

As garotas cativas costumavam sair das cabanas das mulheres e se sentar nos degraus da varanda para ouvir Aquiles cantar. Sua voz se transportava; era possível ouvir trechos dessas canções de todos os cantos do acampamento. Por fim, porém, a música desaparecia no silêncio e por um momento ninguém se movia ou falava. Então, com uma cascata de faíscas, um pedaço de lenha caía dentro da lareira, e Aquiles olhava para Pátroclo e sorria.

Esse era o sinal. Todos nos levantávamos, Pátroclo e Ífis preparando-se para partir. Eu os ouvia cochichando no corredor e me perguntava como ela se sentia. Ela perdera parentes, perdera sua casa e Pátroclo havia sido parte disso. Como ela conseguia amá-lo?

Aquiles então se despia, mas lentamente, voltando repetidas vezes para a lira. Eu ficava deitada de olhos fechados e escutava, sentindo o cheiro da resina da parede ao meu lado, até saber, pelo escurecimento das minhas pálpebras, que ele estava espalhando cinzas sobre o fogo. Um momento depois, eu sentia a cama ceder sob seu peso.

Não sei, talvez se eu tivesse sido capaz de me abrir com ele, de falar, os eventos pudessem ter sido diferentes. Embora eu ache que fosse igualmente provável, *mais* provável, que qualquer referência à situação teria produzido uma explosão de raiva. Esse era um ritual profundamente privado que deveria ser realizado em silêncio, no escuro. E assim, noite após noite, eu ficava deitada embaixo desse homem, que não era um homem, e sim uma criança zangada, e rezava para que tudo acabasse logo. Depois, eu me esticava com as pernas retas como um cadáver em uma pira funerária e esperava pelo momento em que a respiração dele caindo no sono me permitisse virar de lado e encarar a parede.

E eu rezava pedindo uma mudança. Todas as manhãs e todas as noites, rezava para que minha vida mudasse.

8

Acho que talvez eu tenha sido a primeira pessoa no acampamento a ver o sacerdote.

Eu havia ido até a praia, caminhando ao longo da arrebentação até chegar aos navios de Odisseu, içados em carreiras logo atrás da arena. Parei e olhei para trás, para a direção de onde tinha vindo, e lá estava ele, o sacerdote, caminhando em minha direção, seus pés deixando um rastro na areia cintilante. Grisalho, sujo da viagem, parecia exausto, como se estivesse na estrada há dias ou mesmo semanas. Ele cambaleava de um lado para o outro enquanto se aproximava, suas vestes balançando ao vento. No começo, achei que fosse um marinheiro, mas então, quando se aproximou, notei que seu cetro estava coberto com as fitas escarlates de Apolo e suas roupas, embora sujas e amassadas, eram feitas da melhor lã.

Quando estava a apenas alguns metros, hesitou, como se não soubesse como se dirigir a mim. Eu sabia qual era o problema. Lá estava eu, uma moça em ricas vestes, sem véu e caminhando sozinha... Se tivesse me visto em uma cidade, ele saberia com exatidão o que eu era. No mesmo instante, meu coração se endureceu contra ele, e pensei: *É isso mesmo, velho, é exatamente isso que eu sou, mas não por escolha própria.*

— Filha — começou ele, hesitante —, você pode me apontar a direção do alojamento de Agamêmnon?

Virei-me e apontei para minha esquerda, mas naquele momento um dos homens de Odisseu saiu de entre os navios e perguntou ao sacerdote o que ele estava fazendo ali. Viera, explicou, pedir que o senhor Agamêmnon aceitasse um resgate em troca do retorno da filha. Deduzi que devia ser o pai de Criseida. O homem entrou na cabana de Odisseu para avisar e logo depois o próprio Odisseu apareceu.

Corri o mais rápido que pude para o complexo de Nestor e encontrei Hecamede em um dos galpões de tecelagem. Aos poucos, conforme eu contava a ela o que vira, tear após tear quedou em silêncio e as mulheres se reuniram ao nosso redor para discutir a chegada do sacerdote.

— Ele vai ser obrigado a deixá-la ir — determinou Hecamede.

— Vai nada — retruquei. — Ele é Agamêmnon, ele não é *obrigado* a fazer nada.

A notícia da chegada do sacerdote espalhou-se de cabana em cabana. Quando cheguei à arena, já havia se espalhado por todo o acampamento; uma multidão de homens que se empurravam, gesticulando agitados, já havia se reunido.

Era a minha primeira vez na arena desde que o exército concedeu-me a Aquiles, e as lembranças daquele dia eram tão terríveis que fiquei tentada a ir embora, mas me mantive lá. Eu não era a única mulher ali; vi Ritsa de pé sob a estátua de Zeus, seus braços parrudos cruzados sobre o peito. Acenei para ela, mas não estávamos perto o suficiente para falar. O tempo todo, homens se aglomeravam conforme a notícia da chegada do sacerdote se espalhou, esticando o pescoço para ver o que estava acontecendo e aplaudindo fortemente quando Agamêmnon chegou. Em toda a arena, as estátuas dos deuses — com a pintura rachada e descascando devido aos ventos fortes que sopravam do mar — fitavam para baixo, com seu olhar indiferente e impiedoso.

Analisei ao redor, tentando encontrar um lugar de onde eu pudesse ver acima da multidão. Um movimento chamou minha atenção. Era Criseida, parada bem no topo das dunas, à sombra de uma árvore raquítica que os ventos constantes haviam curvado em um arco. Corri para me juntar a ela. Quando cheguei mais perto, vi que um lado de seu rosto estava muito vermelho, o olho desse lado lacrimejava profusamente; ela levantava repetidas vezes a ponta do véu para enxugá-lo, mas não mencionou o ferimento, e eu também não. Apenas a abracei, então ficamos juntas observando a arena por cima da multidão. Ela agarrava meu braço e soluçou um pouco quando avistou o pai esperando perto da entrada.

Os dedos de Criseida cravaram-se em meu braço quando o velho, seu pai, o sacerdote de Apolo, dirigiu-se para o centro da arena, segurando no alto o cetro e as fitas escarlates do deus. Imediatamente, a multidão ficou em silêncio. O vento aumentava, criando pequenos redemoinhos na areia que giravam por um ou dois segundos e então desapareciam tão rápido quanto surgiram. Uma rajada mais forte levantou os cabelos grisalhos do sacerdote quando ele começou a falar. Primeiro, ele cumprimentou Agamêmnon com cortesia, com uma prece para que Apolo e todos os deuses lhe concedessem a vitória, para que pudesse saquear a cidade de Príamo e levar as riquezas de Troia para casa em seus navios…

— *Apenas me devolva minha filha.*

Após a formalidade de suas palavras iniciais, o apelo foi um choque. Em um instante, estávamos em outro mundo, um mundo onde o amor de um pai por sua filha importava mais do que qualquer quantidade de riqueza saqueada. Contudo, Agamêmnon sacrificara a própria filha para conseguir ventos favoráveis até Troia. Temi pelo velho e por Criseida. Por um longo momento depois disso, o sacerdote parecia dominado pela dor, mas então se forçou a continuar. Trouxe um grande resgate, no porão do navio de carga que todos podiam ver ancorado na baía. Chorando abertamente agora, ele implorou a Agamêmnon que aceitasse.

— *Por favor, senhor Agamêmnon, por favor, deixe-me levá-la para casa.*

Todos na arena se comoveram com as lágrimas do velho e pelo tamanho do resgate que ele trouxe. Sentimento e ganância; os gregos amam uma história sentimental quase tanto quanto amam ouro.

— Aceite! — gritaram. — Devolva a filha ao pobre coitado!

E então, como uma lembrança tardia:

— Honre os deuses!

Logo a multidão estava alvoroçada, guerreiros se empurravam, se chocando e gritando:

— Devolva-a! Devolva-a!

Depois de uma breve conferência com seus conselheiros, Agamêmnon se levantou. A balbúrdia continuou por um ou dois momentos, até que as pessoas nas bordas da multidão perceberam que ele estava de pé, e então, fora um ou dois gritos isolados, o alarido se reduziu ao silêncio.

— Velho — disse Agamêmnon, sem mencionar título nem sinal de respeito —, velho, pegue seu resgate e vá embora. Escapou com vida desta vez, mas se pegar você no acampamento de novo, o cetro e as fitas do deus não irão salvá-lo.

Ele olhou para os homens, todos em silêncio agora.

— Não irei devolvê-la. Ela vai passar o resto de sua vida no meu palácio, longe de sua terra natal, trabalhando nos teares de dia, dormindo na minha cama à noite, tendo meus filhos, até ser uma velha, uma velha sem um dente na boca. Agora saia. Sem mais uma palavra, apenas *vá*. Agradeça por estar vivo.

Em silêncio, o sacerdote virou as costas, deixando seu cetro se arrastar pela areia de forma que uma linha aguda o acompanhasse até a saída. Ali, ele se virou para lançar um último olhar para Agamêmnon e seus lábios se moveram, mas estava amedrontado demais para falar. Agamêmnon já havia virado as costas. Conversava com os homens atrás de si, sorrindo, até mesmo rindo, desfrutando seu pequeno momento de triunfo sobre um velho fraco, frágil e infeliz. Relutante, a multidão começou a se dispersar, homens se afastando em grupos de dois ou três, resmungando. Ninguém gostou. Pensei ter visto um ou dois homens fazendo o sinal contra mau-olhado.

Quase não ousei olhar para Criseida, mas sabia o que ela tinha de fazer.

— Corra.

Ela me encarou, boquiaberta, chocada demais para entender.

— Vá, *corra*. Volte para a cabana. Ele pode mandar chamá-la.

Eu sabia que ele o faria. Não conseguiria resistir a uma trepada em comemoração. A dor de Criseida pela separação do pai não teria a menor importância para ele.

Ela saiu correndo como uma jovem corça entre as cabanas, e comecei a voltar para o acampamento de Aquiles. Todos os caminhos estavam apinhados de homens saindo da reunião, então desviei para a praia. E lá estava o sacerdote, andando por tapetes de algas marinhas ressecadas, os pés se arrastando, levantando nuvens de maruins que pairavam ao seu redor. Progredia devagar, chorando e orando a Apolo enquanto caminhava. Comecei a segui-lo; não de propósito, eu estava apenas caminhando na mesma direção. À medida que se distanciava mais de Agamêmnon, ele passou a orar em voz muito mais alta, segurando o cetro e as fitas do deus bem acima da cabeça, quase como se estivesse de volta ao próprio templo, nos degraus do altar.

Senhor da luz, ouça-me!

O SILÊNCIO DAS MULHERES

Senhor do arco de prata, ouça-me!

Seu cântico ficou cada vez mais alto até que gritava para o céu.

Fiquei comovida com o velho, mas também exasperada. Se invocar os deuses servisse de alguma coisa, Lirnesso não teria caído. Eu bem sabia que ninguém poderia ter orado mais do que nós.

Mas continuei observando e escutando enquanto, ainda entoando orações, ele cambaleava ao longo da costa.

Senhor de Tênedos, ouça-me!
Senhor de Cila, ouça-me!
Se alguma vez sacrifiquei cordeiros e cabras no seu altar,
Vingue seu sacerdote!

Eu havia perdido a esperança de que minhas orações fossem atendidas. Nenhum deus que eu conhecia escutava as orações de escravos; ainda assim, fiquei fascinada por aquele velho. Céu e mar escureceram ao seu redor, e ainda assim os cânticos continuaram, embora os títulos do deus tivessem se tornado menos familiares para mim.

Apolo Esminteu, ouça-me!
Senhor cujas flechas atacam à distância, ouça-me!
Senhor dos camundongos, ouça-me!

Senhor dos *camundongos*? Eu tinha esquecido — se é que algum dia soube — que Apolo era o deus dos camundongos. Num instante, entendi o objetivo de todas essas orações. Apolo não é senhor dos camundongos porque são criaturinhas doces e peludas e ele gosta bastante deles... Não, ele é senhor dos camundongos, porque camundongos, assim como ratazanas, trazem a peste; e Apolo, o senhor da luz, o senhor da música, o senhor da cura, é também o deus da peste.

Enquanto a grandiosa prece por vingança do sacerdote subia aos céus, percebi que orava com ele.

Senhor dos camundongos, ouça-me!
Senhor do arco de prata, ouça-me!

65

Senhor cujas flechas atacam à distância, ouça-me!

Até que, finalmente, as palavras proibidas saíam da minha boca como sangue ou bile:

Deus da peste, ouça-me!

9

Nada aconteceu. Bem, é óbvio que nada aconteceu! Não é isso o que geralmente acontece quando se ora aos deuses?

Na manhã seguinte, os homens se reuniram como de costume, antes do alvorecer. Em meio a um grande martelar de espadas contra escudos, Aquiles saltou para sua biga e deu o sinal para partir. Depois que tinham ido embora, depois que os gritos e pancadas nos escudos cessaram, o acampamento assumiu sua habitual aparência um pouco surpresa e desarrumada, abandonado como estava às mulheres e crianças e ao punhado de homens de cabelos grisalhos deixados para trás para proteger os navios.

Encontrei Criseida tecendo, embora ela tenha parado ao me ver e tenha me oferecido uma taça de vinho. Observando-a se mover ao redor da cabana, achei que estava andando com mais rigidez do que no dia anterior. Pobre Criseida, ela não sabia nenhum dos truques que mulheres como Uza empregam para controlar o apetite dos homens. Eu não conhecia muitos deles, mas ela não sabia absolutamente nada, tendo ido virgem para a cama de Agamêmnon e pouco mais do que uma criança. Embora, para ser justa, ela estava conseguindo se virar, auxiliada por sua devoção a Apolo e o uso ocasional do pote de gordura de ganso.

Quando Ritsa expressou pena por Criseida, Uza bufou de escárnio.

— Não tenho pena — disse ela. — Se uma mulher sabe o que fazer, acaba antes mesmo que o homem coloque o pau perto dela.

— O que quer dizer com "se souber o que fazer"? — retrucou Ritsa. — Ela só tem quinze anos!

— Eu tinha doze.

Pobre Criseida, Agamêmnon não conseguia ficar longe dela. E quantas garotas, ao se sentirem amadas, ou pelo menos cobiçadas, pelo homem mais poderoso da Grécia, não ficariam infladas de orgulho? Criseida, não. Estava completamente desolada, sonhava apenas em voltar para o pai. Ela me contou que queria ser sacerdotisa, que seu pai a treinava, e de fato teria sido uma boa sacerdotisa. Muito devota, rezava quatro vezes ao dia: ao alvorecer, ao meio-dia, ao crepúsculo e novamente antes da aurora, implorando pelo retorno do deus. Apolo, o destruidor das trevas; Apolo, o deus da cura — que também é deus da peste. Certa vez, ela me pediu para acompanhá-la nas orações do meio-dia, mas dei uma desculpa para me esquivar. Eu de fato orava a Apolo — e orava cada vez mais —, porém as minhas não eram o tipo de oração que se compartilha.

Senhor dos camundongos, ouça-me...

Caminhei retornando para o acampamento de Aquiles ao longo da faixa de areia dura entre os navios atracados e o mar.

Senhor da luz, ouça-me!

A oração soou vazia em meus lábios, eu estava espiralando rumo à escuridão, perdida demais para ser capaz de louvar a Apolo como o senhor da luz. Em vez disso, meu punho cerrado marcou uma tatuagem na palma da minha mão.

Senhor dos camundongos, ouça-me!

Senhor do arco de prata, ouça-me!

Senhor cujas flechas atacam à distância, ouça-me!

O mar naquele dia estava quase anormalmente sereno e sem ondas, com um brilho uniforme e liso na superfície, como a pele de uma bolha. As ondas se arqueavam contra os limites da baía, antes de quebrar em arcos sobrepostos de espuma amarelada que borbulhava brevemente entre os detritos antes de desaparecer na areia. Havia algo ameaçador nessa quietude, como os últimos minutos antes de uma tempestade. Contemplei os navios atracados, as cabanas e fogueiras ardentes, e minha pele parecia inchada de antecipação.

Cruzando a arena, onde os olhos indiferentes dos deuses me seguiram, segui por um caminho pelas dunas que percorriam toda a extensão do acampamento, em um ponto contornando o vasto depósito de lixo. Estava longe de ser o melhor lugar para se estar em um dia extremamente quente, pois, embora o céu permanecesse encoberto, o calor aumentava a

O SILÊNCIO DAS MULHERES

cada hora. O fedor, as nuvens de moscas negras zumbindo, o suor escorrendo pelo meu corpo, tudo combinado para causar um arrepio de nojo. Ainda assim, algo em mim acolheu a proximidade com a decadência e a decomposição. Na verdade, eu pensava que esse era meu lugar; *aqui*, com o resto do lixo. Naquele momento, não culpei Aquiles, o exército grego ou mesmo a guerra pelo que me tornei. Culpei a mim mesma.

Ao passar pelo depósito, notei uma ratazana correndo entre pilhas de comida podre. Muita comida era desperdiçada naquele acampamento, porque ninguém havia trabalhado muitas horas na plantação nem cuidando do gado. Sem dúvida, isso explicava o tamanho das ratazanas, porque eu nunca tinha visto ratazanas de pelo tão lustroso e tão bem alimentadas como essas. Estavam sempre à vista, mas normalmente desapareciam quando uma pessoa se aproximava. Essa não se afastou. Na verdade, estava se comportando de maneira muito estranha, cambaleando em círculos. Conforme me aproximei, pude ver que seu pelo estava eriçado e manchado, nada do preto lustroso de sempre. Segui adiante, mas então algo me fez olhar para trás e, naquele momento, a ratazana gritou. Sangue jorrou de sua boca; ela caiu de lado, rolou em agonia por um minuto inteiro, gritou mais uma vez e morreu.

Então, notei outras, todas ao ar livre, nenhuma fugindo, e quanto mais eu olhava, mais eu via. Pequenos cadáveres inchados estavam espalhados aqui e ali entre o lixo. Quase pisei em um e, olhando para baixo, vi vermes se movendo por baixo da pele. Não eram mortes recentes, as ratazanas deviam estar morrendo há algum tempo. Recuei e comecei a correr, deixando o monte de lixo para atrás o mais rápido que pude, ofegando nas últimas centenas de metros até o portão do acampamento. Entrei na cabana das mulheres, agitada pela cena que testemunhara e, ainda assim, uma vez lá dentro, não contei a ninguém, porque, de fato, o que havia para contar? Que algumas ratazanas morreram? Não valia a pena dizer nada, não é?

Mas pensei nelas enquanto me preparava para o jantar. Prestei muita atenção à minha aparência, como sempre. A obsessão de Aquiles com meus cabelos e minha pele não me fizeram sentir mais segura; o contrário, na verdade. Surgiu tão de repente que senti que poderia se transformar com igual rapidez em repulsa. Por isso, me assegurava de que, pelo menos em público, eu fosse exatamente o que ele queria: a confirmação visual de que ele era, como sempre afirmara ser, o maior dos gregos.

Durante o jantar, estava tão quente no salão que respirar de fato fazia o nariz arder. Calor corporal, tochas acesas, até mesmo o cheiro vindo de travessas de rosbife se uniam para deixar o ar pesado. A conversa ainda girava em torno da forma como Agamêmnon tratou o sacerdote. Ninguém aprovava. Ninguém entendia. Um resgate daqueles, *por uma garota*, e ele recusou? Estava louco? Até Aquiles, quando me inclinei para servir seu vinho, comentava a recusa do resgate por Agamêmnon.

— *Por que* ele não aceitou? É o homem mais ganancioso do mundo.

— Talvez ele a ame — disse Pátroclo.

— *Amor*? Aquele bode velho não sabe o que é amor.

E você sabe?, pensei seguindo em frente.

Eu estava começando a enxergar alguns dos homens como indivíduos; a maioria tolerável, um ou dois deles definitivamente *não*. Míron era um homem de meia-idade, corpulento com uma massa de cabelos pretos grossos e começando a ficar grisalho. Suponho que devia ter lutado em alguma época, mas não lutava mais. Seu trabalho era supervisionar a manutenção dos navios. Era uma posição importante: Aquiles realizava ataques frequentes às cidades ao longo da costa e precisava que sua frota estivesse sempre em condições de navegar. Eu tinha notado cordames apodrecidos nos navios de alguns dos outros reis, certa vez, até danos não consertados em um casco, mas se não via nada parecido no acampamento de Aquiles; seus navios podiam ser postos ao mar em questão de horas. Míron cumpria suas obrigações meticulosamente. Era um homem de quem eu não gostava — não gostava em especial, quero dizer —, embora por nenhuma outra razão além do fato de que os olhares que ele dirigia a mim eram mais ousados, mais rudemente apreciadores do que os dos outros homens. Ele nunca disse nada, é claro, não ousava, mas olhava para meus seios quando eu me inclinava sobre ele e fazia pequenos estalidos com os lábios, como se estivesse ansioso pelo vinho que eu estava prestes a servir.

Naquela noite servi seu vinho; com rapidez, como eu sempre fazia, porque odiava ficar perto dele, e então, dando um passo para trás, notei a túnica que ele usava. Era uma que teci para meu pai. Na verdade, eu a terminei apenas alguns dias antes de ser carregada em uma liteira para a casa do meu novo marido, a jornada que toda garota deve fazer. O bordado nas costas da túnica não era muito bom — nunca declarei ter grande habilidade para bordar *ou* costurar —, mas dera cada ponto com amor.

O SILÊNCIO DAS MULHERES

Claro que essa não era a primeira vez que eu sentia aquele choque de reconhecimento; no dia seguinte à minha chegada, notei uma travessa de ouro do palácio do meu marido em uma mesa lateral no salão. Mas isso era pessoal. Olhei para as dobras carnudas no pescoço de Míron e mais uma vez a oração soou em minha mente, involuntariamente, quase como se as palavras estivessem falando comigo.

Senhor dos camundongos, ouça-me!
Senhor do arco de prata, ouça-me!
Senhor cujas flechas atacam à distância, ouça-me!
Deus da peste, ouça-me!

10

Todos estavam inquietos com o calor. Discussões começaram no salão, uma delas se transformando em briga. Até Pátroclo, normalmente tão conciliador, depois de separar os combatentes, socou um deles e empurrou o outro com força contra a parede. Depois disso, fez-se um silêncio desagradável e a reunião terminou sem a cantoria habitual.

Mesmo depois de escurecer, o céu mantinha um tom amarelado, parecendo pressionar o acampamento, prendendo o calor como a tampa em uma panela. Depois que os pratos do jantar foram retirados, sentei-me sozinha no quartinho, à espera de ser chamada. Ífis adoecera naquela manhã com uma dor de estômago que estava aparecendo por todo o acampamento. Estava estranhamente quieto, não havia som de música ou conversa vindo do quarto ao lado. Depois de um tempo, cansada do confinamento na caixa quente e abafada, saí e encontrei Pátroclo sentado na escada da varanda, sozinho.

No mesmo instante, fiz menção de voltar para dentro, mas ele gesticulou para que eu me sentasse ao seu lado. Aquiles tinha ido nadar, disse. Algo em sua voz fez com que eu me virasse para fitá-lo. Conseguia ver o branco de seus olhos e o brilho de seus dentes quando ele sorria, e pouco mais do que isso. O acampamento estava quase em completa escuridão. Sem lua, nem estrelas. Aqui e acolá, fogueiras para cozinhar ainda queimavam, mas ninguém queria se sentar ao redor delas naquele calor. Ao longe, no horizonte, como um vislumbre de outro mundo, as luzes de Troia brilhavam na colina.

O SILÊNCIO DAS MULHERES

Deveria ser agradável sentar-se ao ar livre em uma noite quente, mas o suor fazia cada dobra de pele formigar e não havia uma brisa refrescante para aliviá-lo. Enormes insetos negros — não mariposas, não sei o que eram — esvoaçavam em volta de nossos rostos e precisavam ser afastados. O cheiro podre do monte de lixo havia se espalhado por todos os cantos do acampamento; dava até para sentir *o gosto*. Invejei Aquiles por seu mergulho no mar, mas não havia como segui-lo até a praia, não com Pátroclo sentado ali. Embora eu me perguntasse um pouco por que *ele* não tinha ido. Talvez Aquiles tivesse expressado o desejo de ficar sozinho. Fora um desabafo bastante mordaz contra Agamêmnon, havia ficado estranhamente quieto no jantar.

Continuamos sentados lado a lado. Por um tempo, nenhum de nós falou; afinal, o que poderíamos ter a dizer um ao outro, *Príncipe* Pátroclo e a garota que se deitava com Aquiles? (Essa era de longe a descrição mais lisonjeira do que eu era.) Mas, então, o calor, o silêncio, a escuridão da noite pareciam trazer o impossível ao alcance. Ouvi-me dizer:

— Por que é sempre tão bondoso comigo?

A princípio, pensei que ele não fosse responder, que eu tinha passado dos limites do que era permitido a uma escrava. Mas então ele disse:

— Porque eu sei como é perder tudo e ser entregue a Aquiles como um brinquedo.

A honestidade dele me deixou sem fôlego. Mas, ao mesmo tempo, eu pensava: *Como pode saber? Você, com todos os seus privilégios, todo o seu poder, como poderia saber como é ser eu?* Será que perguntei? Duvido muito, mas talvez a questão tenha se formado no espaço entre nós. Isso ou ele apenas precisava falar.

— Quando eu tinha dez anos, matei um menino — disse ele. — Não tive a intenção, ele era meu melhor amigo, mas nós brigamos por causa de um jogo de dados. Ele falou que eu estava trapaceando, respondi que não, uma coisa levou à outra e eu bati nele. Ele caiu, e pensei que era o fim da briga, estava resolvido; na verdade, comecei a me afastar. Mas então ele deu um salto e me deu uma cabeçada, até quebrou meu nariz — levou a mão até a ponte achatada. — Eu estava com tanta dor que não conseguia pensar, apenas agarrei uma pedra e o acertei com ela. Achei que só tivesse batido nele uma vez, só me lembro de ter batido uma vez, mas não foi o que aconteceu, porque havia outros meninos lá e eles disseram que continuei batendo nele; deve ter sido verdade porque seu rosto estava esmagado. Quando me tiraram de cima dele, estava morto. Bem, é claro que foi assassinato. O pai dele era um homem poderoso. Então, fui mandado para o exílio, enviado para ficar com Peleu, pai de Aquiles, e não apenas por alguns meses. Para sempre. E lá estava Aquiles.

Ele olhava para a frente, sem expressão.

— Acho que nunca tinha visto um menino mais miserável; quer dizer, exceto quando me olhava no espelho. A mãe dele tinha acabado de ir embora. — Hesitou. — Você sabe que ela é uma deusa do mar?

Assenti.

— Não era um casamento feliz. Um dia ela apenas se levantou e entrou no mar. Ela já fizera isso antes, estava sempre fazendo, mas dessa vez não voltou. Aquiles não comia, não brincava com as outras crianças, acho que ele até parou de crescer. É difícil de acreditar, mas ele era bem nanico quando o conheci. Peleu não sabia mais o que fazer, então fui muito útil, porque eu *tinha* que ser amigo de Aquiles. — Ele riu. — Mas foi bom para mim também.

— Como?

— Ele me acalmou.

— Peleu?

— Não, Aquiles. Sim, eu sei, é difícil de acreditar, não é?

A alguma distância, houve uma explosão de cantos, terminando em risadas. Senti mais do que vi quando ele se virou para mim.

— Você observa todos nós, não é?

Neguei sacudindo minha cabeça.

— Não, você observa, sim.

Não era uma sensação confortável saber que minha vigilância havia sido percebida.

— E a ouço chorar às vezes…

— Nem sempre dá para controlar. Bem, mulheres não conseguem. Tenho certeza de que *você* nunca chorou.

— Todas as noites por um ano.

Isso foi dito com tanta leveza que foi difícil saber se ele falava sério ou não. Indiquei a praia com a cabeça.

— Um mergulho longo.

— Ela talvez esteja lá.

O SILÊNCIO DAS MULHERES

Por um momento, não entendi.

— Quer dizer a mãe dele?

— Sim.

— Ela ainda vem vê-lo?

— *Ah, vem.*

Mais uma vez, havia um tom em sua voz que não consegui identificar. Amargura, talvez? Lembrei-me de Aquiles na praia, a fala estranha, borbulhante, inumana, a palavra repetida; a única palavra que entendi, ou pensei ter entendido: *Mamãe, mamãe.* Como seria amar um homem desses?

— Você se arrepende?

— De ter crescido como irmão adotivo de Aquiles? Nem um pouco. Bem, é óbvio que me arrependo de matar meu amigo, mas... Não, foram muito generosos comigo.

Ele ficou parado por um ou dois minutos, antes de bater nos joelhos de repente.

— Acho que vou até lá ver o que ele está fazendo.

— Por que se preocupa tanto com ele?

— Por hábito. — Levantou-se. — Você sabe, não? Que ele...

Esperei que Pátroclo continuasse, mas ele apenas sorriu e se afastou.

Deduzi que estava livre agora para voltar às cabanas das mulheres, mas depois daquela conversa não consegui sossegar. Decidi caminhar um pouco pela vereda que levava à praia. Meu coração estava acelerado e eu não sabia o motivo. Cheguei à praia na parte em que o riacho serpenteava por um leito de seixos em direção ao mar. Aquiles e Pátroclo estavam do outro lado, perto do limite da maré alta. Eu estava longe demais para ouvir o que diziam, mas achei, por seus gestos, que deviam estar discutindo. Certo momento, Aquiles ficou de costas e Pátroclo agarrou seu braço e o virou novamente. Por um momento, ficaram se encarando, sem falar nada, então Aquiles se aproximou até que encostou a cabeça na testa de Pátroclo. Ficaram assim, sem se mexer ou falar, por muito tempo.

Recuei de volta para as sombras. Eu sabia que sem querer tinha visto algo íntimo demais para ser testemunhado. Sempre houve aqueles, então e depois, que acreditaram que Aquiles e Pátroclo eram amantes. O relacionamento deles dava margem à especulação; Agamêmnon, em particular, nunca deixava de tocar no assunto, embora Odisseu fosse quase tão insistente quanto ele. E talvez fossem amantes, ou tinham sido em dado

75

momento, mas o que presenciei na praia naquela noite ia além do sexo, e talvez até do amor. Eu não entendi na época — e não tenho certeza de que entendo agora —, mas reconheci sua força.

11

Na manhã seguinte, quando caminhei pelas dunas para ir ver Hecamede, havia quarenta e sete ratazanas mortas. Eu contei cada uma delas.

O calor punitivo continuou. Os homens voltaram do campo de batalha certa noite pálidos, exaustos, prestes a atacar uns aos outros ou, com mais frequência, descontar nos escravos. Banhos mornos, comida e bebida tiveram de ser fornecidos imediatamente. Com expressão fechada, os servi, odiando todos eles. Até evitava olhar para Pátroclo porque tinha vergonha de gostar dele. Em vez disso, concentrei-me nos homens, que se curvavam sobre seus pratos como porcos fuçando num comedouro. Míron vestia a túnica de meu pai de novo; parecia ter gostado dela. Quando me inclinei sobre seu ombro para servir-lhe vinho, passou a língua espessa e pastosa pelos lábios e uma batida começou na minha mente: *Senhor dos camundongos,* ouça-me, senhor do arco de prata, ouça-me... Não sei como sobrevivi àquela noite, mas consegui.

Na manhã seguinte, quando passei pelo monte de lixo, havia ratazanas mortas demais para contar.

Sabíamos que o acampamento estava infestado de ratazanas. Como não estaria, com tanta carne e grãos desperdiçados, alimentos parcialmente consumidos e deixados por todo lado? Dava para ouvi-las à noite sob o assoalho, se movendo e guinchando. Normalmente, durante o dia, os cães que vagavam as mantinham afastadas, mas não agora. Agora, pareciam ter perdido todo o medo, saindo do abrigo das cabanas para morrer ao ar livre, e sempre com aquele guincho terrível, o repentino fluxo de sangue rubro no final. Os cães não podiam crer na própria sorte, tantas ratazanas, sem precisar caçar… Mas demais para comer, e logo os pequenos cadáveres negros pontilhavam todos os caminhos. Os homens que passavam os chutavam para baixo das cabanas, onde inchavam e fediam.

Míron detestava isso. Ele era responsável não só pela conservação dos navios, mas também pela manutenção do acampamento. Cada ratazana que morria a céu aberto estava morrendo em um de *seus* caminhos ou, pior ainda, em uma de *suas* varandas. Claro, ele tinha um esquadrão inteiro de homens para recolhê-los, mas era interessante observar quantas vezes ele mesmo pegava as ratazanas mortas, como se não pudesse suportar vê-las por mais um segundo. E sempre, depois de colocá-las no saco que carregava consigo, ele limpava os dedos meticulosamente no manto de meu pai antes de passar as costas da mão sobre o lábio superior.

Não muito depois, cães e mulas começaram a morrer. Ao contrário das ratazanas, não podiam ser empilhados em algum lugar fora de vista e deixados para apodrecer; precisavam ser queimados. E então as fogueiras começaram. A essa altura, notavam-se homens lançando olhares rápidos de esguelha uns para os outros, embora nada fosse dito. Durante a refeição da noite, as risadas soavam um pouco forçadas, talvez, mas então, conforme as taças de vinho eram servidas, todos relaxavam. E, céus, como bebiam! Todas as noites cambaleavam para fora da mesa, corados, orgulhosos, bombásticos, amedrontados… e Aquiles, que bebia menos do que todos, pousava o olhar de rosto em rosto, vigilante, avaliando o humor.

Uma noite em particular, eu tinha acabado de servir vinho na caneca de Míron. Porque eu odiava seu estalar de lábios, a maneira cuidadosamente casual com que ele movia o braço para que roçasse em meu seio, eu sempre tentava servir sua bebida o mais rápido possível, e sem chegar muito perto. Desta vez, calculei mal a distância e um pouco de seu vinho caiu sobre a mesa. Realmente não devia ter importado. Olhando de uma ponta a outra nas mesas, dava para ver mais de uma poça de vinho derramado. Mas deixou Míron zangado, a ponto de as veias em sua testa ficarem salientes; ele era um homem que ficava ridiculamente irritado com ninharias. Assim que aconteceu, ele ficou de pé, secando com um pano, resmungando para si mesmo. Ele estava prestes a se sentar de novo

O SILÊNCIO DAS MULHERES

quando um movimento chamou sua atenção. De pé, logo atrás dele, pude seguir a direção de seu olhar. Uma ratazana corria pelo chão entre as duas mesas compridas.

Até aquele momento, ninguém mais tinha visto. Mas então começou a cambalear de um lado para o outro, deixando escapar aquele grito terrível antes de enfim tombar de lado e vomitar sangue. Agora, várias pessoas haviam se virado para olhar. Uma onda de silêncio percorreu as mesas enquanto, um a um, os homens pararam de comer e esticaram o pescoço para ver o que estava acontecendo. Uma ratazana morta? Bem, uma ratazana morta não ia estragar o prazer em comer e beber. Eles já haviam voltado a atenção para seus pratos quando Míron se levantou cambaleando. Ele ficou me encarando.

— Você — disse ele. — *Você*.

Obviamente eu era responsável pela ratazana morta, bem como pelo vinho derramado. Ele não podia suportar. A ratazana estava meio escondida nos juncos, mas não importava: ele *sabia* que estava lá e ficava olhando para o outro lado do salão, para a pequena mesa onde Aquiles e Pátroclo estavam. Aquiles não parecia ter notado a ratazana, mas a qualquer momento notaria, e para Míron essa possibilidade era inaceitável. Fazendo caretas de nojo, Míron deu alguns passos, pegou a ratazana morta pelo rabo, levou-a até a porta do salão e atirou-a para fora. Aplausos irônicos dos homens, alguns dos quais começaram a tamborilar na mesa enquanto ele voltava para seu lugar: *Por que nasceu tão belo?...* Míron, suando, enxugou a mão na lateral da túnica de meu pai, enquanto os homens continuavam a berrar a canção, dando uma última ovação irônica quando ele sentou.

Afastei-me depressa, ficando o mais longe possível dele. E aquele dia terminou como todos os outros, ouvindo Aquiles tocar a lira, deitando-me debaixo dele na cama à noite, cerrando os dentes enquanto ele mordia meus seios e puxava meus cabelos. Depois, na escuridão, fechei os olhos e rezei: *Senhor do arco de prata, senhor cujas flechas atacam à distância, vingue os seus ratos...*

Na manhã seguinte, ao sair para a varanda, pisei em algo macio. *Ah*, pensei, *a ratazana*. Mas quando olhei para baixo, havia muitas ratazanas, dez ou doze delas pelo menos. Perguntei-me que força as tirou de seus espaços escuros e confinados para morrer assim ao ar livre.

Não foram as únicas ratazanas com que me deparei naquele dia. Vi um grupo dos homens de Míron chutando uma grande ratazana pela praia. Os espaços estreitos entre os navios estavam cobertos por seus corpos. Durante todo o dia, Míron patrulhou os caminhos, cravando sua lança o mais longe que conseguia embaixo das cabanas. As escravas se mantiveram fora de seu caminho o máximo que puderam. De algum modo, apesar dessa infestação, o acampamento e, em especial, a cabana de Aquiles tinham de ser mantidos limpos, as mesas esfregadas, juncos frescos colhidos e colocados no chão do salão, depois banhos preparados e comida feita — tudo isso sob a supervisão de um homem que parecia totalmente perturbado. Nunca havia visto um homem trabalhar tão duro e com tamanho ar de desespero. Mas, apesar de todos os seus esforços, as ratazanas o derrotaram. Andando pela varanda, puxando as fivelas do peitoral, Aquiles tropeçou em uma ratazana morta e, com uma exclamação de nojo, chutou-a para longe no pátio. A expressão no rosto de Míron naquele momento teria derretido qualquer coração menos gelado do que o meu.

No jantar, assim que todos haviam se sentado, o próprio Míron se levantou e trancou as portas, algo extraordinário de se fazer naquele calor, mas ninguém protestou. Acho que todos perceberam que ele estava fora de controle. Levei o vinho, como de costume, embora tenha pedido a Ífis para servir a ponta da mesa onde estava Míron. Depois de servir cada caneca, endireitava-me e o fitava. Seus olhos corriam de um lado para outro: obviamente pensava que não tinha fechado a porta rápido o suficiente; as ratazanas tinham entrado, estavam no salão. Estavam? Achei que eu estivesse ouvindo algo, mas podia ser meus pés farfalhando entre os juncos enquanto eu andava de um lado para outro. Míron espiava nas sombras, parecendo de vez em quando se concentrar em um ponto específico. Pensei: *Ele pode vê-las*; embora, quando me virava para seguir a direção de seu olhar, não houvesse nada lá.

Dez minutos depois do início da refeição, Míron, a essa altura coberto de suor, pôs-se a coçar a garganta e as axilas. Os outros homens o provocavam: "Tá com pulga, Míron?". Era uma piada, todos tinham pulgas, todo o acampamento estava infestado por elas, mas Míron não estava com humor para piadas. Ele se levantou e foi em direção à porta. Pensando que ele tinha ficado ofendido, um dos homens lhe gritou:

— Ora, Míron, sente-se, porra, beba um pouco!

O SILÊNCIO DAS MULHERES

Acho que Míron não ouviu. Ele estava arranhando a garganta e as axilas, até colocou a mão por baixo da túnica e começou a coçar a virilha. Um ou dois dos homens começaram a parecer preocupados; claramente algo estava errado.

— Você está bem? — alguém perguntou.

Míron caiu apoiado na parede.

— Olha essas merdinhas atrevidas — ficava dizendo. — *Olha para elas.*

Os homens nas pontas das mesas ficaram em silêncio e se inclinaram para ver o que estava acontecendo.

— Olha para elas, *olha*!

Alguns homens se viraram, talvez esperando ver guerreiros troianos irrompendo pelas portas. Eu sabia que ele se referia às ratazanas, mas não havia ratazanas.

A essa altura, Aquiles estava de pé. Míron largou a parede e saiu a perseguir desajeitadamente algo que só ele conseguia ver, embora não tivesse dado mais do que meia dúzia de passos quando caiu de cara no chão — sem dobrar os joelhos, sem deslizar com lentidão —, tombando como uma árvore derrubada.

Instaurou-se um momento de silêncio. Então Pátroclo estava ajoelhado ao lado dele, virando-o de costas, gritando para que todos se afastassem.

— Deem um pouco de espaço pra ele.

A multidão se abriu para deixar Aquiles passar. Ele também se ajoelhou e pressionou os dedos na papada carnuda em volta do queixo de Míron.

— Sinta — disse ele, em um sussurro, para Pátroclo.

Pátroclo colocou a mão no pescoço de Míron e acenou com a cabeça.

— Acelerado.

Aquiles enfiou a mão pela frente na túnica de Míron para sentir suas axilas, então olhou para Pátroclo e, quase imperceptivelmente, balançou a cabeça.

— É melhor levá-lo para a cabana.

Foram necessários quatro homens para levantar Míron e outro para segurar sua cabeça. Quando passaram cambaleando ao meu lado, percebi um cheiro, como o da água em um vaso quando os lírios foram deixados até apodrecer. Aquiles foi até a porta e observou a pequena procissão atravessar o pátio. Enquanto isso, Pátroclo ia para um lado e para o outro nas mesas, tranquilizando os homens, informando-lhes que, sim, Míron estava doente, mas estava no melhor lugar, seria bem cuidado... Não havia nada com que se preocupar, todos conheciam Míron, forte como um boi, seria necessário muito mais do que isso para acabar com *ele*, logo estaria de pé de novo, infernizando todo mundo.

Pátroclo até pegou a jarra de uma das garotas e começou a encher as canecas dos homens, incentivando-os a beber à saúde de Míron. Todos os olhares no salão o seguiam e aos poucos a conversa e as risadas recomeçaram.

12

Cedo na manhã seguinte, levei uma poção analgésica para Míron, que fora preparada pelo próprio Aquiles. Eu o observei moer as ervas e esmagar as raízes na noite anterior. Uma das lendas que surgiu sobre Aquiles falava que ele tinha notáveis poderes de cura. Se ele de fato tinha esses poderes ou não, eu não sei. A poção com certeza não curou Míron, embora tenha, sendo justa, aliviado a dor.

Encontrei Míron na cabana do hospital, apoiado em travesseiros, com os cabelos desgrenhados e suado, ainda coçando o pescoço, as axilas e a virilha. Sua pele estava quente ao toque e os inchaços tinham começado a feder. Quando, cerrando os dentes, me obriguei a sentir seu pescoço, ele agarrou meu pulso e tentou me puxar para a cama, e foi nesse momento que eu soube que ele perdera o juízo. Ele ficava olhando para as sombras e murmurando sobre ratazanas, embora não houvesse nenhuma à vista. Em meio ao seu delírio, havia momentos ocasionais de clareza. Em um deles, perguntei como ele se sentia.

— Não estou *doente* — disse ele, mal-humorado. — São apenas essas ratazanas infernais, deixei isso me afetar.

— Não havia tantas hoje de manhã.

A intenção era apenas acalmá-lo. Só percebi depois de falar que era verdade. Ele se animou um pouco e terminou de beber a poção escura e de cheiro amargo. Fiz menção de sair, prometendo trazer outra caneca para ele. Parecia estar lhe fazendo algum bem, embora eu suspeitasse que era principalmente porque ele sabia que viera de Aquiles. Na porta, me virei para olhar para trás. Ele parecia bem mais confortável, até se esticando na cama e puxando os lençóis para cobrir a manta de pelos pretos do peito.

Horas depois, levei outra dose para ele e fiquei chocada ao perceber a deterioração. Ele jogara os lençóis para o lado e estava deitado metade na cama, metade no chão, a túnica enrolada ao redor da cintura. Pude reparar nos inchaços em sua virilha saindo da moita de pelos pretos, como figos horríveis e passados. Ele vomitou por todo o peito e pescoço, uma mistura pegajosa de muco e bile. Nada sólido, reparei, mas ele não tinha comido nada naquele dia e muito pouco no dia anterior. Estava com uma mão na virilha, a outra no pescoço, e sua pele, quando a toquei, estava tão quente que involuntariamente puxei a mão de volta. Ele murmurou alguma coisa. Deduzi que era sobre as ratazanas, mas então entendi a palavra "chamas". "Em chamas" ele parecia estar dizendo, mas sua garganta estava tão inflamada que não conseguia pronunciar as palavras. Ofereci-lhe a caneca, mas é óbvio que ele não conseguia segurá-la, então me inclinei sobre ele e derramei um pouco do escuro líquido marrom em sua boca. Quase de imediato, ele vomitou. Tentei lhe dar água e ele também a botou para fora, embora pelo menos tenha conseguido enxaguar a boca e umedecer os lábios; Míron estava queimando.

Mesmo em seu estado de fraqueza, ele se esforçou para se erguer quando Aquiles entrou no quarto, sentando-se ereto, quase, e esticando o pescoço como se quisesse se distanciar da massa suada e fedorenta que seu corpo havia se tornado.

— Perdoe-me — ele pedia. — Perdoe-me.

— Não precisa se desculpar — disse Aquiles. — As ratazanas sumiram.

Depois de alguns minutos, Aquiles saiu, sem dúvida indo até o mar para nadar antes do jantar. A porta bateu atrás dele, lançando uma lufada de ar mais limpo, mas eu mal a senti na minha pele e desapareceu. Mesmo assim, fiquei mais um pouco, conseguindo fazer Míron beber um pouco mais da poção, seus olhos começavam a se fechar. Pouco depois, ele caiu em um sono profundo e pude deixar a cabana do hospital e retornar ao salão principal, onde os capitães se reuniriam. Peguei uma jarra na mesa lateral e já ia começar a servir, começando, como sempre, por Aquiles, quando Pátroclo tirou a jarra das minhas mãos e me falou que fosse aos aposentos a fim de descansar um pouco.

O SILÊNCIO DAS MULHERES

Naquela noite, quando fui ver Míron de novo, realmente pensei que ele estava melhorando — ele parecia muito mais animado e voltara a falar com coerência —, entretanto na manhã seguinte ele estava pior, muito pior, se revirando nos lençóis encharcados de suor, resmungando o tempo todo, embora suas palavras não fizessem sentido. Chamei algumas das outras mulheres e nós o banhamos, uma garota se virando para vomitar quando o fedor se tornou forte demais para ela.

Aquiles, ainda de armadura completa, apareceu assim que voltou da batalha. Ele parou na porta, claramente chocado. Havia crostas brancas ao redor dos lábios de Míron, como o fungo que às vezes se vê em árvores caídas, e os cantos de sua boca rachavam quando tentava falar. Pátroclo entrou poucos minutos depois e olhou para Aquiles do outro lado da cama, que balançou a cabeça.

— Ficarei com ele — disse Pátroclo.

— Não ficará, não — rebateu Aquiles. — Precisa comer alguma coisa.

— Você também. Vá em frente, cai fora, vou ficar.

Mas Aquiles sentou-se aos pés da cama e colocou as palmas das mãos nas solas dos pés de Míron. Pareceu-me um gesto estranho de ternura para com um homem que tinha tão pouco a recomendá-lo, mas era óbvio que Aquiles enxergava um lado diferente dele. Afinal, eram camaradas.

— Pegue um pouco de água, por favor — pediu Aquiles.

Isso parecia ser dirigido a mim, então fui buscar um jarro de água limpa no tonel perto da porta. Aquiles o pegou de mim e tentou fazer Míron beber um pouco. Míron murmurava: "ratazanas, ratazanas…" e depois de novo, quando pareceu reconhecer Aquiles por um momento: "Desculpe".

— Não é culpa sua.

Míron, porém, não se importava mais a respeito de quem era a culpa. O fim havia chegado tão rápido que acho que pegou todos nós de surpresa. Esperamos a respiração seguinte. Quando não veio, Aquiles procurou o pulso no pescoço de Míron, movendo os dedos um pouco de um lado para o outro…

— Nada, acabou.

Fechou as pálpebras de Míron, respirou fundo por um momento e em seguida, voltou-se para Pátroclo.

— Quanto mais cedo ele for cremado, melhor; queime tudo que pertenceu a ele.

PAT BARKER

— É um pouco tarde para isso.

— Eu sei, mas o que mais podemos fazer?

Conforme longa tradição, o preparo dos mortos é trabalho das mulheres, tanto na Grécia quanto em Troia. Os homens carregaram o corpo de Míron para a cabana da lavanderia e o depositaram sobre uma laje, mas então se retiraram, deixando as mulheres para fazer o restante.

Como Míron era parente de Aquiles, eu sabia que tinha de estar lá. Então, enchi um balde de água de um tanque no canto da sala, joguei uma mistura de ervas — alecrim, sálvia, orégano e tomilho — sobre a superfície e comecei a trabalhar. Três das mulheres que trabalhavam na lavanderia também encheram baldes e os carregaram até a laje, os pés descalços chapinhando no chão de madeira. As lavadeiras eram em sua maioria mulheres robustas, lentas, de pés largos e disformes, rostos pálidos, úmidos, de poros abertos, a pele das pontas dos dedos permanentemente enrugada devido à longa imersão em água. Eu as tinha visto de pé nos tanques do lado externo da cabana da lavanderia, as saias enroladas em volta da cintura, mergulhadas no mijo até os joelhos, esfregando roupas hora após hora. Sangue seco não sai com facilidade e urina é uma das poucas substâncias capazes de removê-lo. Como resultado, as pernas das mulheres sempre fediam; eu conseguia sentir o cheiro delas, embora suspeite que há muito tempo elas haviam deixado de sentir o cheiro umas das outras.

Essas mulheres não morriam de amores por Míron, que sempre as fez trabalhar muito *e* fazia uso sexual delas também, mas havia um trabalho a ser desempenhado. Tiramos as roupas manchadas de suor do corpo, uma mulher exclamou de nojo com as bolhas estouradas na virilha.

— O pobre coitado — disse ela, dando um passo para trás.

Mas outra mulher murmurou:

— O desgraçado mereceu.

Eu estava torcendo um pano, prestes a começar a lavar o corpo, quando a porta se abriu e Aquiles entrou, seguido de perto por Pátroclo. Os principais auxiliares de Aquiles, Álcimo e Automedonte, se apertaram no espaço estreito atrás deles. As mulheres permaneceram no lugar, então ficamos com Aquiles e seus homens de um lado da laje e uma fileira de mulheres caladas e de pés-chatos do outro.

Avancei e fitei Aquiles por cima do cadáver.

O SILÊNCIO DAS MULHERES

— Não vamos demorar — avisei. Não tinha a menor ideia do que ele estava fazendo ali.

Ele assentiu com a cabeça, mas não deu sinais de ir embora. Pátroclo pigarreou.

— Trouxemos roupas para vesti-lo. — Empurrou-as para mim por cima do mármore úmido. — Ah, e moedas para pôr nos olhos.

Aquiles olhava diretamente para mim. Ninguém se moveu nem falou. Creio que naquele momento ele nos enxergou, mesmo que brevemente, pelo que éramos de verdade. Não apenas mulheres, não apenas escravas: mas troianas. O inimigo. Satisfez algo selvagem e insatisfeito em mim que ele nos enxergasse dessa forma. Que ele *me* enxergasse dessa forma. Por fim, após um último olhar penetrante, virou-se e saiu da sala, deixando que os outros o seguissem.

Eu sabia o que ele estava pensando: Míron estaria seguro em nossas mãos. Se o medo do castigo terreno não nos fizesse tratar seu corpo com respeito, então a obediência aos deuses certamente o faria. Mulheres são, afinal de contas, conhecidas por sua devoção aos deuses.

Esperamos até que a porta se fechasse atrás deles. Então, uma das mulheres pegou o pobre pênis mole de Míron entre o polegar e o indicador e o balançou para o restante de nós. As mulheres gargalharam e na mesma hora taparam a boca com as mãos para se calar. Mas nada pôde conter aquela risada que aumentou de tom e volume até se transformar em uivos de hilaridade que deviam ser claramente audíveis do lado externo da cabana. A mulher balançando o pênis de Míron guinchava enquanto tentava recuperar o fôlego. Eles devem ter nos ouvido enquanto se afastavam, Aquiles deve ter ouvido, mas nenhum deles voltou e exigiu saber o que estava acontecendo. E assim ficamos sozinhas com o morto.

13

Como parente de Aquiles, Míron recebeu um funeral digno. Sua carcaça apodrecida, untada com óleo, perfumada e vestida com a túnica de meu pai, foi carregada à pira com todos os sacrifícios, hinos, cerimônias, rituais e orações apropriados. Antes que a lenha fosse acesa, um sacerdote derramou libações aos deuses. Todavia, quando os soldados começaram a se dispersar, a conversa abordava todos os outros homens que adoeceram, cinco deles no dia que Míron morreu.

Logo, as flechas de Apolo atingiam de maneira numerosa e rápida. A cabana do hospital se encheu de homens que se reviravam em lençóis suados. Os poucos corajosos o suficiente para visitar seus amigos carregavam limões espetados com ramos de alecrim e louro, mas nada conseguia manter os vapores nocivos fora dos pulmões. Essa não era a praga da tosse, então alguns dos que adoeceram sobreviveram, mas muitos, não. Ao fim da primeira semana, havia tantos homens morrendo que os funerais não podiam mais ser rituais dignos de homenagem aos mortos. Em vez disso, os corpos eram transportados na calada da noite até uma parte deserta da praia para serem eliminados da forma mais rápida e secreta possível. Piras funerárias eram visíveis de Troia e ninguém queria que os troianos soubessem quantos gregos estavam morrendo, por isso, muitas vezes cinco ou seis corpos eram jogados em uma única pira. O resultado, na manhã seguinte, era uma pilha de restos carbonizados e reconhecíveis demais. Às vezes, os homens que seguiam um camarada morto até o túmulo cantavam alto e batiam com as espadas nos escudos, fingindo estar a caminho de um banquete. Em alguns dos piores incidentes, grupos rivais de enlutados batalharam entre si à procura de garantir um lugar na pira para seu amigo morto.

Durante o jantar, a cantoria e as batidas na mesa continuavam, mas havia espaços nos bancos que nenhuma quantidade de vinho forte era capaz de fazer os homens esquecerem. O próprio Aquiles andava pelas mesas, brincando e rindo, sempre com uma taça de vinho na mão, embora fizesse pouco mais do que umedecer os lábios. E continuei fazendo o que sempre fazia: sorria e servia, servia e sorria, até sentir vontade de vomitar. Achei ter detectado uma mudança sutil na atmosfera, na maneira como os homens olhavam para as mulheres que os serviam. Foi Ífis quem entendeu.

— É porque nós não estamos morrendo — pontuou ela.

Isso não era exatamente verdade; várias mulheres comuns haviam morrido, rastejando sob as cabanas e morrendo ao lado dos cães, mas ela estava certa em um aspecto: não estávamos morrendo na mesma quantidade que os soldados gregos. E as poucas mortes que ocorreram entre as mulheres passaram quase despercebidas. Afinal, quem vai notar alguns camundongos mortos entre os guinchos de tantas ratazanas?

O que senti durante esse tempo? Bem, eu estava exausta demais em razão do cuidado dedicado aos doentes para sentir qualquer coisa. Mas isso é fugir da pergunta. Sim. Sim, houve momentos em que vi um rapaz morrer e me lembrei de minhas orações por vingança. Arrependi-me dessas orações? Não. Meu país estava em guerra, minha família fora assassinada e, vale a pena lembrar, essa não foi uma guerra que escolhemos. Então, não, não me arrependi; embora, ao mesmo tempo, lamentasse o desperdício de tantas vidas jovens. Mas nunca me senti responsável por suas mortes. Sim, rezei por vingança, porém não era arrogante a ponto de acreditar que minhas orações tiveram alguma importância para o deus. Apolo havia sido insultado e estava executando uma vingança terrível, como era conhecido por fazer.

No nono dia, Aquiles e Pátroclo voltaram de uma cremação particularmente angustiante, seus cabelos e roupas cheirando à fumaça de madeira e gordura queimadas. Aquiles gritou por mais vinho, e mais alcoólico, e corri para buscá-lo. Quando voltei, Pátroclo estava afundado na cadeira, as mãos frouxas entre os joelhos. Depois de encher os copos dos dois, comecei a relaxar um pouco, mas Aquiles se levantou e se pôs a andar para um lado e para o outro.

— Por que ele não convoca uma assembleia? O que ele está *fazendo*?

Pátroclo encolheu os ombros.

— Talvez ele não considere uma crise grande o suficiente.

— Então, o que mais precisa acontecer? Ou talvez os homens *dele* não estejam morrendo?

— Estão, sim. A cabana do hospital está cheia, eu perguntei.

— Podemos muito bem empacotar nossas coisas e ir para casa — Aquiles se jogou na cadeira, e logo se pôs de pé de novo. — Bem, se ele não convocar uma assembleia, eu convocarei.

Pátroclo girou o vinho na caneca, levou-a à boca e bebeu.

Aquiles olhou para ele.

— O que é? O *quê*?

— *Ele* não convocou uma.

— Não… e todos sabemos por que não. Ele não quer ouvir que tem que devolver a garota.

— Talvez ele não consiga ver a ligação.

— Então, é o único que não consegue. Insultar o sacerdote de Apolo é insultar Apolo.

— Ele vai precisar de muito convencimento.

— Bem, tenho certeza de que podemos encontrar um vidente para dizer a ele o que todo mundo já sabe.

Decisão tomada. Para alguns homens, esse teria sido o fim do assunto, mas não para Aquiles; ele reclamava e esbravejava, cerrando os punhos, voando, exaltando-se a um estado próximo à insanidade. Agamêmnon era um completo desgraçado, um rei que não se importava com seus homens, ganancioso, voraz, covarde, e quanto a se agarrar à garota… Um cachorro farejador de bocetas teria mostrado mais bom senso. Às vezes, vemos uma criança pequena, roxa de raiva, gritando até ficar sem fôlego, e sabemos que apenas um tapa irá fazê-la parar. A raiva de Aquiles era assim. Mas quem iria dar um tapa em Aquiles?

Por fim, a diatribe parecia estar chegando ao fim. Quando ficou claro que não continuaria, Pátroclo se mexeu na cadeira. Até aquele ponto, ele não havia se movido nem falado, apenas ficou encarando o fogo. À distância, podia parecer relaxado; de perto, dava para ver um músculo latejando em sua mandíbula.

Após breve silêncio, Aquiles pegou a capa.

— Acho que vou dar uma volta. — Ele pareceu me notar agora. — Não vou precisar de você esta noite.

O SILÊNCIO DAS MULHERES

Tocou Pátroclo brevemente no ombro ao passar por sua cadeira. Segundos depois, a porta bateu atrás de si.

Levantei-me para sair. Pátroclo percebeu o movimento.

— Ore, sente-se, pelos deuses! Beba um pouco de vinho. Você parece exausta.

— Obrigada.

Estávamos relaxados um com o outro nessa época. Todas aquelas horas triturando ervas juntos e observando Aquiles, alertas a qualquer mudança em seu humor, haviam por fim forjado um vínculo. Eu havia começado a confiar nele, a ponto de ser difícil lembrar que ele também participara do saque de Lirnesso.

Então, ele se levantou, encheu a caneca de novo e entregou-me uma.

— Você vai esperar? — perguntei.

— Acho que sim, geralmente espero.

Não sei explicar por que Pátroclo temia as noites em que Aquiles encontrava a mãe. Apenas sei que ele temia.

O fogo estava baixo. Ele atirou outra tora ali, que fumegou por um tempo antes que as chamas se avivassem. Fez-se silêncio, interrompido apenas pelo som de um cão coçando o pescoço. Mais distante, quase imperceptível, vinha o murmúrio das ondas quebrando na praia. A quietude anormal continuava; mesmo na maré alta, o mar mal avançava sobre a terra. Mirei as paredes e senti, além delas, a opressiva imensidão do mar e do céu. Senti a escuridão quente se avolumando e pensei sobre como tudo isso poderia ser facilmente varrido, esta cabana, construída de maneira tão sólida, um homem e uma mulher sentados juntos perto do fogo.

— Eu o ouvi uma vez — disse eu. — Falando com ela. Não consegui entender o que ele estava dizendo.

Esperei. Quando ele não respondeu, eu disse:

— Ela responde?

— Ah, sim.

— Eles são próximos?

— É difícil dizer. Ela foi embora quando ele tinha sete anos. — Fez uma pausa. — Aparentemente, ela parece mais jovem do que ele agora.

Eu testava as águas.

— Deve ter sido difícil deixar uma criança dessa idade.

— Não sei, talvez. O fato é que ela odiava o casamento, não foi escolha dela, ninguém lhe perguntou... Creio que ela achava tudo um pouco nojento. E ela passou isso para ele também. — Olhou para mim. — Bem, você deve ter notado? Uma certa... *aversão*?

Eu tinha, mais do que um pouco, mas temia continuar o assunto. Senti que ele estava falando demais e poderia se arrepender depois.

Ele estava sorrindo.

— Você o faz se lembrar dela.

— Eu o lembro da *mãe*?

— Devia ficar lisonjeada. Ela é uma deusa.

— Estou tentando.

Ele ainda sorria. De algum modo, quando ele sorria, seu nariz parecia muito mais visivelmente quebrado. Toda vez que ele olhava no espelho, devia se lembrar do pior dia de sua vida.

— Você sabe que eu poderia fazê-lo se casar com você?

Neguei com um gesto de cabeça.

— Homens não se casam com suas escravas.

— Já aconteceu.

— Ele pode se casar com a filha de um rei.

— Ele pode, mas, da mesma forma, não precisa. A mãe dele é uma deusa; o pai, um rei. Ele pode fazer o que quiser — interrompeu-se e prendeu um suspiro. — Nós podíamos voltar para casa todos juntos.

Eu quis responder: *Vocês queimaram minha casa.*

Naquela noite, deitada ao lado de Ífis em uma cama de estrado em uma das cabanas femininas, rememorei as palavras de Pátroclo. Homens não se casam com suas escravas; bem, suponho que de vez em quando o façam, se ela tiver lhe dado um filho e não houver herdeiro legítimo, mas com que frequência isso acontece? Não, era ridículo. Mas, então, lembrei-me do vislumbre que tive de Aquiles apoiado em Pátroclo na praia. Eu sabia que ele não estava exagerando sobre a própria influência.

Você realmente teria se casado com o homem que matou seus irmãos?

Bem, em primeiro lugar, não teria escolha. Mas é provável que sim. Eu era uma escrava, e uma escrava fará qualquer coisa, qualquer coisa mesmo, para deixar de ser uma coisa e se tornar uma pessoa novamente.

Apenas não entendo como você seria capaz disso.

Bem, não, é claro que não. Você nunca foi escrava.

14

Pouco depois do amanhecer, Aquiles enviou seus arautos pelo acampamento. Ele poderia, é claro, ter ficado na popa de seu navio e simplesmente berrado a mensagem. Um grito de Aquiles e todo o exército teria ouvido, todavia, assim como todos os líderes, ele era meticuloso na observação das formas apropriadas. Todos eram hipersensíveis a qualquer falha em reconhecer sua posição exaltada e as reuniões entre eles eram, em geral, conduzidas com elaborada cortesia.

Passei a primeira parte do dia na cabana do hospital, derramando poções analgésicas na boca de moribundos. Três novos pacientes chegaram enquanto eu estava lá, um deles tão mal que seus amigos tiveram de carregá-lo numa padiola. Eles o deixaram no chão e foram embora imediatamente, suas camisas de batalha puxadas para cima a fim de cobrir a boca. Depois de cuidar dele da melhor maneira que pude, atravessei o corredor, onde Álcimo e Automedonte estavam sentados com um grupo dos companheiros mais próximos de Aquiles, passando uma jarra de vinho de um para o outro. Aqui o assunto era apenas a assembleia, sobre como Aquiles pretendia exigir — pedir, não, *exigir* — que a menina, Criseida, fosse devolvida ao pai.

— E ele não vai receber um resgate por ela desta vez — alguém disse, com evidente satisfação.

Houve um ronco de concordância.

— Terá muita sorte se ele não acabar tendo que pagar para se livrar dela.

Pelo meio da tarde, os caminhos estavam lotados de homens se dirigindo para a arena. Eu estava prestes a sair quando uma garotinha veio correndo até mim. Ofegante com a importância de sua missão, ela declarou:

— Hecamede diz: "Pode vir à cabana do senhor Nestor?".

Sem esperar por uma resposta, agarrou minha mão e me arrastou ao longo do caminho estreito que levava ao acampamento de Nestor.

Quando chegamos lá, Nestor, seu filho Antíloco e seus senhores subordinados já haviam partido para a assembleia. Hecamede, carregando uma jarra de vinho, veio até a porta para me dar as boas-vindas. Ao cruzar a soleira, vi Criseida, branca como giz e trêmula. Uza, que estivera tentando fazê-la comer alguma coisa, ergueu os olhos quando entrei e balançou a cabeça. Cruzei o espaço de imediato e toquei a testa de Criseida; se alguém parecia doente naquela época, o primeiro pensamento era: *Peste*. Mas ela estava fria ao toque, embora sua pele estivesse úmida. Sem ferimentos recentes, fiquei satisfeita ao constatar.

A cabana de Nestor ficava muito perto da arena. De pé na varanda, podíamos observar com clareza as estátuas dos deuses e as cadeiras dos reis. Um murmúrio de conversa vinha da multidão reunida, morrendo em um silêncio respeitoso sempre que um dos reis, precedido por seus arautos e flanqueado por seus conselheiros, tomava assento. Sentaram-se em um enorme semicírculo diante da cadeira vazia de Agamêmnon, que havia sido colocada sob a estátua de Zeus, de quem, no fim das contas, Agamêmnon obtinha sua autoridade. O sol estava meio escondido atrás de uma gaze de névoa, como fazia todos os dias desde o início da peste. As estátuas pintadas dos deuses quase não lançavam sombras na areia.

Ao som de tambores e trombetas, Agamêmnon entrou, o último dos reis a chegar, e acomodou-se em sua cadeira, que era semelhante a um trono. Aquiles estava sentado em frente, aparentando estar à vontade, com as mãos levemente cruzadas sobre o colo, embora mesmo à distância eu pudesse sentir toda a energia atormentada e reprimida do homem. Ele estava rindo de uma piada com Pátroclo, ou fingindo, mas de repente parou e se virou para observar os últimos retardatários entrarem no fundo da arena. Estava plácido por fora, fervendo de raiva por dentro — e, quando se levantou, a tensão apareceu, porque ele manteve todo o peso nas pontas dos pés, como um homem faz quando está prestes a lutar ou fugir — embora eu duvide que fugir tenha passado com frequência pela cabeça de Aquiles. Todos os olhos na arena recaíam sobre ele, embora ele se dirigisse exclusivamente a Agamêmnon.

— Bem — começou ele —, troianos de um lado, peste do outro. Não podemos lutar contra os dois, é mais fácil irmos para casa. — Sorriu exibindo os caninos. — É verdade, não?

Agamêmnon não respondeu.

— *Ou...* — Aquiles ergueu a mão para abafar os murmúrios questionadores. — Podemos tentar descobrir por que tudo isso está acontecendo. Deve haver alguém, um vidente, que possa nos dizer o que fizemos para ofender Apolo? Porque está claro que foi Apolo quem enviou a peste. E, se soubermos o que fizemos, ou não fizemos, podemos corrigir.

Sentou-se. Uma confusão de movimentos nas primeiras fileiras diminuiu para revelar o vidente Calcas, de pé, parecendo nitidamente nervoso. Calcas não era, na melhor das situações, uma figura atraente: pálido, emaciado, com um pescoço excepcionalmente longo. Seu pomo de adão, proeminente o suficiente para lançar sua própria sombra, pulava em espasmos conforme ele tentava falar, embora, quando enfim conseguiu, as palavras saíram em um grasnido. Ele parecia perguntar se, caso sua profecia implicasse um homem, um homem extremamente poderoso, Aquiles se encarregaria de protegê-lo?

Aquiles levantou-se um pouco.

— Vá em frente, diga-nos. Ninguém vai machucá-lo enquanto eu estiver vivo. — Fez uma pausa, mas não conseguiu resistir. — Mesmo que se refira a Agamêmnon, que afirma ser o maior dos gregos.

Aí estava: o desafio à autoridade de Agamêmnon lançado diante de deuses e homens, enquanto milhares de guerreiros do próprio Agamêmnon assistiam.

Calcas então profetizou, longamente, o que todos na multidão já sabiam: que Apolo enviara a peste para punir Agamêmnon pelo insulto ao seu sacerdote e que, então, a única maneira de Agamêmnon apaziguar o deus era devolver a menina ao pai, com o sacrifício de cem touros. E, obviamente, sem o resgate...

Antes que Calcas terminasse de falar, o dedo de Agamêmnon estava apontado para ele. Patético, miserável, nanico chorão, quando foi que profetizou algo bom? E agora lá estava ele de novo, gritando — uma descrição longe de ser exata da fala atrapalhada de Calcas — que Agamêmnon era o responsável pela peste, porque se recusou a enviar a garota Criseida de volta para o pai.

— E é a mais completa verdade — disse ele. — Não quero perdê-la.

No aposento atrás de mim, ouvi Criseida dizer, desesperada:

— Esse é o ponto, entende?

— Serei honesto, eu a prefiro à minha esposa. Ela tem a mesma habilidade no tear e em outros aspectos é muito melhor: altura, beleza... *formas.* — Com isso, uma onda de simpatia divertida percorreu a multidão.

— Mas é claro, como comandante-chefe, aceito toda a responsabilidade; não quero ver meus próprios homens morrendo... Então, sim, é claro que sim, vou devolvê-la.

Hecamede gritou de alegria. Virei-me, esperando ver Criseida transformada, mas ela parecia ainda mais pálida do que antes.

— Ele não está falando a verdade. — Punhos cerrados, voz baixa e feroz. — É um truque.

— Bem, *eu* acho que ele está falando sério — disse Hecamede.

Uza abriu as mãos, olhando de rosto em rosto.

— Eu sou a única aqui com um pingo de bom senso? *Ele a prefere à esposa!* Ela deveria estar implorando a ele para deixá-la ficar.

— Cale a boca, Uza — eu disse. — *Por favor.*

— Ui, desculpa aí por ter falado.

Voltei para a arena. Agamêmnon ainda estava falando, embora suas palavras fossem abafadas pelos aplausos dos homens. Quando, finalmente, o rugido diminuiu, ele disse:

— Mas temo que isso nos deixe com um certo problema. *Eu* não tenho prêmio. Todos ficam com os seus, *eu* fico com nada. Quero uma substituição.

Aquiles se levantou.

— E onde vamos encontrar isso para você? Alguém sabe onde há um estoque de tesouro não distribuído? *Eu* não. Tudo o que obtivemos de Lirnesso foi compartilhado semanas atrás. Vai ter que esperar até tomarmos Troia.

— Não, Aquiles, não vai me tratar assim. Não vou ficar sem nada, e se não me *der* um prêmio, tudo bem, vou tomar um. Talvez o seu prêmio, Odisseu?

Uza ergueu o punho no ar.

O SILÊNCIO DAS MULHERES

— *Sim!* — E ela não estava fingindo. Eu gostava de Uza, mas ela não dava a mínima para quem era o dono do pau que estava dentro dela, contanto que tivesse uma vida confortável. E ser o prêmio de *Agamêmnon*... Não havia maior conforto que isso.

Mas Agamêmnon já estava passando adiante, apontando ao redor do semicírculo de reis alinhados à sua frente.

— Ou o seu — dizia ele —, ou o seu.

Tudo isso era fingimento. Seus olhos já estavam fixos em um homem e seu dedo em riste logo o seguiu.

— Ou o seu, Aquiles.

Por um momento insano, pensei se tratar de um engano. *Eu* era o prêmio de Aquiles, ele não podia estar se referindo a mim. Não ousei fitar as outras mulheres, apenas fiquei olhando fixamente para a arena.

— Mas isso tudo é assunto para depois — Agamêmnon disse. — Primeiro, preciso devolver Criseida ao pai e persuadi-lo a usar sua influência com Apolo para retirar a maldição. Agora, a quem posso confiar essa missão delicada? Idomeneu, rei de Creta, respeitado onde quer que vai? Ou o senhor Nestor, conhecido por sua sabedoria? Ou Odisseu, talvez, inteligente, eloquente, um negociador habilidoso? Ou você, Aquiles, o homem mais violento do mundo?

Eu não tinha interesse em seus insultos, sua luta constante por poder, só queria saber o que aconteceria comigo.

Hecamede pôs a mão no meu braço.

— Não se preocupe — ela sussurrou. — Ele não vai fazer isso.

Eu balancei a cabeça.

Na arena, Aquiles deu vários passos em direção a Agamêmnon; não muito, mas o espaço entre eles pareceu ser reduzido a nada.

— Eu lutei por aquela garota — disse ele. — Ela é meu prêmio, concedido pelo exército em reconhecimento aos *meus* serviços. Não tem o direito de tomá-la. Mas é sempre a mesma coisa; eu suporto o pior da luta e você toma a maior parte de tudo o que conquistamos. Tudo que eu recebo são restos, ninharias, quando volto para minha cabana exausto da batalha, enquanto você fica sentado sobre seu traseiro gordo "protegendo os navios".

Atrás de mim, Uza começou a rir.

— *Restos* — disse ela. — Ninharias.

Até Hecamede estava sorrindo, embora seu sorriso tenha desaparecido quando viu minha expressão. Criseida veio correndo e me abraçou.

— Não vai acontecer — disse ela. — Ele faz isso, ele monta armadilhas para as pessoas, mas não vai acontecer.

Agamêmnon estava gritando:

— Eu mesmo vou buscar a maldita garota, não vou mandar mais ninguém, vou eu mesmo... e aí todos verão o que acontece com o homem que ousa fingir que é meu igual!

— Não vou lutar por ela — disse Aquiles. — O exército a deu para mim e o exército a está tirando de mim, porque nenhum de vocês... — Nesse momento, olhou em volta do semicírculo de reis. — Nenhum de vocês tem a coragem de se levantar nas suas patas traseiras e dizer que ele está errado. Bem, está certo, então... ele fica com a garota, mas não esperem que eu continue lutando. Por que eu deveria arriscar minha vida, ou a vida dos meus homens, por aquele monte fedorento de merda de cachorro lá?

Depois disso, qualquer simulação de respeito mútuo foi abandonada. Em certo momento, eles quase se atacaram; Aquiles tinha metade da espada fora da bainha, mas no último momento a recolocou. Depois disso, Nestor pôs-se de pé e tentou persuadi-los a fazer as pazes, mas a essa altura eu já tinha parado de ouvir, não me importava mais. Minhas mãos estavam no meu rosto, os dedos tentavam trabalhar a carne entorpecida e borrachenta em uma expressão mais aceitável, embora eu não precisasse ter me incomodado. Em silêncio, Hecamede me abraçou. Sempre me lembro de que ela chorou por mim quando eu não conseguia chorar por mim mesma.

Apenas Uza tentou me animar.

— Você vai ficar bem — disse ela. — Eu sei do que ele gosta. De qualquer forma, se for preciso, sempre há o pote de banha de ganso.

Não havia muito a dizer depois disso. Os guerreiros estavam amuados quando a reunião terminou: olhares preocupados, falando em murmúrios, a maioria deles em silêncio. Aquiles havia se retirado da luta, a coalizão se quebrara e, pelo menos por enquanto, nada havia sido resolvido; as cabanas do hospital permaneciam lotadas de homens sofrendo com a peste.

Os arautos começaram a abrir caminho para Agamêmnon através da multidão, mas ele se demorou, conversando com Odisseu, que fora escolhido para liderar a delegação que levaria Criseida para casa.

Hecamede agarrou o braço de Criseida.

O SILÊNCIO DAS MULHERES

— Corra, vá em frente, corra. Virão atrás de você.

Criseida parecia atordoada. Ela não ousara ter esperanças e temia, mesmo agora, que tudo lhe pudesse ser arrancado. Foi até a porta, então se virou e correu de volta para mim.

— Briseida, sinto muito.

— Não precisa, vou ficar bem. Vá em frente, *vá*.

Arrastei-me pelo caminho de volta para o acampamento de Aquiles. Ele não lutaria por mim, deixara isso perfeitamente claro. Ah, ele lutaria até a morte — a morte de Agamêmnon — por qualquer um de seus outros bens, mas não por mim. Enquanto caminhava pelo acampamento, observei as mulheres comuns, percebendo um lábio cortado aqui, um hematoma ali. Uma garota, fora isso jovem e bonita, tinha uma cicatriz em forma de estrela na testa, onde a ponta do cabo de uma lança a havia atingido. Havia sido ela uma das garotas de Agamêmnon, uma daquelas das quais ele se cansou e expulsou de suas cabanas?

Nem Pátroclo nem Aquiles haviam retornado da assembleia. Alguém comentou que estavam caminhando na praia, sem dúvida, planejando o que iriam fazer, ou deixar de fazer, quando Agamêmnon chegasse para me reivindicar. Vaguei pelos aposentos, sem chorar, eu não conseguia chorar, apenas peguei os objetos e os recoloquei no lugar. Aproximei-me do espelho e me inclinei em direção ao meu reflexo. Por um momento, minha respiração embaçou o bronze reluzente e então sumiu; minha existência nesses aposentos tão fugaz, tão insubstancial quanto isso. Retirei-me para o quartinho e sentei-me na cama. Depois de um tempo, Ífis entrou e segurou minha mão. Nenhuma de nós falou. Por fim, ouvimos passos no corredor: Aquiles e Pátroclo voltando de sua caminhada.

Aquiles irrompeu nos aposentos, ainda lutando a batalha que havia ocorrido na arena.

— Então, estamos entendidos? Quando ele vier, não o deixará entrar. Pare-o no portão. Você pode levar Briseida até ele lá. Não quero vê-lo… se eu o vir, vou matá-lo.

— Ele não virá.

— Ele falou que viria.

— Eu ouvi o que ele falou.

— Vou matá-lo.

— Sim, eu sei, e ele também sabe. E é exatamente por isso que não virá.

99

Pátroclo soava cansado. Imaginei que estavam voltando de novo e de novo àquele assunto específico por um longo tempo. Eu podia vislumbrar os dois com bastante clareza em minha mente, quase como se a parede entre nós tivesse se tornado transparente: Aquiles andando de um lado para outro, Pátroclo sentado com as mãos unidas, calmo por fora, mas com aquele músculo latejando na mandíbula.

— Pode muito bem se sentar — disse Pátroclo, após uma pausa. — Ainda vão levar horas para aparecer aqui.

— Rá! Ele não vai conseguir esperar.

— Ele tem que devolver Criseida primeiro. E arranjar cem touros; suponho que não estejam apenas por aí. E então, com sorte, ele esperará até que o navio volte. Isso é o que ele *deve* fazer.

Escutando, comecei a ter esperança. O navio que levaria Criseida para casa teria de pernoitar. O abate ritual de cem touros levaria muito tempo e então haveria orações e hinos a Apolo seguidos de um grande banquete. Isso duraria a noite toda, e ainda havia a viagem de retorno. Eles não iriam sair cedo, todos estariam de ressaca… Tendo todo esse tempo para refletir, não seria possível que Agamêmnon mudasse de ideia? Realmente romperia com Aquiles e arriscaria perder a guerra — *por uma garota*?

Mais passadas no quarto ao lado. Por fim, ouvi o ranger da cadeira de Aquiles quando ele se largou nela.

Pátroclo pigarreou.

— Gostaria que eu mandasse buscar Briseida?

— Por quê? Para uma foda de despedida? Não, obrigado.

Silêncio. Imaginei Aquiles parecendo um pouco envergonhado.

— Não, deixe pra lá — disse ele, por fim. — Ela saberá em breve.

15

Livre da apreensão de ser chamada, aproveitei a oportunidade para escapar. Queria me despedir de Criseida e desejar-lhe boa sorte, pois senti que suas boas-novas haviam sido injustamente ofuscadas pelo que ia acontecer comigo.

Escurecia quando corri ao longo da curva da baía para onde os navios de Agamêmnon estavam sendo preparados para zarpar. Pequenos grupos de mulheres já haviam se reunido na praia e observavam os touros bamboleando e se arrastando a bordo. Eles berravam ao sentir o chão se mover e se inclinar sob seus pés, e o convés estava escorregadio com a bosta verde de seu medo. Os homens que os levavam a bordo cantavam hinos de louvor a Apolo, embora eu achasse que havia uma nota de desespero em seu canto. E se nem isso fosse suficiente?

No último momento, quando tudo estava pronto, Criseida foi trazida da cabana de Agamêmnon. Vestia um manto branco simples, sem joias, os cabelos em tranças apertadas ao redor da cabeça. Parecia uma rainha, pálida, composta e de repente muito mais velha. Agamêmnon não apareceu. Foi Odisseu quem a pegou pela mão e a conduziu pela prancha de embarque até o navio, onde ela ficou na popa, observando o acampamento de Agamêmnon e, ao longo da baía, as fileiras de navios negros. Seus olhos, enquanto ela esquadrinhava a costa, estavam bem abertos, arregalados. Percebi que, sob a compostura superficial, ela estava apavorada; com medo de que a qualquer momento Agamêmnon mudasse de ideia e tudo isso fosse arrebatado.

Pulávamos gritando:

— Boa sorte! Faça boa viagem!

A princípio, pensei que ela não fosse responder, estava tão tensa, tão determinada a ficar calma, mas então uma pequena mão se ergueu e, com um movimento quase imperceptível dos dedos, acenou um adeus.

Olhando ao redor, enchi-me de afeto — de amor, na verdade — por todas essas mulheres que vieram se despedir dela. Não invejavam sua sorte, apesar do fato de que qualquer uma de nós teria dado o braço direito para poder voltar para casa e para ter uma casa para onde voltar.

De repente, Odisseu apareceu de pé ao lado de Criseida na popa. No mesmo instante, tudo se tornou barulho e agitação, velas foram içadas, a âncora levantada, e depois o navio se afastava com lentidão da costa, seu amplo rastro espumando marrom em meio ao lodo. Para começar, os homens remaram, um tambor marcando o ritmo, mas conforme a nau afastou-se da praia, as velas se inflaram e, de repente, ela corria para longe de nós como se compartilhasse a ânsia de Criseida de partir. Observamos a nau se distanciar e um silêncio desconsolado se estabeleceu. Não posso falar pelas outras, mas sei que, naquele momento, estava tão desolada como nunca ficara antes.

Quando a multidão começou a se dispersar, percebi que algumas das outras mulheres me olhavam de soslaio. A essa altura, a notícia do que aconteceria comigo já teria se espalhado por todo o acampamento. Uma delas, uma mulher de quem eu não gostava muito, olhou para mim e sorriu.

— Acho que vai custar meia coroa falar com você agora?

Não acredito que alguma das outras mulheres invejasse minha promoção, se é que podia ser chamada assim.

Voltei andando ao longo da costa, de cabeça baixa, sem ver nada além dos meus pés pressionando a umidade da areia molhada. Uma ou duas vezes, evitei por pouco esbarrar nas pessoas, tão absorta estava em meus pensamentos, mas então algum instinto me fez levantar o olhar e bem a tempo. Agamêmnon estava parado a menos de cem metros de distância, observando seu navio, com Criseida a bordo, reduzir-se a um ponto preto contra o brilho vermelho do pôr do sol.

Esgueirei-me para o espaço entre dois dos navios e esperei. Agora, ao longo de toda a praia, os homens estavam entrado no mar, raspando óleo e sujeira de suas peles, mergulhando suas cabeças sob as ondas, purificando-se, e todos eles, sem exceção, entoavam um hino de louvor a Apolo:

O SILÊNCIO DAS MULHERES

Lembrarei de Apolo, que atira de longe. Quando curva seu arco de prata, até os deuses tremem diante dele... E orações, incontáveis orações, todas implorando que os libertasse da peste. Logo, as ondas que se quebravam estavam pretas de homens, a terra quase deserta. Eu sabia que tinha testemunhado algo incrível: um exército inteiro caminhando para o mar.

Alguns homens, doentes demais para andar, tiveram de ser carregados para a água em padiolas. Seria suficiente para matá-los, podia-se pensar, aquela súbita imersão de corpos quentes no mar frio, salgado e voraz. Mas, pelo que sei, nenhum deles morreu; na verdade, vi um homem, que parecera desesperadamente doente ao ser carregado, voltar para a costa andando.

As estrelas começavam a aparecer no céu esverdeado. Ao longo de toda a baía, fogueiras para cozinhar haviam sido acesas e, quando os homens chegaram pingando das ondas, canecas de vinho quente com especiarias foram colocadas em suas mãos e cada um deles derramou uma libação para Apolo antes de beber. Logo, estavam reunidos, tremendo, ao redor das fogueiras, passando jarras de vinho forte de mão em mão. Por ordem de Agamêmnon, cabras e ovelhas foram abatidas e logo travessas de carne assada foram servidas diante deles, mas as risadas e brincadeiras que normalmente acompanham um banquete não surgiram. Até que Apolo aceitasse o retorno seguro de Criseida e o sacrifício de touros, o acampamento ainda estava sob sua maldição, e o conhecimento disso pesava muito sobre todos eles.

Das sombras, observei Agamêmnon, que ainda estava na praia, uma figura isolada e silenciosa. Decerto, com tudo isso acontecendo, ele se esqueceria de mim? Faria o que todos pareciam decididos a fazer: se embebedar e tentar esquecer? Isso foi o que eu disse a mim mesma, embora ao mesmo tempo soubesse que ele não o faria. Mesmo que não fizesse sentido, para mim ou para qualquer outra pessoa, que os dois homens mais poderosos do exército grego brigassem por causa de uma garota.

Quando voltei para a cabana de Aquiles, fui imediatamente para o quartinho onde me sentei sozinha, esperando ser chamada. Ífis não apareceu. Talvez Pátroclo tenha dito a ela para ficar longe.

Uma hora passou se arrastando. Passei muito tempo dobrando a barra da minha túnica e alisando-a de novo. Veem-se mulheres idosas fazendo isso — lembro-me da minha avó fazendo —, é um sinal de que estão começando a se desgastar. E lá estava eu, com apenas dezenove anos e já fazendo isso. Forcei-me a parar.

Havia uma jarra de vinho numa mesa à direita da porta. Eu sabia que ninguém se importaria se eu me servisse de uma caneca, então o fiz, minhas mãos tremendo tanto que derramei um pouco e tive de encontrar um pano para secar. Ainda estava secando quando ouvi vozes no salão. A princípio, pensei que fosse Agamêmnon vindo me buscar e na mesma hora me senti traída. Estava contando com um adiamento e agora não havia adiamento. Aquiles estava certo: Agamêmnon mal podia esperar para colocar as mãos em mim.

Levantei-me, alisei minha túnica e passei saliva nos lábios, para que não ficasse nenhuma mancha roxa do vinho. Eu não seria arrastada embora, manteria minha cabeça erguida e não olharia para trás. Eu não daria a Agamêmnon a satisfação de perceber meu medo.

Mas então, ouvi Pátroclo anunciar o senhor Nestor e seu filho Antíloco. Nestor. De imediato, pensei que devia ser algum tipo de missão de paz, que Agamêmnon tivesse desistido, pois Nestor era exatamente o intermediário que ele teria escolhido. Abri um pouco a porta a fim de ouvir com mais clareza e ver pelo menos um pouco do que estava acontecendo.

Nestor entrou na sala: alto, grisalho, usando vestes opulentas e, atrás de si, desajeitado e extremamente tímido, seu filho mais novo, Antíloco, um garoto que adorava tanto Aquiles que parecia ter dificuldade para respirar em sua presença. Ambos usavam capas, pois, embora a noite estivesse quente, um vento úmido soprava do mar. Gotículas de chuva, como minúsculos pontos de luz, repousavam sobre seus ombros. Aquiles havia se levantado para saudá-los. Nestor tirou a capa e a entregou a Pátroclo, depois alisou os cabelos despenteados. Quando se sentou no lugar que Aquiles ofereceu, notei que a calvície se assomava no topo de sua cabeça, dava para ver partes do couro cabeludo rosado entre os fios brancos. Depois de vê-lo instalado, Aquiles pediu a Pátroclo que trouxesse um vinho melhor. "Xixi de virgens, esse aqui", justificou ele, com uma risada estranha. Enquanto isso, Antíloco procurou um lugar para se sentar, viu a cama e tropeçou em sua direção. Por saber, ou melhor, por imaginar que Aquiles o observava, tropeçou em um tapete e quase caiu.

Pátroclo preparava o vinho de Nestor; vários tons de vermelho escuro rodopiando nas laterais de um prato de ouro. Quando terminou, foi até o

O SILÊNCIO DAS MULHERES

fogo e derramou uma libação generosa para Apolo; os atiçadores de fogo chiaram e cuspiram. Nestor ergueu a caneca em um brinde, depois olhou longa e duramente para Aquiles.

— Vejo que ainda não está preparando seus navios?

— Ele não veio buscar a garota. Ainda.

Nestor sorriu e negou com um gesto de cabeça.

— Você não vai embora. Não importa o que mais você seja, não é um desertor.

— Não vejo isso como deserção. Essa guerra não é minha.

— Você estava interessado o suficiente para entrar nela.

— Eu tinha *dezessete* anos. — Aquiles se inclinou para a frente. — Veja bem, o que ele fez hoje foi um completo escândalo, todos sabiam, e nem sequer uma voz se ergueu para contrariá-lo.

— A minha se ergueu. Na hora, e mais tarde.

— Bem agora, eu só penso: *Foda-se*. Ele quer Troia, ele que conquiste Troia… sem mim. Exceto que nós dois sabemos que ele não é capaz.

Nestor ficou em silêncio por um momento. Então disse:

— Geralmente as pessoas me ouvem, Aquiles.

— Vá em frente, estou ouvindo.

— Não pode deixar outros homens lutarem enquanto se senta aqui fazendo birra. Sim. — Nestor ergueu uma das mãos. — *Fazendo birra.*

A resposta de Aquiles foi surpreendentemente comedida.

— O que ele fez hoje quebrou todas as regras. Eu lutei por aquela garota. O exército a deu para mim… ele não tem o direito de tomá-la. Quer dizer, está bem… mas basta, eu paro por aqui. Não vou arriscar minha vida, ou a vida de meus homens, por um rei fraco, ganancioso, incompetente e covarde.

Eu esperava que Nestor defendesse Agamêmnon, mas ele apenas sorriu.

— Ele pode ser todas essas coisas… não importa. Não importa que você seja um lutador melhor, mais corajoso, mais forte, seja o que for… não é disso que se trata. Ele tem mais homens do que você, mais navios, mais terras… e é por isso que ele é o comandante-chefe e você, não.

— Nada disso dá a ele o direito de tomar o prêmio de honra de outro homem. Isso não pertence a ele; ele não *mereceu* isso.

Muito mais foi dito, mas eu havia parado de escutar. Honra, coragem, lealdade, reputação, todas aquelas grandes palavras sendo lançadas ao ar;

mas para mim havia apenas uma palavra, uma palavra muito pequena: *isso*. *Isso* não pertence a ele, ele não mereceu *isso*.

Quando consegui me concentrar na conversa novamente, Nestor estava dizendo:

— Bem, espero apenas…

Mas nunca descobrimos o que Nestor esperava. Um barulho de passos correndo no salão e, um segundo depois, Álcimo, o rosto rechonchudo brilhando de suor, irrompeu na sala.

— São os arautos de Agamêmnon.

A caneca que eu estava segurando escorregou dos meus dedos, esparramando vinho tinto pela saia da minha túnica.

— Agamêmnon está com eles? — perguntou Aquiles.

Álcimo abanou a cabeça, negando. Observei Aquiles olhar de soslaio para Nestor e arregalar mais os olhos, mas, quando falou, foi para Pátroclo.

— Veja se Briseida está pronta, sim?

Nestor parecia envergonhado.

— Eu não sabia que eles estavam a caminho.

Aquiles tocou seu braço em reconhecimento.

Os arautos de Agamêmnon, resplandecentes em escarlate e preto, com faixas douradas em torno de seus cetros de ofício, entraram na sala. Deveriam parecer imponentes, firmes e entregar a mensagem de Agamêmnon com vozes altas, nítidas e vibrantes. Em vez disso, o mais velho dentre os dois adiantou-se e caiu de joelhos. Imediatamente, Aquiles se levantou e ajudou com gentileza o velho a se levantar.

— Não se preocupe — disse ele. — Não vou descontar em você. Não é sua culpa.

A porta do quartinho se abriu. Pátroclo entrou e tentou pôr o braço em volta dos meus ombros, mas o afastei.

— Ainda acha que pode fazê-lo se casar comigo?

Ele não teve tempo de responder. Aquiles chamou:

— Pátroclo? Ela está pronta?

Pátroclo me ofereceu a mão. Peguei-a porque eu sabia que tinha de fazê-lo, e me deixei ser conduzida para o outro cômodo. Os arautos já estavam saindo. Arrisquei um olhar para Aquiles e, para minha surpresa, me deparei com lágrimas escorrendo pelo seu rosto. Sem soluços, nada disso, só um fluxo silencioso que ele não reconheceria nem mesmo ao secá-lo.

O SILÊNCIO DAS MULHERES

Aquiles chorou quando fui levada embora. *Ele* chorou; *eu,* não. Agora, anos mais tarde, quando nada disso importa mais, ainda tenho orgulho disso.

Mas eu chorei aquela noite.

PARTE DOIS

Desde que veio para Troia, ele teve certeza, pelo menos às vezes, de que não voltaria para casa. Nada de saudações alegres, abraços, banquetes. Nada da longa e tediosa sequência, produzindo filhos enfadonhos com uma esposa entediante, passando longas horas ouvindo camponeses reclamarem de seus vizinhos, julgando disputas mesquinhas, até que com o passar dos anos viessem a fraqueza física, a velhice, a fragilidade e a morte. A morte em um quarto confortável com uma lareira acesa, filhos e netos reunidos ao redor da cama. E então, por mais alguns anos, o nome dele na boca de todos, das pessoas que o conheceram por toda a sua vida, dos homens que lutaram com ele em Troia. Mas a memória humana não dura muito, três gerações, na melhor das hipóteses, e depois os lentos e incontáveis séculos começam, a grama crescendo alta sobre seu túmulo e os passageiros em carruagens que ele não é capaz de imaginar parando e comentando: "O que acha que é? Parece feito por mãos humanas".

Nada disso. E ele realmente não se importa; na verdade, é de fato mais fácil aceitar que logo chegará um momento, seja ao alvorecer, ao anoitecer ou no calor do meio-dia, quando uma espada ou lança irá atingi-lo, e ele morrerá, como viveu, em um clarão de luz sem sombras. Não haverá fim, então, para sua história; porque é isso, essa é a barganha, é isso o que os ardilosos deuses lhe prometeram: glória eterna em troca de uma morte prematura diante das muralhas de Troia.

Ele conhece todos os humores deste mar, ou pelo menos, até duas semanas antes, teria dito que conhecia, mas o movimento recente das marés tem estado tão estranho, como nada que ele já havia visto antes. Todos os dias, sob o céu sombrio, as ondas se avolumavam e se avolumavam, sem nunca se quebrar em espuma, formando apenas uma longa, contínua e ameaçadora elevação. Sentira a raiva do deus na tensão em sua pele, dias antes que as primeiras flechas de peste chegassem.

Durante a peste, não houve marés altas, mas agora o mar recuperava o terreno perdido. Cada onda, serpenteando pela praia, deixa um leque de espuma suja que fervilha suavemente por um segundo antes de afundar na areia, e depois, a próxima onda se lança mais acima, e a próxima ainda mais. A maré atinge partes da praia secas há anos, levantando esteiras grossas de favas-do-mar, carregando conchas quebradas e os ossos brancos de gaivotas bem acima da arrebentação.

Na noite em que levaram Briseida, um dos navios ancorados se soltou de suas amarras. Pátroclo o acordou e juntos correram para a praia, gritando ordens, organizando equipes de homens para içar o navio para longe da maré. Quando amanheceu, ele repousava inclinado para um lado, as cracas claras em seu casco dando-lhe a aparência de um antigo monstro marinho verruguento. Nenhuma maré desde então atingiu essa altura, mas ainda assim, foi um aviso. Desde esse dia, verificaram as amarras de todos os navios ancorados e puxaram alguns dos navios atracados mais terra adentro.

Ele se sente minúsculo diante da imensidão do mar e do céu. As dunas se erguendo atrás dele, com sua grama alta e ondulante lançando hastes de sombras negras na areia clara. Agora, porém, uma névoa começa a se formar, como costuma acontecer nesse horário. Em minutos, envolveu-o e ele não precisa ver nada, apenas ouvir o barulho das ondas batendo, apenas sentir as ondulações da água escorrendo entre seus dedos dos pés. Quando criança, ele dormia com a mãe em um quarto de frente para o mar. Depois que ela partiu, o menino costumava acordar na escuridão e fingir que as ondas eram a voz dela ninando-o até que dormisse de novo.

A memória prega peças estranhas. Uma de suas lembranças mais vívidas era a de ficar na janela do quarto, observando a mãe entrar no mar, os longos cabelos negros espalhando-se na água como faixas de algas marinhas antes que a próxima onda a engolisse. No entanto, ele sabe que não é possível que tenha visto aquilo: o mar não era visível do quarto onde dormia quando criança. Nenhuma imaginação posterior, porém,

O SILÊNCIO DAS MULHERES

conseguia distorcer a recordação do quarto solitário, da dor da ausência materna. O pai havia tentado de tudo: convencê-lo a comer; comprar brinquedos caros; todas as noites, na hora de dormir, oferecer os próprios braços para consolá-lo, apenas para vê-lo virar as costas ou, pior, tolerar o abraço, mas, como a mãe antes dele, ficar rígido e indiferente. Sacerdotes, videntes, parentas, amas — todos foram consultados e nenhum soube o que fazer. Filhos da nobreza foram trazidos para serem seus "amigos" — embora logo reconhecessem, como as crianças fazem, que havia algo "errado" com ele e, após tentativas inconstantes, brincavam apenas uns com os outros. Ele parou de crescer. E então, um dia, quando havia se tornado um camarãozinho pálido de cabelos prateados, todas as costelas em seu peito visíveis, Pátroclo surgiu. Pátroclo, que matara outra criança, um menino dois anos mais velho, em uma briga por um jogo de dados.

No dia em que Pátroclo chegou, Aquiles ouviu uma comoção e, na esperança de que fosse a mãe retornando para uma de suas raras visitas, irrompeu no corredor, apenas para parar ao ver o pai conversando com um estranho. Perto deles, estava um menino grande e desajeitado com o rosto machucado e o nariz quebrado, embora os ferimentos não fossem recentes porque os machucados estavam amarelados no centro e com as bordas roxas. Outro "amigo"?

Os dois meninos se observaram, Pátroclo espiando ao redor do pai de Aquiles. O que Aquiles sentiu naquele momento não foi a estranheza familiar de conhecer mais um "amigo", mas algo infinitamente mais perturbador: um longo e frio arrepio de reconhecimento. Mas ele havia se machucado demais e com frequência demais para fazer amigos com facilidade, então, quando o outro garoto, instigado pelo pai, estendeu-lhe a mão, Aquiles apenas deu de ombros e se afastou.

Assim que se soube que Pátroclo havia matado alguém, que de fato havia feito o que todos estavam sendo treinados para fazer, os outros meninos fizeram fila para enfrentá-lo. Ele se tornou aquele a ser derrotado. E assim, estava sempre lutando, como um urso acorrentado que não pode escapar das provocações, mas era obrigado a continuar, choramingando e lambendo as feridas à noite, sendo arrastado para enfrentar os cães mais uma vez durante o dia. Quando Aquiles finalmente criou coragem para se aproximar de Pátroclo, este estava a caminho de se tornar o pequeno rufião violento que todos acreditavam que era.

Como se aproximaram? Ele não consegue se lembrar, mas não se lembra de quase nada dos dois anos após a partida da mãe. Sabe que eles brigavam, brincavam, discutiam, riam, pegavam coelhos, colhiam amoras, voltavam para casa com manchas roxas na boca, inspecionavam as cascas de machucados nos joelhos um do outro, caíam na cama e dormiam, tão nus e desprovidos de sexo quanto dois feijões em uma vagem. Pátroclo salvou sua vida, muito antes de chegarem perto de um campo de batalha. Em contrapartida, Aquiles fez o mesmo por ele, lutando ao seu lado sempre que um dos outros meninos atacava, até que pararam de atacar e reconheceram um líder natural. Quando Aquiles tinha dezessete anos, ele e Pátroclo estavam mais do que prontos para uma guerra, estavam prontos para enfrentar o mundo inteiro.

Companheiros de batalha: admiravelmente viris.

A verdade: Pátroclo ocupara o lugar da mãe de Aquiles.

Pátroclo estará na cabana agora, esperando por Aquiles. Por alguma razão, Pátroclo sempre odiou essas suas visitas noturnas ao mar. Talvez temesse que uma noite Aquiles pudesse entrar nele, como a mãe fizera, quando respirar o ar denso se tornasse insuportável.

Bem, preocupado ou não, Pátroclo terá de esperar. Não está pronto para voltar ainda, não está pronto para enfrentar a cama vazia. Que não precisava estar vazia; os deuses sabem, ele tem muitas garotas. Mas esse não é o problema. O problema é que ele não *quer* as outras garotas, ele quer *aquela* garota e não pode tê-la. E então ele revira a dor da perda repetidamente na mente, tentando desgastá-la até que fique suave, como as pedras sobre as quais se mantém de pé, cada uma delas lisa. O fato é que ele sente falta dela. Não devia, mas sente. E por quê? Porque, uma noite, ela veio para a cama dele com o cheiro da maresia nos cabelos? Porque a pele dela tem gosto de sal? Bem, se for só isso, ele pode mandar todas serem jogadas no mar, voltarão todas cheirando a sal.

Ela é o prêmio dele, é isso, seu prêmio de honra, nem mais, nem menos. Não tem nada a ver com a garota em si. E a dor que ele sente é apenas a humilhação de ter seu prêmio roubado — sim, *roubado* — por um homem que é seu inferior em todos os aspectos que importam. As cidades sitiadas e saqueadas, os guerreiros mortos, toda a implacável opressão sangrenta da guerra… E ele a toma, simples assim. Isso é o que dói — não pela garota —, pelo insulto, o ataque ao seu orgulho. Bem, é isso. Ele está fora disso

O SILÊNCIO DAS MULHERES

agora. Deixe-os tentar tomar Troia sem ele, logo virão rastejando pedindo ajuda quando descobrirem que não são capazes. Ele tenta extrair prazer do pensamento, mas não adianta. Talvez devesse ter seguido seu instinto original e ido para casa? Pátroclo era a favor disso, e Pátroclo, embora lhe doa admitir, está quase sempre certo.

Não há respostas, ou nenhuma que possa ser encontrada nessa praia coberta pela névoa. Sua mãe não virá essa noite. Assim, ele enrola a capa ao redor de si e retorna para a cabana onde sabe que Pátroclo estará esperando.

Enquanto caminha entre os navios atracados, sua mente se enche de pequenas tarefas, listas de atividades que tem de fazer. Se a próxima maré de primavera estiver tão alta quanto a última, talvez devam pensar em mover algumas cabanas de armazenamento mais para o interior. Haviam sido construídas há oito, nove anos, depois daquele primeiro inverno terrível em barracas de lona. A madeira está cinza-perolada agora, devido à longa exposição ao vento e à chuva e, sem dúvida, caso olhasse debaixo delas, encontraria muitas tábuas podres. Um programa de reconstrução, talvez? Dar aos homens algo para fazer e, ao mesmo tempo, demonstrar seu compromisso em permanecer até o fim; qualquer que seja o "fim". *Sim, mantê-los ocupados*, pensa — prático, pés no chão, um guerreiro de novo, sem fraqueza nem indecisão — enquanto desliza como uma sombra ao lado de seus navios espectrais.

17

Mas eu chorei aquela noite.

Então o que ele fez de tão terrível? Nada demais, suponho, nada que eu não esperasse. Mas depois, quando pensei que tudo havia acabado e que enfim estava livre para ir, ele segurou meu queixo entre o polegar e o indicador e inclinou meu rosto para o seu. Por um momento insano, de fato pensei que me beijaria; mas então, enfiando um dedo entre meus dentes para separar minhas mandíbulas, ele produziu uma grande quantidade de catarro, vagarosamente, sem pressa, e cuspiu na minha boca aberta.

— Pronto — disse ele. — Agora você pode ir.

Tateando por um acampamento desconhecido no escuro, acabei encontrando as cabanas das mulheres. Eu estava o tempo todo tentando esfregar freneticamente a boca com a bainha da túnica, e o esforço me causou tanta ânsia que vomitei na areia. Ainda limpava a boca quando uma porta se abriu e o rosto de Ritsa apareceu. Caí em seus braços. Por um bom tempo, não consegui falar. Ela me embalou, murmurando palavras tranquilizadoras, o tipo de coisa que se diz para crianças que tiveram um pesadelo, e algumas das outras mulheres se juntaram e acariciaram minhas costas. Eu não conseguia lhes contar o que tinha acontecido, mas talvez não precisasse, talvez já soubessem ou adivinhassem. A maioria delas teria se deitado com Agamêmnon hora ou outra, antes que a obsessão dele por Criseida as livrasse da obrigação. Ritsa foi muito delicada, mas mesmo com todo o seu consolo demorou muito para eu me acalmar o suficiente para dormir.

O SILÊNCIO DAS MULHERES

Acordei de madrugada e fiquei olhando para a penumbra, petrificada. Eu sabia que assim que Agamêmnon se cansasse de mim, e isso não demoraria muito, ele já me dissera que eu era uma pobre substituta para Criseida, ele me entregaria aos seus homens para uso comum. Embora, na manhã seguinte, quando mencionei meus medos a Ritsa, ela disse: "Não, ele não vai fazer isso, não pode, você é o prêmio de Aquiles". Apenas balancei a cabeça. Achei que era exatamente por essa razão que ele o faria: o insulto definitivo ao homem que ousara desafiar sua autoridade. Não, calculei que mais algumas noites de humilhação criativa e eu estaria rastejando sob as cabanas para encontrar um lugar para dormir.

Nada disso aconteceu; depois da primeira noite, ele nunca mais me quis ou não por muito tempo. Mesmo assim, todas as noites, eu era obrigada a servir vinho para seus convidados. Por que, talvez pergunte, ele iria querer que eu fizesse isso, quando estava claro que ele não suportava me ver? Eu era útil, suponho, servia a um propósito particular. Os homens gravam significados nos rostos das mulheres; mensagens dirigidas a outros homens. No acampamento de Aquiles, a mensagem havia sido: *Vejam ela. Meu prêmio concedido pelo exército, prova de que sou o que sempre afirmei ser: o maior dos gregos.* Aqui, no acampamento de Agamêmnon, era: *Vejam ela, o prêmio de Aquiles. Tomei-a dele assim como posso tomar seus prêmios de vocês. Posso tirar tudo que vocês têm.*

Sendo assim, eu sorria e servia, servia e sorria, até minhas bochechas doerem. E então, depois que todos tivessem partido, eu voltava, sorrateira, para a cabana das mulheres, cobria a cabeça com um cobertor e tentava dormir. A cabana estava lotada de corpos adormecidos, abafada com o cheiro de suor. Eu havia encontrado um lugar perto da parede, onde um espaço entre duas tábuas permitia a entrada de uma brisa vinda do mar. Algumas noites, eu ficava deitada com a boca pressionada contra aquela fenda estreita, sugando o ar frio e salgado.

Dormíamos em catres alinhados entre os teares. Os catres eram guardados sob as cabanas durante o dia e arrastados para fora no início da noite, quando ficava escuro demais para continuar trabalhando. Acima de nós estavam os quadrados de panos que estávamos tecendo, em ricos tons de vermelho, verde e azul, embora até as cores mais brilhantes parecessem escuras à luz das velas pontilhadas aqui e ali pelo chão. Rostos de mulheres, agrupados em torno das velas, brilhavam como as asas pálidas de mariposas. Mesmo sob a luz do sol forte, as mulheres pareciam descoradas, e muitas delas tinham uma tosse seca causada pela inalação de partículas minúsculas de lá. Em determinados dias, o ar estava tão cheio de pequenos fios flutuantes de tecido que parecia uma sopa. No palácio do meu marido, as salas de tecelagem se abriam direto para o pátio interno, então sempre havia ar fresco e a visão de pessoas passando. Essas cabanas eram completamente fechadas; trabalhávamos muitas horas e era raro sairmos. Enquanto trabalhávamos, cantávamos canções que conhecíamos desde a infância, as canções que nossas mães nos ensinaram. Todavia, lá pelo fim da tarde, estávamos exaustas e a cantoria se extinguia. Seguia-se uma refeição rápida, pão e queijo, uma caneca de vinho tão diluído que mal chegava a ser rosado e, se tivéssemos sorte, um vislumbre breve do mundo exterior, antes que escurecesse.

E assim continuou. Normalmente, eu voltava para minha cabana tarde, às vezes, muito tarde. Eu contava para Ritsa qualquer pedacinho de informação que conseguisse colher da conversa no jantar, em seguida, tirava minhas roupas elegantes e me deitava no catre duro. Uma a uma, as lâmpadas eram apagadas, embora mesmo na penumbra se pudesse sentir a presença dos teares. Aos poucos, à medida que nossos olhos se acostumavam à escuridão, conseguíamos distinguir os padrões elaborados que passamos o dia todo tecendo. Assim passávamos as noites, encolhidas como aranhas no centro de nossas teias. Com a diferença que não éramos as aranhas; nós éramos as moscas.

Às vezes, antes do jantar, eu aproveitava um momento para ir até a praia e ter um vislumbre do mar, embora mal chegasse lá e já precisasse voltar correndo e me vestir para servir o vinho. Em uma dessas breves excursões, vi Aquiles correndo ao longo da praia usando armadura completa, os pés descalços entrando e saindo das ondas rasas. Ele não havia me visto. Depois de um tempo, ele parou e se curvou, as mãos apoiadas nos joelhos, enquanto lutava para recuperar o fôlego. Então, levantou o olhar e me viu. Ele não falou, não acenou, não reconheceu minha presença de forma alguma, apenas se virou e começou a correr de volta por onde tinha vindo, uma pequena figura sobrepujada pela vasta extensão de mar e céu.

O SILÊNCIO DAS MULHERES

Nas primeiras noites após sua briga com Aquiles, Agamêmnon estava exultante. Estava claro que a peste havia acabado; não havia surgido nenhum caso novo desde o retorno de Criseida ao pai, embora o ritual de orações e sacrifícios a Apolo ao nascer e ao pôr do sol ainda fosse meticulosamente observado. Ainda mais gratificante, o exército de Agamêmnon havia avançado várias centenas de metros pela planície lamacenta, então já havia sido provado que aquele merdinha traiçoeiro estava errado; é claro que podiam tomar Troia sem ele, podiam e tomariam. Durante todo o jantar, nessas noites, Agamêmnon não parava de se levantar e propor brindes até que, ao fim da refeição, mal conseguia ficar em pé.

Mais tarde, em seus aposentos, cercado pelos poucos homens em quem quase confiava, a conversa se tornava mais infame. Que raios Aquiles estava fazendo para passar seu tempo? Estava emburrado em sua cabana, é claro, cheio de raiva por não poder lutar — *e de quem era a culpa?* Ficando bêbado, enchendo a cara até vomitar para ter mais espaço e depois caindo na cama com Pátroclo e ficando deitado até meio-dia. Mais algumas semanas disso e os dois estariam moles como eunucos. Seus convidados riam, bajuladores, embora devessem saber que nada daquilo era verdade. Todos eles, em algum momento ou outro, devem ter visto Aquiles correndo ao redor da baía usando armadura completa, ou ouvido Pátroclo comandando os mirmídones para mais uma sessão extenuante no campo de treinamento; ainda assim, ninguém o contradisse. O único verdadeiro amigo que restava a Aquiles era Ájax, e Ájax se mantinha afastado.

Mas então, aos poucos, noite após noite, a atmosfera começou a escurecer. O terreno que haviam conquistado em dias de batalha dura e amarga logo foi perdido de novo e o número de vítimas aumentava. Ah, ainda havia brindes e canções, mas não havia tantas piadas sobre Aquiles. Certa noite, Agamêmnon salientou que a armadura de Aquiles fora um presente dos deuses para seu pai, Peleu, por ocasião de seu casamento com Tétis.

— Uma armadura divina — declarou Agamêmnon. — O que de fato levanta a questão: é a armadura ou é o homem?

— Bem — disse Odisseu com suavidade —, suponho que você pode desafiá-lo para uma luta sem armas. Logo descobriria…

Fez-se um silêncio ligeiramente estarrecido depois que ele terminou de falar. O simples fato de ter ousado, embora com sutileza, desafiar Agamêmnon revelava como a atmosfera mudara de maneira drástica.

PAT BARKER

Passei a temer as festas de bebedeira noturnas; sentia que minha presença — andando ao redor da mesa, servindo vinho em suas canecas — havia começado a evocar uma resposta diferente. Eu não era mais o sinal externo e visível do poder de Agamêmnon e da humilhação de Aquiles. Não, havia me tornado algo definitivamente mais sinistro: eu era a garota que causou a briga. Ah, sim, *eu* a causei, do mesmo modo, suponho, que um osso é responsável por uma briga entre cães. E por causa daquela briga, *por minha causa*, muitas almas de jovens e corajosos guerreiros gregos haviam ido para o Hades — juventude martirizada e masculinidade destruída. Ou haviam sido os deuses que causaram isso? Não sei, fico confusa. Apenas sei que, quando eles não estavam culpando os deuses, estavam me culpando.

Eu estava ciente dos olhares me seguindo pela sala, e não eram, como antes, de admiração discreta. Lembrei-me de um incidente que presenciei uma vez quando era menina, em Troia. Um homem adiantou-se e cumprimentou Helena com todos os gestos de respeito, conversando, sorrindo e depois se curvando ao se despedir. Só que eu me virei quando passamos e o vi cuspir na sombra dela.

Eu podia sentir a mesma hostilidade, o mesmo desprezo, começando a se formar ao meu redor. Eu era Helena agora.

18

Quando eu era uma menina, velha demais para bonecas, mas ainda não madura o bastante para casar, fui enviada para ficar em Troia com minha irmã casada. Minha mãe tinha morrido, eu odiava a jovem concubina que tomara o lugar dela, e meu pai ficara exasperado com o ruído das discussões vindas dos aposentos das mulheres. Pareceu ser melhor para todos que eu fosse para longe.

Minha irmã, Ianthe, e eu nunca havíamos sido próximas. Quando nasci, ela já estava se preparando para se casar com Leander, um dos filhos do rei Príamo. O casamento não foi feliz. Leander logo se cansou dela e tomou uma concubina com quem agora tinha três filhos, de modo que minha irmã não era muito chamada para cumprir seus deveres conjugais. Ela se tornou uma mulher sem graça e atarracada, sua expressão descontente fazendo-a parecer muito mais velha do que realmente era. Era um mistério como tal mulher poderia ter se tornado amiga de Helena; ainda assim, elas eram amigas genuínas. Costumavam fofocar por horas tomando uma ou duas canecas de vinho. Ambas, creio eu, mulheres muito solitárias.

Ianthe costumava me levar consigo para as visitas em questão, e eu ficava sentada escutando, apesar de nunca participar muito da conversa. Um dia, porém, minha irmã foi chamada para resolver alguma crise doméstica e fiquei sozinha com Helena. Por um tempo, ela falou com um pouco de timidez, de um jeito que é normal as pessoas confiantes agirem com crianças, e depois sugeriu que déssemos uma volta. Eu tinha doze anos, e as paredes da prisão já haviam começado a se fechar. Garotas que se aproximavam da idade de casar não saíam, exceto cobertas em véus e acompanhadas, para visitar parentas. No entanto, Helena parecia considerar uma caminhada até as ameias nada fora do normal. Ela se alegrou, de repente, prendendo seu véu branco e me pegando pela mão como se estivéssemos partindo para uma grande aventura. Atravessamos direto o mercado, acompanhadas apenas por uma única criada. Devo ter parecido surpresa, suponho, porque ela disse: "Ora, e por que não?". Não havia motivo para que ela se preocupasse com o que as pessoas poderiam pensar. As mulheres troianas, "as senhoras", como ela sempre as chamava, não podiam pensar pior dela do que já pensavam, e quanto aos homens... Bem, ela tinha uma boa ideia do que estavam pensando, o mesmo que pensavam desde que ela tinha dez anos. Ah, sim, eu ouvi essa história também. Pobre Helena, estuprada à beira de um rio quando tinha apenas dez anos. Claro que acreditei nela. Foi um grande choque para mim, mais tarde, descobrir que ninguém mais acreditava.

Das muralhas, era possível olhar para o campo de batalha, a outrora planície fértil tão revolvida por cascos de cavalos e rodas de biga que se tornara um terreno desolado onde nada crescia. Dois ou três corvos carniceiros sobrevoavam baixo, acima de nossas cabeças. Lembro-me de pensar que as penas de suas asas tinham a exata aparência de dedos esticados. Helena foi direto para o parapeito. Não tive escolha a não ser segui-la, embora tivesse o cuidado de não espiar lá embaixo. Em vez disso, contemplei o céu e, então, com cautela, mais para baixo, onde a luz do sol reluzia em um mar calmo.

Imediatamente abaixo de nós, tudo era violência e tumulto. Ouvi um cavalo berrar, ouvi os gritos de homens feridos, mas estava determinada a não olhar. Notei como a respiração de Helena se acelerava enquanto ela se debruçava sobre o parapeito; ela parecia desesperada — não, desesperada não, *ávida* — para ver o máximo que pudesse. Na hora eu não soube, e não sou capaz de imaginar agora, o que passava pela cabeça dela. Pelo que ela falava, não sentia nada além de culpa e angústia por ser a causa de toda essa carnificina, mas era só isso mesmo que ela sentia? Será que ela jamais olhou para baixo e pensou: *Isso é por* mim?

Estávamos lá havia meia hora, talvez, quando Príamo chegou. Alguém colocou uma cadeira para ele, que chamou Helena para se sentar ao seu

O SILÊNCIO DAS MULHERES

lado. Ele sempre a tratou com a maior cortesia, embora devesse saber que o povo de Troia, e em particular as mulheres da própria casa, a odiava.

— Quem é essa? — indagou ele, olhando para mim.

Corei miseravelmente quando Helena explicou. E então, em meio a todas as suas preocupações, a guerra indo mal, Heitor acusando publicamente o irmão, Páris, de covardia, o número de mortos aumentando, seus cofres se esvaziando, Príamo pegou uma moeda de prata e colocou-a na palma da mão. Ele passou a outra mão depressa por ela, murmurou algumas palavras mágicas e a moeda desapareceu. Fiquei assistindo, ciente de que era um truque, mas incapaz de perceber como ele o fizera. Ele fingiu procurar dentro das vestes, dando tapinhas em si mesmo.

— Para onde foi? Ai, não me diga que eu perdi. *Você* está com ela?

Neguei, balançando minha cabeça. Então, ele estendeu a mão, tocou atrás da minha orelha esquerda e mostrou a moeda. Eu estava bastante inclinada a sustentar minha dignidade de doze anos, era grande demais para truques de mágica e, ao mesmo tempo, estava fascinada porque ainda não conseguia identificar como era feito. Ele me presenteou com a moeda e então se virou para assistir à batalha, as linhas de seu rosto no mesmo instante se assentando em uma expressão de tristeza profunda.

Depois, fomos andando até a casa de Helena. Ela soltou o véu e ordenou que servissem vinho e bolo, um bolo doce de limão que era preparado apenas em Troia. Em público, Helena estava sempre batendo no peito, culpando-se pelo papel que desempenhou no início desta guerra desastrosa. Talvez ela pensasse que, se *ela* usasse a palavra "prostituta" com frequência suficiente, outras pessoas estariam menos inclinadas a usá-la. Nesse caso, ela estava errada. Em particular, a história era bem diferente. Ela ridicularizava as mulheres troianas — "as senhoras" — e, bem sabem os deuses, elas lhe davam muitas razões. A maneira estúpida que copiavam seus penteados, sua maquiagem, suas roupas... Era incrível como mulheres bastante inteligentes pareciam acreditar que, se esticassem o traço do delineador além do canto externo da pálpebra e o curvassem um pouco para cima, teriam os olhos de Helena. Ou se prendessem suas faixas da mesma forma que ela fazia, teriam os seios de Helena. Toda essa imitação estúpida de uma mulher que fingiam desprezar... Não era de se admirar que Helena ria delas.

Então ficamos sentadas, fofocando e tomando vinho, vinho até demais, e me senti bastante adulta, muito lisonjeada. Quando minha irmã veio me buscar, ficou totalmente horrorizada, mas isso só aumentou a diversão.

Depois disso, eu muitas vezes visitava Helena sozinha, embora acompanhada, é claro, por uma das criadas da minha irmã. Quase sempre, Helena me levava consigo para as ameias e, enquanto ela ficava debruçada no parapeito absorvendo cada detalhe da batalha, Príamo encontrava doces e moedas atrás de minhas orelhas. Às vezes, Hécuba, a rainha, também estava lá, sempre com sua filha mais nova, Políxena, agarrada à saia e transbordando com o orgulho de uma menininha por sua mãe. Helena tentava fazer amizade com ela, mas Políxena não lhe dava atenção; ela havia absorvido o ódio da mãe por Helena. Eu costumava vê-la, às vezes, nos terrenos do palácio, correndo atrás de suas irmãs mais velhas, gritando: "Esperem por mim! Esperem por mim!". O grito das crianças mais novas em todos os lugares.

Hécuba e Helena trocavam algumas palavras forçadas, mas percebi que nunca ficávamos muito tempo se ela estivesse lá. Helena preferia ficar sozinha com Príamo. Um último olhar perscrutador do parapeito e, em seguida, voltávamos à sua casa para vinho e bolos de limão. Todas as visitas terminavam da mesma forma: de repente, ela parava de sorrir e dizia: "Ah, bem, de volta ao trabalho". E esse era o meu sinal para colocar o manto e esperar que a criada me acompanhasse até em casa.

Às vezes, Helena entrava na sala interna antes mesmo de eu sair e então eu ouvia o barulho do tear, o ruído enquanto a lançadeira passava de um lado para o outro. Havia uma lenda — que diz tudo, na verdade — de que sempre que Helena cortava um fio em sua tecelagem, um homem morria no campo de batalha. Ela era responsável por todas as mortes.

E então, um dia, ela me mostrou seu trabalho. Conheci algumas excelentes tecelãs em minha vida, incluindo algumas das mulheres do acampamento. As sete garotas que Aquiles capturou quando tomou Lesbos, elas eram brilhantes, não havia outra palavra, eram *brilhantes*. Mas mesmo elas não eram tão boas quanto Helena. Andei pela sala observando as tapeçarias enquanto Helena se sentava ao tear e bebericava seu vinho. Meia dúzia de enormes cenas de batalha cobriam as paredes, uma sequência que, em conjunto, contava toda a história da guerra até o momento. Combate mão a mão, homens decapitados, eviscerados, trespassados, fatiados, estripados;

O SILÊNCIO DAS MULHERES

e, cavalgando muito acima da carnificina em seus carros cintilantes, os reis: Menelau, Agamêmnon, Odisseu, Diomedes, Idomeneu, Ájax, Nestor. Eu sabia que Menelau havia sido seu marido antes que ela fugisse com Páris, mas sua voz não mudou quando ela falou o nome dele. Ela indicou Aquiles naquele dia? Acho que deve ter indicado, mas realmente não me lembro.

Os troianos estavam lá também, é claro, Príamo observando das ameias, e abaixo dele, no campo de batalha, seu filho mais velho, Heitor, defendendo os portões. Mas nada de Páris, que parecia estar guerreando da cama. Nas raras ocasiões que os vi juntos, era óbvio até para uma criança que Helena preferia Heitor a Páris, a quem acho que ela passou a desprezar. Era notória a relutância de Páris em ir a qualquer lugar próximo ao campo de batalha, tal como o desprezo de Heitor pela covardia do irmão.

Quando terminei de observar todas as tapeçarias, dei mais uma volta porque queria verificar algo que eu não entendia.

— Ela não está lá — disse para minha irmã naquela noite depois do jantar. — Ela não está nas tapeçarias. Príamo está lá, mas ela, não.

— Não, bem, é claro que não está. Ela não saberá onde se colocar até que saiba quem venceu.

Havia muita amargura naquela observação, e não era a malícia rotineira das outras mulheres troianas, mas algo muito mais profundo. Olhando para trás, eu me pergunto se minha irmã atarracada e sem graça não estava um pouco apaixonada por Helena. Provavelmente, eu também estava um pouco apaixonada por ela.

Naquela noite, deitei-me na cama desejando ter dito mais para Helena, que ao menos tivesse tentado expressar minha admiração por seu trabalho. Por que não fiz isso? Fiquei embasbacada, suponho. Ah, mas era algo além... Acho que eu estava tateando atrás de algo que não tinha idade suficiente para entender. Saí disso com a sensação de que Helena estava assumindo o controle da própria história. Ela estava tão isolada naquela cidade, tão impotente — mesmo na minha idade, eu podia enxergar isso — e aquelas tapeçarias eram uma forma de dizer: Estou aqui. *Eu.* Uma pessoa, não apenas um objeto a ser observado e disputado.

Havia uma história que remonta ao primeiro ano da guerra. Menelau e Páris, os dois rivais, haviam concordado em se encontrar em um combate individual, cujo resultado decidiria qual deles ficaria com Helena. Ambos os exércitos se reuniram para assistir, as ameias estavam abarrotadas de espectadores ansiosos para ver a luta, mas Helena não estava lá. Ninguém havia se preocupado em contar a ela o que estava acontecendo. Portanto, seu destino foi decidido sem seu conhecimento. Acho que as tapeçarias foram uma forma de lutar contra aquele momento. Ah, eu sei que ela não estava nelas, eu sei que ela deliberadamente tornou a si mesma invisível, mas de outra forma, talvez da única forma que importa, ela estava presente em cada ponto.

Eu não sei o quanto isso me fez bem, remoer essas lembranças de Troia. Sério, de que serve uma escrava, que está tentando dormir em um catre duro em uma cabana fedorenta, lembrar que uma vez o rei de Troia fez truques de mágica para diverti-la? Não seria melhor, mais fácil, aceitar a triste rotina em que sua vida se transformou?

Mas então, penso: *Não. Claro que não é melhor.* Naquela noite, lembrando a hostilidade que senti dirigida a mim na cabana de Agamêmnon e sentindo o gosto, como sempre sentia, da gosma de seu catarro na minha boca, enrolei a gentileza do rei Príamo ao meu redor como uma coberta e ela me ajudou a cair no sono.

19

Certa noite, após o jantar, Aquiles e Pátroclo foram ver as grandes fortificações que Agamêmnon começara a construir entre o acampamento e o campo de batalha. Da popa de seu navio, Aquiles saudou o sucesso do contra-ataque troiano com gritos de alegria, aparentemente sem se incomodar com o número crescente de baixas gregas. Agora, estava curioso para testemunhar as tentativas de Agamêmnon de reforçar suas defesas.

Quando chegaram ao canteiro de obras, começava a escurecer, mas ainda podiam ver o que estava acontecendo. Uma grande trincheira fora cavada na charneca que separava as dunas de areia do campo de batalha. Centenas de homens, cobertos por uma camada tão densa de lama que pareciam feitos dela, empurravam carrinhos de mão cheios de terra para longe, enquanto outros cavavam mais fundo na argila encharcada. Nunca foi mais brutalmente evidente que esta terra era uma planície aluvial cortada por dois grandes rios que com regularidade transbordavam suas margens durante as tempestades de outono. A trincheira se enchia de água tão rápido quanto os homens podiam cavar. A uma curta distância, outro grupo de homens empilhava sacos de areia na tentativa de manter a água para fora. Tábuas haviam sido colocadas ao longo do fundo da trincheira, mas, mesmo assim, em determinados lugares, os trabalhadores estavam com água em uma altura bem acima dos joelhos. Um vasto parapeito elevava-se sobre suas cabeças, postos de sentinela colocados em intervalos ao longo de sua extensão, de onde rostos pálidos observavam o caos abaixo.

— Bem — disse Aquiles —, obviamente ele pensa que estão prestes a romper a linha.

Pátroclo se virou a fim de contemplar a praia com sua longa fileira de navios atracados na areia. Navios negros, bicudos, predatórios, projetados para produzir terror onde quer que navegassem, mas agora, nessa situação diferente, reuniam-se apenas montes de madeira seca. Algumas flechas incendiárias atiradas ao convés, vento suficiente para carregar faíscas e toda a frota estaria em chamas *em minutos*.

Considerava intolerável ficar ali parado sem fazer nada.

— Você sabe que podemos ajudar nisso. Você só disse que não lutaria, não disse que não faria *nada*.

— Posso não ter dito, mas com certeza foi o que quis dizer. De quem é a culpa por ele estar nessa situação? *Dele*.

— Mas todos os outros estão nessa situação também. — Pátroclo apontou o dedo para os homens que lutavam. — Não é culpa *deles*.

— Não, e também não é *minha*.

Seguiu-se um silêncio tenso. Olhando para baixo, Pátroclo se lembrou de uma colônia de formigas que observou quando criança, do tipo que carrega triângulos de folhas verdes cortadas e parecem pequenos navios no mar. Ele tentou se lembrar de quando era a lembrança, mas não conseguiu. Lentamente, nessa pausa sem palavras, ele e Aquiles estavam se entendendo de novo. Quando sentiu que era seguro falar, disse:

— Acha que isso os manterá fora?

Aquiles negou com um gesto de cabeça.

— Não, só vai atrasar a sua retirada. Se muito. — Apontou para a área de charneca, do outro lado da trincheira. — *Aquilo ali* é um campo de matança.

Pátroclo respirou fundo.

— Isso é tudo, então?

— Depende do que você entende por "isso". Não espero ter notícias dele ainda.

Você não é o centro disso.

Conheciam-se tão bem que as palavras não proferidas pairavam no ar entre eles. Então, Pátroclo disse:

O SILÊNCIO DAS MULHERES

— Você sabe que, se eles romperem a linha de frente, vai ter que lutar de qualquer jeito. Não vão poupar seus navios só porque você não está lutando.

Aquiles deu de ombros.

— Se eu for atacado, vou lutar. — Virou-se para ir embora. — Vamos, já vi o suficiente.

20

Sabíamos que a guerra estava indo mal para os gregos. A batalha não era mais um ronco distante que se podia ignorar, mas um rugido ensurdecedor claramente audível acima do estalar dos teares. Pelo barulho, sabíamos que os troianos se aproximavam, embora, mesmo se fôssemos surdas, os rostos sombrios de nossos captores teriam contado a mesma história. Estavam, cada um deles, com um humor terrível, propensos a chutar qualquer coisa ou pessoa que entrasse em seu caminho. Tínhamos o cuidado de fingir indiferença ao resultado, não que eles se importassem com o que pensávamos, de qualquer maneira. Algumas das garotas, em especial aquelas que haviam sido escravas em suas vidas anteriores, estavam genuinamente indiferentes. Nenhum possível fim lhes traria perdas ou as deixaria mais felizes do que antes. Mas aquelas de nós que haviam sido livres, que haviam tido segurança e status, estavam dilaceradas entre a esperança e o medo. Algumas conseguiram se convencer de que se — *se* — os troianos rompessem a linha de frente, eles nos saudariam como se fôssemos suas irmãs há muito perdidas. Mas saudariam mesmo? Ou nos veriam como escravas do inimigo, disponíveis para fazerem o que quisessem? Eu sabia qual desfecho considerava mais provável. E, ainda assim, supondo que sobrevivêssemos à batalha. Provavelmente, atacariam à noite e atirariam flechas flamejantes no acampamento para criar o máximo de caos e confusão. Em minutos, as cabanas estariam em chamas, e à noite as mulheres seriam trancadas.

Então, esperávamos em uma corrente de esperança e medo, conforme dia após dia os troianos avançavam. Todas as manhãs, o acampamento se

O SILÊNCIO DAS MULHERES

esvaziava de homens, todos que conseguiam ficar de pé e andar tinham de lutar; assim, ao menos estávamos livres da supervisão constante que fora uma das características mais irritantes da vida no acampamento de Agamêmnon. Ainda trabalhávamos o dia todo, mas fazíamos intervalos regulares, sentando-nos ao sol para comer nosso pão e azeitonas, ouvindo a batalha, tentando decidir se estava mais próxima agora ou um pouco mais distante.

Certa manhã, estávamos sentadas nos degraus quando avistei Ritsa se aproximando. Eu não a via há vários dias porque ela estava trabalhando tanto que tinha de dormir no hospital. Parecia abatida, pensei, e senti uma pontada de medo. Não podia perder Ritsa.

— Estou bem — garantiu ela. — Os últimos dias foram difíceis... Na verdade, é por isso que estou aqui. Perguntei a Macaão se eu podia levar você para ajudar, e ele disse que sim.

Fiquei muito feliz, mas no mesmo instante pensei: *Não, isso não vai acontecer.*

— Ele nunca vai me deixar ir.

— Vai, Macaão já pediu.

A cabana principal do hospital ficava perto da arena, vinte minutos a pé do acampamento de Agamêmnon. Não ousei olhar para trás ou relaxar até estar fora do portão, mas então diminuí o passo, analisando ao meu redor como se estivesse vendo tudo pela primeira vez: o tremeluzir do calor sobre o fogo de cozinhar, o brilho iridescente no pescoço de um galo ciscando em busca de grãos, o cheiro forte de urina da cabana da lavanderia quando passamos por ela. Era tudo novo e milagroso, e por nenhuma outra razão além de eu ter deixado as cabanas de tecelagem para trás.

Quando viramos a esquina do acampamento de Nestor, fiquei surpresa ao notar que várias grandes tendas haviam sido erguidas em frente às cabanas do hospital. A lona estava manchada e fedorenta devido ao longo armazenamento nos porões dos navios. Deviam ser algumas das tendas nas quais os gregos viveram durante o primeiro inverno da guerra, quando ainda eram arrogantes o suficiente para crer que acabaria em meses ou semanas. Agora, nove anos depois, estavam sendo postas em uso mais uma vez em busca de abrigar os feridos. Abaixando a cabeça, segui Ritsa por uma aba para dentro da mais próxima. Apesar do barulho da batalha e das conversas sombrias que eu ouvia todas as noites no jantar,

131

não acho que tinha percebido até então o quão mal a guerra estava indo. O lugar fedia a sangue.

Segui Ritsa pelo estreito espaço entre duas fileiras de camas até onde Macaão estava sentado em um fardo de palha, costurando uma ferida. Ele ergueu os olhos.

— Você demorou — repreendeu ele, secamente, para Ritsa. E depois, dirigiu-se a mim: — Bem-vinda a bordo.

Eu gostava de Macaão, conheci-o um pouco quando ele foi ao acampamento de Aquiles nos aconselhar quanto ao tratamento da peste. Esqueci muitos dos homens que conheci naquele acampamento, mas me recordo de Macaão com clareza. Era um homem corpulento no fim da meia-idade; embora eu tenha a impressão de que talvez fosse mais jovem do que aparentava. Cabelos brancos recuando de uma testa alta, olhos da cor de uvas verdes assentados em uma rede de rugas, um senso de humor sardônico e um ceticismo profundo sobre o poder da medicina para alterar o curso da natureza; um ceticismo que, na minha experiência, os melhores médicos compartilham. Parada ali, observando o movimento de seus dedos enquanto ele puxava o fio, me senti segura pela primeira vez desde que cheguei ao acampamento. Eu não sei por quê. Ele terminou de dar o nó, parabenizou o homem suado por sua coragem e saiu pelo corredor para atender o próximo paciente. Ritsa deu ao homem um gole de água — ele não tinha permissão para beber vinho — e o colocou para dormir. Ele se virou com cautela para o lado ileso, fechou os olhos e adormeceu em minutos. Perguntei-me como alguém conseguia dormir ali. Havia um zumbido constante de moscas-varejeiras na penumbra esverdeada, e gritos e berros de alguns dos pacientes: homens que tentavam arrancar suas bandagens, como muitos fazem ao delirar, e tinham de ser contidos à força.

Ritsa me levou à parte de trás da tenda e me sentou a uma mesa longa. Era bom estar ao lado dela no banco com um pilão e um almofariz diante de mim, e vários potes de ervas secas à mão. Acima de nossas cabeças, oscilando ligeiramente com a corrente de ar, pendia um secador com molhos de ervas secas penduradas nele. Ervas frescas, aquelas que poderiam ser colhidas na região, jaziam em porções sobre a mesa, exalando seus aromas fortes, doces e penetrantes atraindo abelhas que voavam pela aba aberta da tenda. Muitas das ervas, as que eu conseguia identificar, eram para

O SILÊNCIO DAS MULHERES

aliviar a dor, mas outras eram usadas para limpar ferimentos. Mais homens morriam de infecção, relatou Ritsa, do que devido à perda de sangue.

— Observe Macaão enquanto ele examina um paciente. Verá que não apenas observa o ferimento, ele o escuta.

Mais tarde naquele dia, notei Macaão se curvando sobre um homem que havia sido trazido naquela manhã. No início, ele apenas olhou longa e cuidadosamente a ferida, mas então seus dedos começaram a sondar, pressionando para baixo com suavidade, de novo e de novo; sim, Ritsa estava certa, eu conseguia perceber por sua expressão que ele estava ouvindo. E então, tênue, mas inconfundível, eu ouvi também: um estalar sob a pele. Macaão sorriu e disse algo tranquilizador, contudo, menos de uma hora depois, o paciente foi transferido para uma cabana no promontório onde os mortos eram cremados. Era conhecida como "a cabana do fedor" porque o mau cheiro se entranhava em sua garganta sempre que a porta se abria ou fechava. Ninguém que entrava na cabana fedorenta jamais voltava.

— É o solo — contou Ritsa. — Entra na ferida, e assim que se ouve aquele estalido…

Ela balançou a cabeça.

Devo confessar que algo naquilo me agradou, que era a rica terra de Troia que estava matando os invasores. Mas eu também estava dividida, assim como durante a peste, porque muitos desses homens eram muito jovens, alguns deles pouco mais do que meninos, e, para cada um que estava entusiasmado e desesperado para lutar, havia outro que não queria estar lá de jeito algum. Mas embora eu simpatizasse, quase involuntariamente, com os homens tendo seus ferimentos costurados ou arranhando suas bandagens no calor intolerável, eu ainda odiava e desprezava todos eles. Eu disse isso a Ritsa, que apenas deu de ombros: "Sim, sim" e continuou espalhando pomada em um cataplasma.

Senti sua impaciência comigo, mas ao mesmo tempo achei importante manter algumas coisas claras. Teria sido mais fácil, em muitos aspectos, me deixar levar pelo pensamento de que estávamos todos juntos nisso, igualmente aprisionados nessa estreita faixa de terra entre as dunas de areia e o mar; mais fácil, porém, falso. Eles eram homens e livres. Eu era uma mulher e uma escrava. E esse é um abismo que nenhuma quantidade de conversas sentimentais sobre prisão compartilhada deveria ser capaz de obscurecer.

PAT BARKER

Todas as noites, antes do jantar, reis e capitães vinham visitar os feridos, andando de cama em cama, animando os homens: *Não se preocupe, logo você estará fora daqui.* Os homens sempre riam, se animavam e concordavam, porém, assim que os líderes iam embora, os resmungos recomeçavam. Pelo que sei, nenhum dos reis jamais visitou a cabana do fedor, e mesmo na principal tenda do hospital eles se concentravam naqueles com ferimentos mais leves.

Apesar de tudo isso, lembro-me dos dias que passei naquele hospital trabalhando ao lado de Ritsa como um período feliz. *Feliz?* Sim, também me surpreendeu. Mas o fato é que eu adorava o trabalho, adorava tudo nele. Há um ditado: *Se um homem ama os instrumentos de qualquer ofício, os deuses o chamaram.* Bem, eu amava aquele pilão e almofariz, amava o côncavo liso da cumbuca, amava a maneira como o pilão se encaixava na palma da minha mão como se sempre houvesse estado lá. Amava os potes e os pratos na mesa à minha frente, amava o aroma das ervas frescas, amava o secador acima da minha cabeça com seus pequenos molhos de ervas secas oscilando com a brisa. Horas se passavam, e eu não seria capaz de ter-lhe dito onde o tempo tinha ido. Perdi-me naquele trabalho e encontrei-me nele também. Estava aprendendo tanto com Ritsa, mas também com Macaão, que, uma vez que viu que eu estava interessada e já tinha um pouco de conhecimento e habilidade, foi generoso com o seu tempo. Realmente comecei a pensar: *Posso fazer isso.* E essa crença me afastou um pouco de ser apenas a garota de cama de Aquiles ou a escarradeira de Agamêmnon.

Chegou um dia em que o som da batalha ficou tão alto que todos na barraca do hospital ergueram os olhos, espantados, pensando que a qualquer momento os troianos iriam invadir. Houve um afluxo de feridos, seguido quase de imediato, apenas meia hora depois, por outro. Eu levava poções analgésicas de cama em cama e, conforme a quantidade de trabalho aumentava, ajudava a lavar e fazer curativos em feridas. Macaão nos obrigava a banhar as feridas com água salgada, não com água do mar, água doce dos poços com sal, e o processo era extraordinariamente doloroso, embora os homens sempre rissem e brincassem enquanto o fazíamos. Para eles, era questão de honra não gritar. Esses eram os feridos leves, é claro. Aqueles

O SILÊNCIO DAS MULHERES

trazidos semiconscientes ou à beira da morte não se importavam com o que fazíamos.

Depois que seus ferimentos recebiam curativos, aqueles que podiam andar iam se sentar ao ar livre. Eu passava jarras de vinho diluído e fui de grupo em grupo distribuindo pratos de carnes curadas e pão. Toda a conversa girava em torno da derrota. Estavam irritados com Aquiles por se recusar a lutar, mas culparam Agamêmnon por permitir que isso acontecesse.

— Ele devia devolver a maldita garota — opinou um homem, enquanto eu o ajudava a se servir do vinho. — Foi isso que começou tudo.

— Está tudo bem para eles — disse outro homem. — Quantos generais você vê aqui?

Um murmúrio de concordância.

— *Não*, eles estão ocupados demais liderando da retaguarda.

Mas isso estava prestes a mudar. Primeiro, Odisseu entrou ferido, seguido, quase imediatamente, por Ájax, e então, horas depois, pelo próprio Agamêmnon. Ele conseguira evitar sua participação nas incursões, mas não podia evitar a batalha mais. Havia muito em jogo. A sobrevivência em si estava em jogo. O próprio Macaão limpou e enfaixou o ferimento, embora não passasse de um arranhão. Contudo, era estranho ver Agamêmnon sentado ali, pálido e tenso sob a pele bronzeada; embora, à distância, ainda fosse uma figura impressionante. Percebi, de repente, o que ele me lembrava: a estátua de Zeus na arena (embora eu tivesse descoberto depois que a estátua foi baseada nele, o que tornou a semelhança um pouco menos surpreendente).

Houve muita falsa alegria enquanto ele estava lá, mas no minuto que saiu, seguindo o caminho que lhe fora aberto entre duas fileiras de camas, os resmungos recomeçaram. Podia-se ouvir as mesmas reclamações de homens que vinham visitar os amigos, mas principalmente dos feridos que tinham de ficar ali, hora após hora, revirando-se no calor, tentando não coçar a pele irritada sob as bandagens. Pouco a pouco, conforme eu escutava, o murmúrio começou a se unificar em um único nome. De todas as patentes, soldados de infantaria, oficiais, chegando até a alguns dos assessores mais próximos de Agamêmnon, ouvia-se a mesma coisa: *Suborne-o, implore a ele, beije seu maldito traseiro se for preciso, mas, pelo que há de mais sagrado, faça o desgraçado* lutar!

Fiquei por ali, ouvindo, o quanto me atrevi, mas depois tive de voltar ao banco a fim de preparar mais cataplasmas para o próximo afluxo de feridos. Mas, mesmo daquela ponta da tenda, ouvia-se o mesmo nome, sussurrado a princípio, mas depois, cada vez mais, proferido em voz alta. De novo e de novo, conforme o dia passava e ainda mais homens feridos se amontoavam na tenda já superlotada, ouvia-se: Aquiles, Aquiles, e novamente, *Aquiles!*

21

— Não, não e, de novo, *não*!

Quando se virou para enfrentar Nestor, a roupa de Agamêmnon se prendeu numa jarra de vinho, que tombou, lançando uma inundação vermelho-escura pela mesa. Aproximei-me com cuidado e pus-me a limpar; minha ação não surtiu efeito algum e foi apenas impacientemente afastada com um gesto. O vinho pingava sem parar da borda da mesa e formava uma poça vermelha no chão enquanto o silêncio que se seguiu à explosão de Agamêmnon se alongou e se firmou.

Então, falando com grande exatidão, Agamêmnon se pronunciou:

— Não vou rastejar de quatro para aquele bastardo de merda.

— Então mande outra pessoa — interveio Nestor. — Deixe que *eles* rastejem. Ele não espera que você mesmo vá.

— Ah, acho que você subestima a arrogância dele.

Pisadas bateram nas tábuas da varanda e, um segundo depois, Odisseu entrou aos tropeços, ofegante e com uma faixa de pano ensanguentada no braço.

— É melhor que não sejam más notícias... — disse Agamêmnon.

— Pelos deuses, homem... — Nestor se virou e acenou para mim. — Dê um pouco de vinho para ele.

Servi uma caneca e a levei até Odisseu, que a tomou de um gole. Era um vinho forte, o mais forte que Agamêmnon tinha, e poderia muito bem aumentar o sangramento, mas não era meu papel comunicar isso. Eu podia ver que o retalho de pano já estava encharcado.

Nestor se inclinou sobre ele.

— Sem pressa, leve o tempo que precisar.

— Nós não temos *tempo* — Agamêmnon grunhiu a palavra.

Odisseu enxugou a boca com as costas da mão.

— Receio que *são* más notícias. Eles estão acampados bem do outro lado da trincheira, dá para ouvi-los conversar. Não, eu quis dizer conversas mesmo, estão perto assim. Nove anos, *nove malditos anos* e acaba assim.

Nestor se endireitou.

— Não acabou ainda.

— É como se tivesse.

— Bem, *eu* lutarei amanhã.

— Nestor, com todo o respeito, você está muito velho. Desculpe, mas está.

Nestor pareceu ultrajado.

— Precisamos de todos os homens que pudermos conseguir.

— Não, não, precisamos de *um* homem.

— Poupe seu fôlego — disse Agamêmnon. — Nestor já falou tudo.

Sentou-se pesadamente.

— *Então*, vamos ao que interessa. Quanto você acha que vai custar?

A boca de Odisseu se retorceu, era difícil afirmar se de dor ou desgosto.

— Ele não virá por pouca coisa.

— Se é que virá — completou Nestor.

Agamêmnon afastou aquela ideia com um gesto.

— Ouçam, eis o que estou preparado para fazer. — E, contando os itens nos dedos, começou: — Sete trípodes, nunca acesos, dez barras de ouro, vinte caldeirões, uma dúzia de garanhões, sendo que cada um deles é um campeão; ah, e as sete mulheres que ganhei quando conquistamos Lesbos. — Apontou para Odisseu. — *Meu* privilégio...

Nestor havia se sentado perto do fogo e girava sem parar o anel do polegar da mão esquerda. Era um rubi, lembro-me, grande o suficiente para lançar uma luz vermelha sobre sua mão. Ele ergueu a cabeça.

— E a garota?

— Bem, sim, é óbvio... *A garota*.

Todos se viraram para olhar para mim e eu me encolhi nas sombras.

— *Se* ele ainda a quiser — disse Odisseu. Ele olhou de um para o outro. — Bem, ela não está um pouco usada? Eu pensaria que sim.

Agamêmnon retrucou, rigidamente:

O SILÊNCIO DAS MULHERES

— Não mais do que estava quando chegou. *Eu* nunca encostei nem um dedo nela.

Nestor e Odisseu olharam de relance para mim. Senti o sangue subir ao rosto, mas continuei encarando teimosamente o chão.

— E você afirmaria sob juramento? — Nestor perguntou. Seu rosto estava inexpressivo.

— É claro.

No silêncio que se seguiu, uma tora desabou no fogo, lançando uma chuva de faíscas no ar.

— *Que bom* — comentou Nestor.

— E esperem, não, esperem; isso não é tudo. Se... não, não... não *se*, quando, *quando* tomarmos Troia, ele pode escolher uma das minhas filhas, qualquer uma que ele quiser; eu o farei meu genro, igual em tudo ao meu próprio filho. Ora, isso é generoso, não podem dizer que não é generoso. Mas é claro, tem um preço. Em troca, ele tem que reconhecer minha autoridade como comandante-chefe. No final, ele tem que *me* obedecer.

— É generoso — disse Odisseu, com cuidado. — Você vai em pessoa?

— Claro que não vou, não vou suplicar ao imbecil. Enviarei... Ah, não sei... *Você*, suponho.

— Ele precisa cuidar dessa ferida — observou Nestor.

— Não, é apenas um arranhão. Claro que vou.

— Quem mais? — disse Agamêmnon. — Você, Nestor?

— Não, acho que não. Se eu estiver lá, ele sentirá que deve ser educado e não acho que queremos isso. Acho que ele vai precisar vociferar e esbravejar um pouco antes de ceder. *Se* ele ceder. E que tal Ájax?

— *Ájax?* — retrucou Odisseu. — Ele mal consegue juntar três palavras.

— Não, mas Aquiles o respeita. Como guerreiro, quero dizer. E eles são primos.

— Isso é verdade.

De repente nervoso, Agamêmnon olhou de um para o outro.

— Está decidido, então?

— Ele tem que cuidar desse ferimento — Nestor insistiu. — Ainda está sangrando.

— Isso é *bom* — disse Agamêmnon. — Se manchar um pouco o tapete dele com sangue, talvez faça com que ele perceba como as circunstâncias estão indo mal.

— Ele sabe o quão mal estão indo — argumentou Nestor.

Eu entendia por que Nestor não queria fazer parte da comitiva. Ele era um velho astuto demais para se arriscar a ser associado ao fracasso, e a empreitada *seria* um fracasso. Não me atrevi a esperar qualquer outro desfecho. A perspectiva de retornar ao acampamento de Aquiles era... Eu não sei. Milagrosa. Acho que nunca soube, até aquele momento, o quanto sentia falta da bondade de Pátroclo.

— Ah, e a garota — lembrou Agamêmnon —, leve-a com você.

Colocou as duas mãos em concha contra o peito e as ergueu.

— Mostre a ele o que está perdendo.

Odisseu forçou um sorriso.

— Está bem. Nunca se sabe, pode fazer a diferença.

— E diga a ele que eu nunca... Você sabe.

— Trepou com ela?

— Mas isso é tudo, veja bem. Sem desculpas. — Levantou um dedo.

— *Sem desculpas.*

Nestor se virou para mim.

— Vá e pegue sua capa.

Dispensada, corri para as cabanas das mulheres, onde encontrei Ritsa sentada no chão com um cobertor enrolado nos ombros. Parei na soleira, tão agitada que não conseguia me lembrar do que viera buscar, apenas fitando estupidamente ao redor da cabana. Velas tremeluziram com a corrente de ar da porta aberta, lançando sombras cinzentas que se contorciam pelo chão.

Ritsa me encarou, as pupilas grandes e pretas enquanto ela se esforçava para vislumbrar meu rosto.

— O que aconteceu?

— Ele está me mandando de volta. — Enquanto falava, eu alisava meus cabelos, mordia os lábios, beliscava as bochechas. Calcei um par de sandálias mais resistentes, mais adequadas para uma caminhada ao longo da praia, então engatinhei até um baú no canto. Abri a tampa e, apenas pelo tato, peguei meu melhor manto.

Ritsa sussurrou:

— O que está acontecendo?

Mantendo minha voz baixa, eu respondi:

O SILÊNCIO DAS MULHERES

— Estão tentando subornar Aquiles para fazê-lo voltar à luta. As garotas de Lesbos. — Acenei com a cabeça para o canto oposto. — Elas são parte também, mas não diga a elas, pode não dar certo.

Enrolei-me no manto, envolvendo-me tão apertada quanto as mães fazem com seus bebês para que parem de chorar. Ouvi vozes de homens se aproximando. Ritsa me empurrou em direção à porta.

— Vai, *vai*.

A três ou quatro metros de distância, Ájax e Odisseu esperavam lado a lado; Odisseu, magro como um furão e moreno; Ájax, grande, loiro e ossudo, elevando-se acima do outro. Os arautos de Agamêmnon também estavam lá, suas vestes cerimoniais da cor de sangue de boi na penumbra. Ouvi Odisseu falando quando me aproximei, rindo da ideia de que Agamêmnon não havia encostado um dedo em mim.

— Não é com o dedo que estou preocupado. — Ele riu. Então, avistou-me e vociferou: — Onde está seu véu?

Ritsa correu para a cabana e voltou, um minuto depois, carregando um longo véu branco e cintilante que pôs sobre minha cabeça e ombros. Estremeci, lembrando-me de Helena. Cercada, como eu estava, por homens com tochas acesas, devo ter parecido uma moça deixando a casa do pai pela última vez. Em vez disso, me sentia como um cadáver a caminho do enterro. Ainda me recusava a ter esperança. Espiei ao redor, embora não pudesse enxergar quase nada por causa do véu, exceto, quando olhava direto para baixo, para os meus pés.

Odisseu tirou algo do manto:

— Aqui, coloque isso.

Afastando o véu do meu rosto, percebi que ele segurava um colar de opalas, cinco grandes pedras, de aparência leitosa, a princípio, mas com um fogo em suas profundezas que se agitava sempre que a mão dele se movia. Meu coração bateu forte contra minhas costelas, porque este era o colar da minha mãe, seu presente de noiva dado por meu pai no dia do casamento. Agamêmnon devia tê-lo reivindicado como sua parte do saque quando Lirnesso caiu. Peguei-o com as mãos trêmulas e o coloquei em volta do pescoço; Ritsa correu para me ajudar com o fecho. Senti-me nauseada com o choque; isso foi de alguma maneira pior do que ver Míron com a túnica do meu pai, mas, conforme o colar se aqueceu contra

141

minha pele, passei a me sentir melhor. As cinco pedras pareciam os dedos da minha mãe me tocando.

Partimos, os arautos com seus cetros de ouro liderando o caminho. Segui atrás, ajustando as dobras do véu a fim de poder identificar o caminho. Observando por cima do ombro, vi Ritsa imóvel na escada para se despedir de mim, mas ela desaparecia depressa na escuridão. Virei-me e continuei andando.

No acampamento de Agamêmnon, a areia era preta, muito compactada com o peso das pisadas, mas na área da praia estava mais limpa, mais macia e úmida. Observei Odisseu e Ájax andando à minha frente, a água escorrendo de suas pegadas. Ninguém se virou para me fitar, então, depois de alguns minutos, me senti livre para levantar o véu e contemplar o mar. Brevemente, a lua apareceu, apenas o suficiente para criar um caminho de luz sobre a água antes que nuvens negras e velozes a engolissem de novo.

Os arautos estabeleceram um ritmo digno e imponente. Senti a impaciência de Odisseu; ele queria chegar lá, acabar com isso, seja lá o que "isso" se tornasse. Não acho que ele pensava que essa missão tinha muitas chances de obter sucesso, mas não sei, talvez ele acreditasse. Estava falando com Ájax, mas eu não conseguia ouvir o que ele dizia, rajadas de vento arrebataram as palavras de sua boca e as levaram embora. À minha esquerda, ondas enormes se chocavam contra as rochas, atirando nuvens de espuma branca para cima. À minha direita, flutuando sobre os telhados, vinha o som de vozes troianas cantando. Incrivelmente perto; quase podiam estar dentro do acampamento. Notei quando Odisseu e Ájax se viraram para olhar naquela direção, seus rostos nítidos e pálidos ao luar.

Os muros do acampamento de Aquiles estavam mais altos do que eu me lembrava e com estacas afiadas no topo. Não se tratava mais de uma mera demarcação conveniente da seção da praia dos mirmídones, mas uma fortificação séria, e não estava voltada para Troia. Odisseu lançou um olhar para Ájax, como se dissesse: *Está vendo isso?* Guardas haviam sido postados no portão, mas não houve problema: Odisseu e Ájax foram imediatamente reconhecidos, e os guardas acenaram para que eles entrassem.

Atravessar aquele portão foi um momento emocionante para mim. A música flutuava no ar noturno; Aquiles cantando e tocando a lira. E, como sempre, muitas das mulheres cativas tinham saído para as varandas para escutar. Procurei Ífis, mas não consegui vê-la.

O SILÊNCIO DAS MULHERES

Quando alcançamos a cabana de Aquiles, Odisseu me mandou esperar do lado externo. Houve alguma discussão sobre como eles deveriam entrar. Os arautos queriam uma procissão formal pelo salão, mas Odisseu rejeitou a ideia. Queria que essa fosse uma visita amigável e informal, dois velhos amigos dando uma passada... Os arautos pareceram um pouco escandalizados, mas Odisseu era seu superior e foram obrigados a ceder. Então ficou decidido; todos iriam para a entrada privativa de Aquiles, aquela que conduzia diretamente aos seus aposentos, e então os arautos iriam embora.

— Vão embora ou esperem no portão — ordenou Odisseu. — De verdade, eu não me importo. Mas vocês não vão entrar.

Sem saber o que fazer, sentei-me nos degraus para esperar, colocando as mãos dentro das mangas a fim de aquecê-las. Ouvi a voz de Aquiles, soava surpresa, pensei, mas cortês, acolhedora, talvez um pouco cautelosa, mas posso ter imaginado isso. Tentei ouvir a voz de Pátroclo, mas sabia que ele estaria sentado ali em silêncio, como costumava fazer. Um vento frio assobiou entre as cabanas. Cogitei sair à procura de Ífis, mas tive medo de ser convocada. Presumivelmente, eu *seria* convocada, em algum momento.

Mirei ao longo da varanda. Aqui e ali, algumas tochas ainda estavam acesas, embora estivessem perto de se apagar. Um cheiro de gordura de carne fria pesava na atmosfera. Dentro da cabana, o ronco de vozes continuava. Eu teria gostado de ir para o mar, talvez entrar direto nele, como costumava fazer quando morava aqui, mas é claro que não ousei fazê-lo. Apenas fiquei lá como uma cabra amarrada, ciente de que meu destino estava sendo decidido do outro lado daquela porta. Coloquei a mão sobre o colar de minha mãe, segurando as opalas com delicadeza, uma por uma. Pareciam ovos ainda quentes da postura. Deliberadamente, voltei para Lirnesso, sentei-me na cama no quarto da minha mãe, observando-a se preparar para um banquete. Devia ter sido uma data especial. O dia do casamento do meu irmão mais velho, talvez, porque ela estava colocando o colar de opalas. Às vezes, se ela não estava com muita pressa, permitia que eu penteasse seus cabelos...

Absorvendo o calor da lembrança, eu havia esquecido onde estava, até que de repente a porta se abriu e Odisseu apareceu, me chamando para entrar.

22

Durante horas, Aquiles ficou na popa de seu navio observando o progresso da batalha, dividido entre a exasperação e o triunfo. A trincheira era um tremendo desastre, como ele sabia que seria; a luta agora estava literalmente *atolada*, os homens se debatendo na lama. Podia-se muito bem ter enviado um mensageiro a Príamo dizendo: *Não se preocupe, meu velho, sabemos que não podemos vencer.*

Pois bem: vinho, comida, festa...! Pouco provável. A atmosfera do jantar era decididamente fúnebre. Acontece que ele não era o único que estivera assistindo à batalha, mas nem todos estavam tão felizes com a perspectiva de uma derrota grega. Pátroclo mal falava. Na verdade, ele quase não se manifestou durante toda a semana, o que poderia sugerir que a situação estava estável. Hunf! Não estava nada estável. Seus silêncios estavam ficando cada vez mais altos.

Após o jantar, Aquiles tentou conversar algumas vezes, mas não obteve resposta, então pegou a lira e começou a tocar. Como sempre, após as primeiras notas, perdeu-se na música. O fogo rugia, o cachorro com a cabeça apoiada no joelho de Pátroclo suspirou de contentamento, as últimas notas da canção se dissiparam... Aquiles estava prestes a falar, mas Pátroclo ergueu a mão. Sons na varanda: batidas de pés calçando sandálias nas tábuas nuas. Trocaram olhares. Ninguém vinha vê-los a essa hora; na verdade, ninguém nunca vinha. Aquiles colocou a lira de lado no instante que a porta se abriu, deixando entrar uma rajada de ar frio. As tochas tremeram, lançando sombras pelas paredes. Os cães mostraram

O SILÊNCIO DAS MULHERES

os dentes e começaram a rodear, até que Pátroclo, reconhecendo os homens hesitantes na soleira, disse:

— Amigos!

E, com relutância, rosnando no fundo da garganta, os cães recuaram.

Odisseu deu um passo para a luz, seguido de perto por Ájax. Odisseu, baixo, magro, musculoso; Ájax, imensamente alto, sardas pontilhando seu nariz como picadas de mosquito, sorrindo para revelar uma boca cheia de grandes dentes brancos e irregulares.

— Entrem, entrem. — Aquiles pôs-se de pé e começou a puxar cadeiras para mais perto do fogo. — Sente-se, Ájax, você vai quebrar a cabeça.

Pátroclo forçou para fechar a porta contra o vento. No mesmo instante, as chamas se avivaram de novo, as tapeçarias pararam de bater e, na pausa que se seguiu à saudação de Aquiles, a estranheza de Odisseu e Ájax estarem lá começou a se assentar.

— Aceitam algo para comer? — ofereceu Aquiles, ainda sorrindo, mas cauteloso agora, como não estava um momento antes.

Ájax esfregou os joelhos.

— Não, obrigado, estou bem.

— Pra mim, não — replicou Odisseu, sentando-se com cuidado numa cadeira.

— Está ferido — pontuou Aquiles.

— Só um arranhão.

Aquiles olhou do braço enfaixado para o rosto de Odisseu.

— Um pouco mais do que isso, vamos ver…

Estendeu a mão como se fosse remover a bandagem, mas Odisseu se afastou.

— Não, sério, não é nada. — Jogou a capa sobre o braço ferido. — Tem assistido à batalha?

— De vez em quando.

— Eles estão acampados do outro lado da trincheira.

— Mesmo? Assim tão perto…?

— Porra, homem, dá para ouvi-los!

— Agora que você mencionou, acho que ouvi algo, um tempo atrás.

Pátroclo terminou de distribuir as canecas de vinho. Aquiles ergueu a sua, Odisseu e Ájax ergueram as deles… e ninguém conseguiu pensar em um brinde.

Após um momento de hesitação, Odisseu depositou a caneca na mesa ao seu lado.

— Vamos, Aquiles, sabe por que estou aqui.

— Receio que não. Você é o mais inteligente, Odisseu. Ájax e eu, nós apenas nos viramos o melhor que podemos.

Ao ouvir seu nome, Ájax ergueu os olhos, mas não conseguiu pensar em nada para dizer. Odisseu se apoiou nas costas da cadeira, sentia muito mais dor do que demonstrava, e forçou uma risada.

— Você engordou?

Aquiles encolheu os ombros.

— Acho que não.

— Tem certeza? — Odisseu apertou os dedos na cintura. — Eu diria uns três quilos, pelo menos.

— Minha armadura ainda serve.

— Ah, você a veste, então? — Lançou um olhar para Pátroclo. — Bem, uma vida tranquila obviamente combina com vocês. Os dois parecem estar *muito* bem.

— E você parece estar uma merda, então por que não vai direto ao ponto?

— Estou aqui em nome de Agamêmnon.

— Que está ferido nas duas pernas e não consegue andar?

— Realmente espera que ele venha em pessoa?

— *Sim.*

Odisseu balançou a cabeça.

— O que não entendo é como você consegue ficar sentado aqui e não fazer nada enquanto, literalmente, a centenas de metros, a merda do exército troiano inteiro está se preparando para atacar. Está certo, talvez você *não* assista à luta, talvez sua consciência não lhe permita, mas não pode me dizer que não sabe o que está acontecendo.

— Minha consciência está bem, obrigado.

Pátroclo inclinou-se para a frente.

— Espero…

Aquiles acenou com a mão.

— Ora, não se preocupe, não estamos brigando. Odisseu e eu nos conhecemos de longa data, nos entendemos muito bem. — Olhou para Odisseu. — Não é mesmo?

O SILÊNCIO DAS MULHERES

— Eu costumava pensar que sim.

Aquiles pegou o vinho.

— Vá em frente, então, vamos ouvir.

— Estou autorizado a lhe fazer uma oferta. Em troca de você liderar seus mirmídones para a batalha amanhã de manhã...

— *Amanhã de manhã?*

— À tarde pode ser um pouco tarde demais! Olha, você quer ouvir o que ele está oferecendo ou não?

Parando às vezes para aliviar as costas, Odisseu embarcou em uma longa recitação da lista de objetos que Agamêmnon estava preparado para dar: trípodes, tecidos, ouro, cavalos de corrida, mulheres... Aquiles ouviu atentamente, mas quando Odisseu terminou de falar, parecia esperar outra coisa. Algo mais.

— Bem? — Odisseu disse finalmente.

— É só isso?

— Acho que é muita coisa.

— Nada disso vale minha vida.

Odisseu pareceu surpreso.

— Não, eu sei... Mas, bem, quando é que você lutou por *coisas*? Você luta pela glória, pela reputação.

— Não mais. Tive muito tempo para pensar, Odisseu. Esta não é minha guerra, não quero participar dela. O que os troianos já fizeram contra mim? Roubaram meu gado, queimaram minhas colheitas... tomaram meu prêmio de honra? Não. Nada, essa é a resposta. Eles não fizeram nada.

— Ora, vamos, você está doido pra fazer isso.

— O quê? Sinto muito, pelo que estou *"doido"*?

— Pela luta. Você sabe que não se cansa dela. É quem você é. Você vive, respira, come e dorme a guerra.

— Não mais.

Odisseu recostou-se. Gotas de suor brilhavam em seu lábio superior; ele estava achando difícil controlar seu temperamento.

— Veja, você concordou em lutar, você se ofereceu... Você mal podia esperar.

— Eu tinha dezessete anos.

— Não interessa. Você concordou em fazer parte da coalizão e não pode dar pra trás agora só porque mudou de ideia. Não é honroso, Aquiles.

147

— Não dei pra trás porque mudei de ideia. Fiz isso porque o comportamento dele foi ultrajante. E não me fale sobre honra quando você vem até aqui representando um bosta de cachorro.

No silêncio subsequente, Pátroclo pigarreou.

— E Briseida?

— *Ah!* — exclamou Odisseu.

Ele lutou para ficar de pé. Aquiles estendeu a mão para ajudá-lo, mas depois deixou-a cair. Odisseu cambaleou até a porta e, usando todo o peso de seu corpo, empurrou-a contra o vento. Mais uma vez, as tochas vacilaram e espalharam sombras pelas paredes. Algumas palavras abafadas e ele estava de volta, arrastando atrás de si uma mulher tão completamente envolta em branco que ela poderia ter sido um cadáver. Ele a empurrou para o círculo de luz ao redor do fogo e, com toda a ostentação de um conjurador, puxou os véus.

— Aqui está ela!

Aturdida como uma coelha com o clarão repentino, a garota olhou de rosto em rosto. Os nós dos dedos de Aquiles se embranqueceram em torno de sua caneca, mas ele não se manifestou. Odisseu parecia perplexo, obviamente esperando uma resposta muito mais dramática, porque afinal esse era *o* momento: o prêmio de honra de Aquiles, a garota, a maldita garota, a causa de todos os problemas, *devolvida*. E com o resgate de um rei. O que mais Aquiles poderia querer? E ainda assim ele ficou sentado ali e não falou nada.

Odisseu obrigou-se a continuar.

— E ele está preparado para fazer um juramento solene na frente de todo o exército de que nunca a tocou. Ela tem vivido nas cabanas dele com as outras mulheres sem ser molestada.

— Ele nunca a tocou?

— Isso mesmo. E fará um juramento.

Aquiles se levantou e foi até Briseida. Estavam tão próximos naquele momento que ele conseguia sentir a respiração da garota em seu rosto, mas ela não o fitava. Aquiles pegou uma das opalas, quente sobre a pele dela, e segurou-a na palma da mão, virando-a de um lado para o outro até que reflexos de fogo brilhassem através da névoa leitosa. De repente, deixou a pedra cair, colocou o dedo indicador sob o queixo de Briseida e com gentileza ergueu sua cabeça até que ela foi forçada a olhá-lo nos olhos...

O SILÊNCIO DAS MULHERES

Um momento depois, Aquiles se virou para Odisseu.

— Diga que ele pode trepar com ela até quebrar as costas dela. Por que eu me importaria?

Briseida cobriu a boca com a mão. Imediatamente, Pátroclo estava ao seu lado, colocando o braço ao redor dos ombros dela e conduzindo-a para o corredor em direção ao salão.

— Tudo bem — disse Odisseu, inspirando profundamente. — Talvez não tenha sido uma boa ideia, mas pelo menos me escute.

— Quer dizer que tem *mais*?

— Quando tomarmos Troia...

— *"Quando"*?

— Vinte mulheres, à sua escolha; bem, é óbvio que Helena não, mas qualquer outra; sete cidades fortificadas, tanto ouro e bronze quanto seus navios puderem carregar e... não, *espere*... a própria filha de Agamêmnon para ser sua esposa. Ele irá aceitá-lo como genro, igual em tudo ao próprio filho...

— Espere um minuto, vamos ver se entendi direito. Eu vou ser igual em todos os aspectos ao próprio filho dele?

— Foi o que ele disse.

— Igual *em tudo* a um garoto de quinze anos que nunca ergueu uma espada em fúria? — Aquiles inclinou-se sobre Odisseu até que seus rostos estivessem a meros centímetros de distância. — E devo ficar lisonjeado?

— E a filha vem com um dote enorme; e isso fora todo o restante. Não pode dizer que não é generoso.

— De onde sairá isso tudo?

— Bem, dos estoques dele, é claro.

— Sim, mas quanto disso vem das cidades que eu conquistei? Enquanto ele se sentava em sua bunda gorda e não fazia nada.

Odisseu sentou-se de novo e passou a mão pelos olhos.

— O que você *quer*, Aquiles?

— *Ele. Aqui.* Quero um pedido de desculpas, quero que ele admita que estava errado.

Odisseu voltou-se para Ájax.

— Vamos, estamos perdendo nosso tempo. — Pegou a capa e, então, como se o pensamento tivesse acabado de lhe ocorrer, virou-se. — Quer mais

alguma outra coisa? Porque se quiser, pelos deuses, homem, diga logo...
Não temos tempo para joguinhos.

— Quero um pedido de desculpas. É muito simples. E barato.

— E eu devo voltar e dizer isso a ele?

— Ah, acho que podemos fazer melhor do que *isso*. Diga a ele, que se eu tivesse que escolher entre casar com sua filha ou foder um porco morto, eu escolheria o porco todas as vezes. Pronto, isso deve bastar.

Odisseu já havia se virado para ir embora quando, inesperadamente, Ájax falou.

— Há homens morrendo lá fora, não troianos, não o inimigo, e sim os seus próprios companheiros, homens que admiravam você... Homens que quase o adoravam... Mas você não se importa, não é? Você não se importa com nada, exceto sua honra... e com receber um pedido de desculpas. Eles estão *morrendo*, Aquiles. Você poderia salvá-los... e não vai. Onde está a honra nisso? — Ele estava à beira das lágrimas. — Tenho vergonha de ser seu primo. Tenho vergonha de alguma vez tê-lo chamado de amigo.

Ele pegou a capa com um puxão e, enxugando as lágrimas e o muco com as costas da mão, mergulhou na noite.

Pátroclo disse:

— Acho melhor eu voltar para dentro.

Assenti com a cabeça e continuei sentada à pequena mesa onde ele havia me colocado. Depois de alguns minutos, consegui olhar ao redor. Os pratos do jantar haviam sido retirados e juncos frescos espalhados pelo chão, mas ainda havia travessas e jarras de vinho alinhadas no aparador na outra extremidade do salão. Passei entre as duas mesas compridas e espiei dentro das jarras até que encontrei uma ainda pela metade e me servi de uma caneca. O vinho permanecera no recipiente tempo demais e tinha um sabor avinagrado, mas teria de servir. Tomei um gole longo e profundo, sequei a boca e me servi de outra caneca.

Tudo tinha acontecido com tanta rapidez: arrastada da escuridão para a luz, despida de meu véu, exibida descoberta como uma prostituta no mercado... Foi como estar na arena naquele primeiro dia de novo. E, no fim, aquele momento de intimidade perturbadora quando Aquiles olhou direto nos meus olhos e, de repente, não havia mais ninguém no quarto e eu sabia que não podia mentir.

Diga que ele pode trepar com ela até quebrar as costas dela.

Mais vinho. Encontrei outra jarra e despejei o que restava na minha caneca. Uma porta bateu e imediatamente congelei, a caneca a alguns centímetros de meus lábios. Eu esperava que Odisseu aparecesse, mas, quando saí para a varanda, foi com Ájax que me deparei, andando de um lado para o outro a uns vinte ou trinta metros de distância, batendo repetidas vezes com o punho cerrado na palma da outra mão. Pátroclo saiu e tentou falar com ele, mas Ájax apenas balançou a cabeça e continuou em movimento. Depois de um tempo, Pátroclo desistiu e voltou para a cabana. Quando me viu parada ali, ele tirou a caneca de mim e cheirou:

— *Ugh*, deuses, acho que podemos fazer melhor do que isso.

Ele me levou de volta ao salão e, de um armário sob o aparador, tirou uma jarra de vinho, o melhor, o vinho que eu costumava servir a Aquiles no jantar. Ele serviu duas canecas generosas e entregou uma para mim. Sentamos à pequena mesa, observando o salão. Eu disse:

— Você me deu vinho na primeira noite em que estive aqui. Eu estava sentada no quartinho dos fundos, completamente apavorada. — Olhei de soslaio para ele. — Eu não conseguia imaginar por que você faria isso por uma escrava.

— Você sabe o porquê.

Eu não sabia, a menos que fosse uma referência ao tempo em que esteve sozinho e assustado no palácio do pai de Aquiles, sem futuro, sem esperança e sem amigos. Eu esperava que ele quisesse dizer aquilo — qualquer outra coisa teria sido muito difícil.

— Sinto muito — comentou ele.

— Por quê? *Você* não fez nada.

— Odisseu não devia ter trazido você.

Não, pensei, *tudo podia ter sido decidido sem mim.* Isso teria sido melhor? Talvez. Se eu não tivesse entregado o jogo, Aquiles poderia ter acreditado em Agamêmnon. Era algo grandioso de se fazer: um juramento solene diante dos deuses. Ele podia muito bem ter pensado que Agamêmnon não tinha como estar mentindo.

Vozes soaram, vindas da outra sala.

— O que está acontecendo, você sabe?

— Bem, ainda estão conversando... Pensei que Odisseu ia embora um tempo atrás, mas não foi.

As vozes se aproximavam. Nós nos levantamos quando Odisseu, de repente parecendo muito mais velho, entrou no salão.

— Vou acompanhá-lo até o portão — anunciou Pátroclo.

— Não há necessidade — foi a resposta breve e desdenhosa.

— Não, Aquiles gostaria que eu o fizesse.

Odisseu se aproximou. Deixando transparecer seu desprezo, indagou:

— Você faz *tudo* o que Aquiles quer?

O SILÊNCIO DAS MULHERES

Sem esperar uma resposta, Odisseu deu-lhe as costas e atravessou o salão. Eu sabia que tinha de segui-lo.

Havia começado a chover, aquela chuva muito fina que parece neblina, mas em segundos ensopa a pele. Odisseu e Ájax seguiram para o portão, carregando as tochas — os arautos de Agamêmnon haviam há muito retornado ao seu acampamento —, deixando Pátroclo e eu tropeçando atrás o melhor que podíamos. Pátroclo pegou uma tocha de uma arandela do lado de fora de uma das cabanas e a segurou bem acima de nossas cabeças. Às vezes, enquanto caminhávamos, sua capa roçava na minha, mas, fora isso, não havia contato físico. Também não falamos muito. Na verdade, não tenho certeza se falamos em absoluto. Suponho que algumas pessoas teriam tentado um consolo fácil: *Não vai ser por muito tempo, não se preocupe, vamos dar um jeito...* E assim por diante. Mas ele não o fez, e eu estava grata por isso.

Nós o deixamos no portão do acampamento. Virei-me e olhei para trás, para sua figura alta circundada pela luz, mas Odisseu chamou meu nome, bruscamente, como alguém que está chamando um cachorro, então eu sabia que tinha de voltar a mirar a frente. Foi um pequeno grupo muito subjugado e enlameado que se arrastou pela curva da baía. As ondas se avolumando rápido, quebrando em arcos de espuma sobrepostos ao redor de nossos pés, e sempre aquela chuva fina e constante caindo. Andei aos tropeços na areia molhada até que, por fim, apenas tirei as sandálias e andei descalça. Afinal, mal importava minha aparência agora. Nem Odisseu nem Ájax mostraram qualquer interesse por mim. Eu havia simplesmente deixado de existir.

Eu estava com medo. Eu estava com medo desde a queda de Lirnesso. Não, há mais tempo que isso, há *anos*. Eu estava com medo desde que as cidades da planície troiana começaram a cair diante de Aquiles; cada incêndio, cada saque trouxe a guerra para mais perto. Mas meu medo naquela noite era de uma ordem totalmente diferente, com um foco mais agudo do que jamais tivera. Eu sabia que minha presença em seu acampamento não era mais algo bom para Agamêmnon. Muito pelo contrário, na verdade; eu era um lembrete constante da briga que levara o exército grego à beira da derrota. Minha única serventia possível, meu único valor para ele, já que com certeza não me queria em sua cama, havia sido como possível moeda de troca em futuras negociações com Aquiles. Agora, até mesmo isso estava acabado.

Diga que ele pode trepar com ela até quebrar as costas dela...

Não havia nada, agora, que impedisse Agamêmnon de me entregar aos seus soldados para uso comum. Eu havia visto a vida dessas mulheres. Certa vez, observei algumas mulheres mais velhas no lixo, vasculhando em busca de comida entre as ratazanas. Os cães de Pátroclo viviam melhor.

De volta ao acampamento de Agamêmnon, eu não sabia o que fazer. Teria gostado de me esgueirar para a cabana das mulheres, mas não me atrevi, até que Odisseu me autorizasse a fazê-lo. Além disso, eu ainda usava o colar de opalas. O problema foi resolvido quando Odisseu me mandou buscar uma poção analgésica dos estoques de Macaão. Corri todo o caminho até o hospital, misturei uma poção pronta com ervas frescas em uma jarra de vinho forte e corri todo o caminho de volta.

Odisseu estava sentado em uma cadeira perto da lareira de Agamêmnon. Ele pegou a jarra da minha mão e bebeu metade da poção de uma vez. Ájax estava ajoelhado ao seu lado, tirando a bandagem de seu ferimento. Agamêmnon estava em silêncio, andando de um lado para outro. Imaginei que Nestor houvesse impedido mais perguntas até que Odisseu fosse atendido. Fui ver se podia ajudar, mas Agamêmnon me pediu que enchesse sua caneca de novo. Ele havia ficado com manchas avermelhadas na face e havia duas linhas de expressão profundas entre suas sobrancelhas, como se não pudesse acreditar no que estava acontecendo...

Por fim, Ájax terminou de amarrar uma bandagem nova e se levantou. De imediato, Agamêmnon disse:

— Ele entende mesmo o que estou oferecendo?

— Sim — confirmou Odisseu, cansado.

— Casamento com minha filha?

— Sim. — Um silêncio gritante. — Claro que ele disse o quão honrado ficava...

Nestor lançou um olhar para Ájax, que encolheu os ombros.

— E ainda assim recusou? Ele lhe deu um motivo?

— Esta guerra não é dele. Aquiles não tem nada contra os troianos, eles nunca atacaram seu gado, nunca queimaram suas plantações, eles... nunca roubaram sua esposa.

— Ele nem mesmo é casado!

Odisseu gesticulou com a cabeça para mim.

— Ele se referiu a ela como sua esposa.

— *Sério?* — questionou Nestor. — Ah.

— Ah, e ele costumava acreditar em honra e glória e todas essas coisas, mas agora não acredita mais. Nada vale a vida dele.

— Isso não se parece com Aquiles — disse Nestor. — Tem certeza de que foi à cabana certa?

— E ele está indo para casa.

— *De novo?* — Nestor bufou.

— Ele não vai — interveio Agamêmnon. — Não até que tenha me visto de joelhos diante de Príamo.

Odisseu resmungou.

— Diante *dele mesmo*, creio eu.

— E não se importa com quantos gregos morram? — perguntou Nestor.

— Não.

— Ele não é humano — Ájax deixou escapar.

— Bem, é claro que não é — deliberou Agamêmnon. — A mãe é um peixe.

Nestor sorriu debilmente.

— Uma deusa do mar, acredito.

— Hum. — Agamêmnon tirou a jarra de mim e se serviu de outra caneca. — O que diabos ele quer dizer com isso? *"Nada vale a vida dele."* Isso é o que acontece quando um rufião como Aquiles começa a tentar pensar.

— Não adianta de nada ficar repassando isso — replicou Nestor. — Ele nos deu sua resposta e não vai mudar de ideia. A questão é: o que faremos?

— Podemos zarpar com os navios esta noite? — perguntou Agamêmnon.

Ájax ficou boquiaberto.

— O quê, fugir?

Nestor o ignorou.

— Não… eles atacariam. Estaríamos tentando lançar os navios ao mar e combatê-los ao mesmo tempo. Não, não há escolha, apenas temos que ficar e ir até o final.

— *Lutar* — inferiu Ájax.

— Sim — disse Nestor, cansado. — *Lutar*.

PAT BARKER

Fez-se um longo silêncio. Agamêmnon olhou para cada um, à espera de que alguém surgisse com uma solução.

— Sempre há os mirmídones — lembrou Nestor.

Agamêmnon o encarou como se achasse que o idoso havia finalmente perdido o juízo.

— Acho que você vai descobrir que eles vêm com Aquiles.

— Não sei — disse Nestor. — Eles não estão gostando da situação. Quer dizer, quando Aquiles disse: *Fui insultado, vamos para casa*, concordaram, mas não entendem isso. Centenas de quilômetros de distância de suas famílias e estão presos aqui sem fazer *nada*?

— Eles idolatram Aquiles — disse Ájax. — Não farão nada sem ele.

— Ele está certo — concordou Odisseu. — Aquiles os lidera.

— Não — opôs-se Nestor. — Aquiles os *inspira*.

Agamêmnon parecia pensativo.

— Será que seguiriam Pátroclo?

— Não consigo imaginar — disse Odisseu.

— Não, eles o seguiriam — declarou Nestor. — Ele não é um guerreiro ruim, é um excelente condutor de biga, ele poderia conduzir a minha qualquer dia. E eles o respeitam.

— Sim, mas há um pequeno inconveniente, não é? — disse Odisseu. — Ele não pode limpar a própria bunda se não obtiver a permissão de Aquiles primeiro.

— Como você sabe? — replicou Nestor. — Não sabemos o que se passa a portas fechadas… ninguém sabe.

Odisseu sorriu.

— Acho que todos nós sabemos o que se passa por trás *daquela* porta.

— De qualquer forma — disse Agamêmnon —, pode funcionar a nosso favor. Ele é filho de um rei, esse Pátroclo. Ele realmente quer entrar para a história como o garoto de Aquiles? Porque é assim que as coisas estão indo…

Ájax corou até a raiz dos cabelos.

— Não sei nada sobre isso. Mas sei que Pátroclo não faria nada para ferir Aquiles.

— Sim, mas você não vê? — Nestor argumentou. — Ele não o estaria ferindo. Pode estar ajudando, porque não acho que Aquiles queira esta situação, não acredito que ele esteja satisfeito com isso, ele apenas se encurralou.

— Sim, estou inclinado a concordar — disse Odisseu. — Na verdade, quanto mais penso, mais acho que vale a pena tentar.

— Suponho que sim — disse Agamêmnon, a contragosto. — Nestor, por que não o sonda?

— Isso se conseguir encontrá-lo sozinho — comentou Odisseu. — São praticamente grudados pelo quadril.

— Bem — respondeu Nestor —, farei o melhor que puder.

Agamêmnon deu um tapinha nas costas dele.

— Bom homem. Bem — ele olhou ao redor —, não acho que podemos fazer mais esta noite... e temos um dia difícil pela frente amanhã.

Eu estava parada logo atrás de sua cadeira, à procura de uma oportunidade de escapar. Havia tirado as opalas da minha mãe e as colocado sobre o baú esculpido ao lado da cama. Minha pele, onde as pedras quentes haviam repousado, parecia desolada. Enquanto os convidados de Agamêmnon se demoravam em suas despedidas, comecei a me aproximar da porta; mas então, no último momento, assim que a porta se fechou atrás de Odisseu, Agamêmnon disse:

— Não. Você fica.

Cuidadosamente removendo toda a expressão do meu rosto, voltei-me para o quarto.

24

Pátroclo estava fora há muito tempo; muito mais tempo do que poderia ser explicado por ter acompanhado Odisseu e Ájax até o portão.

Aquiles pegou a lira, largou-a de novo, serviu-se de uma caneca de vinho, não a bebeu. Os cães, seus ouvidos atentos ao som de passos no salão, começaram a ganir. Ele se abaixou e acariciou suas cabeças, pensando: *Sim, vocês e eu.*

Quando enfim Pátroclo entrou, os cabelos molhados espalhados pelo rosto, parecia um animal selvagem, algo que se pode ver nas dunas à noite, olhos vermelhos contra a escuridão. A cabana cheia de correntes de ar e empenada pelo vento pareceu encolher-se em torno dele quando foi em direção à lareira, esfregando os braços, fingindo sentir mais frio do que na verdade sentia a fim de poder se inclinar para mais perto do fogo e não ter de olhar para Aquiles.

— Você demorou.

Pátroclo estava tentando, sem sucesso, disfarçar sua raiva.

— Bem — disse ele, por fim —, aquilo foi brutal.

— A parte do porco morto? Ora, não se preocupe, ele não vai repetir aquilo.

— Não, Aquiles. Briseida. *Aquilo* foi brutal.

Aquiles se remexeu na cadeira.

— Pelo menos ela não mentiu.

— Ela não falou! — Pátroclo empurrou os cachorros para longe. — Aquiles, o que é que você *quer*?

— Quero que ele admita que estava errado.

O SILÊNCIO DAS MULHERES

— Mas ele não pode. Odisseu sabia que você queria um pedido de desculpas, ele apenas não podia oferecer um.

— Então é uma pena que ele não tenha poupado a si mesmo da caminhada.

Pátroclo sentou-se e os cães se acomodaram a seus pés.

— Suponho que foi muito engraçado de certa forma.

— Foi? Devo ter perdido essa parte.

— *Sim...* Odisseu, tão inteligente, tão articulado, tão...

— Ardiloso.

— Mas foi Ájax quem mexeu com você de verdade.

— Não, mesmo. Ele não mexeu comigo.

Pátroclo o encarou.

— Mexeu, sim.

Aquiles escolheu uma tora desnecessária e atirou-a no fogo.

— Como ela estava?

— Como você acha?

— Eu não podia ter feito mais nada.

Pátroclo permaneceu teimosamente calado.

— Está bem, desembuche.

— Devíamos ter ido para casa. Não, ouça. *Ouça*. Não faz muito tempo, você criticou Agamêmnon quando ele disse aos seus homens que a guerra havia acabado e que estavam indo para casa...

— Ora, é claro que sim, nunca ouvi tamanha estupidez.

— Mas você não percebe que fez exatamente a mesma coisa? *Eu fui insultado, é isso, não temos mais nada a fazer aqui; estamos indo para casa.* Todos entenderam. Mas então, de repente, não estamos indo para casa. Eles tinham começado a esperar o reencontro com suas esposas e filhos. Não tem sido fácil. Não é fácil levá-los lá fora manhã após manhã em busca de treinar para fazer algo que não têm permissão para fazer.

— Eu sei que não é fácil, e você está fazendo um excelente trabalho. Acha que não sei disso?

Aquiles colocou uma das mãos atrás da cabeça e puxou os cabelos da faixa que o prendia para trás.

— Vamos, fale, o que eles estão dizendo?

— Ah, só o de sempre; que você é impossível. Que sua mãe o amamentou com bile.

— Bem, isso é verdade.

— Não, *escute*. Eles não sabem o que estão fazendo aqui. Sentados por aí como um monte de velhas gorduchas enquanto os *homens* vão para a batalha.

— Ele virá rastejando no final.

— Não, Aquiles. Ele não virá.

— Ele vai, se estiver a ponto de perder a guerra.

Pátroclo bufou.

— Eu desisto.

— Mais vinho?

— Não, obrigado. — Ele se levantou e pegou a capa.

— O que é agora?

— O que quer dizer com "o que é agora?". Vou dar uma volta...

— Você saiu há pouco — observou Pátroclo envolver a capa úmida em torno do corpo. — Quer companhia?

Uma breve hesitação?

— Não, mas pode vir, se quiser.

Não sei quem está mais feliz, Aquiles pensou. *Eu ou os cachorros.*

Ao circular pelo acampamento, Aquiles presenciou homens demorando-se perto das fogueiras, adiando o momento em que teriam de ir para as cabanas e tentar dormir. Agamêmnon deveria estar indo de fogueira em fogueira, tentando incutir algum espírito de luta nos homens, mas não havia sinal dele. Não, ele estaria se escondendo em sua cabana, embebedando-se, ou então na cama com Briseida; bastardo mentiroso, safado, traidor, desgraçado.

Pátroclo não proferiu uma palavra sequer desde que deixaram a cabana. Aquiles o fitou de soslaio e, em uma tentativa desajeitada de reconciliação, colocou um braço sobre os ombros do amigo. Pátroclo permitiu que ficasse ali, mas não antes de Aquiles sentir um recuo involuntário por um instante.

Eles saíram do acampamento e seguiram o caminho através das dunas, suas sombras alongadas se estendendo diante de si sobre a areia clara. Conseguiam ouvir os guerreiros troianos cantando ao redor de suas fogueiras, mas foi apenas quando deixaram as dunas para trás e fitavam a charneca em direção ao campo de batalha que vislumbraram toda a extensão do acampamento troiano. Apoiando as costas contra uma oliveira nodosa,

O SILÊNCIO DAS MULHERES

Aquiles mirou a vasta planície de Troia e pensou: *Deuses*. Eles estavam tão próximos; mais perto do que aparentava da popa de seu navio. Ele conseguia até ouvir os cavalos mastigando sua comida. E tantas fogueiras! Como as estrelas em uma noite sem luar quando se deita na grama alta e se olha para o céu até ficar atordoado. Espreitando a escuridão salpicada de chamas, notou a luz rubra do fogo sobre rostos suados, reflexos sobre brancos de olhos, o brilho ocasional de bronze e, então, tão perto que conseguia sentir o cheiro da fumaça, uma grande chuva de faíscas voando para cima quando um dos guerreiros troianos atiçou seu fogo.

— Já viu o suficiente? — disse Pátroclo, soturno.

Aquiles assentiu com a cabeça, mas não conseguiu encontrar palavras para responder.

Voltaram pelos portões e atravessaram o pátio até a cabana, Pátroclo ainda em silêncio e distante. Quando Aquiles sugeriu uma última bebida, ele negou com a cabeça.

— Não, acho que vou me deitar. Nunca se sabe, talvez lutemos amanhã.

— *Não*, nós *não* vamos lutar amanhã.

— Vamos se seus navios estiverem pegando fogo.

Irritado com o que soou marcadamente como insubordinação, Aquiles abriu a boca para proferir uma repreensão pungente, mas a porta já havia se fechado.

Na manhã seguinte, sabendo que não havia esperança de fazer os mirmídones se concentrarem no treinamento, Pátroclo os liberou para assistir à batalha. Eles se amontoaram na popa dos navios, cabeças e ombros que se acotovelavam, escuros contra o horizonte, esperando num silêncio tenso o início da luta. Quando, finalmente, o tinido das espadas nos escudos teve início, eles começaram a pular, animando os soldados gregos, parecendo por tudo no mundo espectadores em uma corrida de bigas. Enojado, Pátroclo deu as costas. Desde quando a guerra era um jogo, para jovens em boa forma ficarem assistindo?

Quando já não aguentava mais, desceu da popa e entrou na cabana, onde mergulhou a cabeça numa tina de água fria. Levantando-se, ensopado, encarou seu reflexo no espelho de bronze, tentando se aterrar em alguma realidade externa, mesmo que apenas a visão do próprio rosto. Pelo menos, aqui, longe dos homens, não precisava controlar sua expressão.

Deitou-se na cama de Aquiles, não havia dormido mais do que duas horas na noite anterior, mas, assim que sua cabeça tocou o travesseiro, sentiu o cheiro da pele e dos cabelos de Aquiles, não desagradável, mas forte, quase selvagem. Lá fora, os urros e berros continuaram. Fechando os olhos, sentiu as correntes do sono e logo flutuava pouco abaixo da superfície, luzes oscilantes acima de sua cabeça, sombras deslizando pelo fundo branco do mar.

— *Pátroclo!*

Grogue por seu despertar abrupto, Pátroclo jogou as pernas para a lateral da cama. Aquiles gritou novamente. Por um momento, cogitou de verdade não ir até ele, mas isso estava fora de questão, é claro, então, levantou-se e foi para fora. Mesmo no pouco tempo que passou dormindo, as enormes sombras dos navios haviam se alongado na areia. Protegendo os olhos, viu Aquiles, dourado e preto, contra a luz ofuscante.

— O que você quer? — A resposta foi muito abrupta, mas não conseguiu evitar.

— Acho que Macaão está ferido. Eu o vi agora na biga de Nestor, pelo menos acho que era ele. Você se importaria de ir perguntar?

Você se importaria…? Sempre que outras pessoas estavam presentes, as ordens de Aquiles eram sempre moldadas como solicitações e em geral acompanhadas por um título. *Príncipe* Pátroclo… *Senhor* Pátroclo… *Você se importaria?* Nada disso disfarçava muito o fato de que Aquiles estava usando o filho de um rei como garoto de recados, mas era assim há tanto tempo que Pátroclo mal sabia como se ressentir disso.

Sendo assim, ele saiu às pressas, abrindo caminho entre grupos de homens feridos que voltavam mancando para as tendas do hospital. Outros, mais gravemente feridos, eram levados em carroças, e a cada solavanco, a cada sacudida das rodas, soltavam gemidos e gritos de dor. Ele já tinha visto tudo isso antes, é claro, muitas vezes. O que era chocante, naquele dia, era o clima de derrota. A derrota pairava sobre os ombros caídos e sobre o andar cambaleante; acima de tudo, a derrota residia nos olhares mortos e sem curiosidade que o seguiram, enquanto passava correndo.

Assim que pôde, saiu do caminho, esgueirando-se por passagens estreitas até chegar à cabana de Nestor. Ali, nos degraus, parou para recuperar o fôlego, antes de entrar no salão. Na extremidade mais distante, deitado em um sofá, estava Macaão, com Hecamede pressionando um pano branco contra seu ombro. Um homem corpulento, de cabelos brancos, com um rosto cínico, carnudo e autoindulgente, Macaão não tinha nada que ir para um campo de batalha, mas ainda assim apareceu para lutar. Pátroclo caiu de joelhos ao lado dele.

— Como você está?

Macaão fez uma careta.

— Eu vou sobreviver. Parece bem pior do que é. — Ele olhou para Hecamede. — *Mais forte*, você precisa colocar todo o seu peso aí, garota.

— Posso ajudar?

— Maldição, não, aí eu não teria mais ombro. Mas pode me passar aquela caneca...

Pátroclo cheirou a caneca.

— Forte. Tem certeza de que é uma boa ideia?

— Não, claro que não é *Uma. Boa. Ideia.* Preciso de algo pra me aliviar. — Um brilho surgiu em seus olhos enquanto erguia o copo — *Saúde.*

Depois de dar uma olhada rápida no ferimento de Macaão, um ferimento que não atingira órgãos vitais nem ossos, bastante profundo, mas que parecia livre de infecções, Pátroclo entrou nos aposentos residenciais, onde encontrou Nestor sentado perto da lareira, cercado por peças de armadura que ele havia desamarrado e deixado cair. Deuses, quantos anos ele tinha? Setenta? Um pouco mais do que isso, talvez. Pátroclo, jovem, forte e em forma, pairou na soleira da porta pedindo que a terra o engolisse.

— Pátroclo! Entre!

Nestor levantou-se da cadeira e, agarrando Pátroclo pela mão, arrastou-o até outra cadeira ao lado da sua.

— Não, eu não posso ficar. Aquiles me mandou perguntar por Macaão, mas posso perceber que ele está sendo bem cuidado. — Baixou a voz para um sussurro. — Ele vai ficar bem?

— Ah, eu acho que sim, tem o melhor médico do mundo. *Ele mesmo.* Apenas fazemos o que ele manda. Venha, sente-se.

— Não, ele deve estar se perguntando onde estou.

Nestor sorriu.

— Ele não pode ser tão tirano...

— Não?

— Você acabou de chegar.

Pátroclo hesitou.

— Ora, está bem, então.

Relaxando um pouco, Pátroclo aceitou a caneca que Nestor lhe estendeu. Nestor levou a própria caneca aos lábios e tomou um longo gole. Seu nariz estava mais agudo e as veias vermelhas em suas bochechas, mais visíveis do que Pátroclo se lembrava. Ele estava começando a parecer um pouco... desgastado.

— Então — começou Nestor. — Aquiles se importa com Macaão?

— Bem, sim, é claro que se importa, ele...

O SILÊNCIO DAS MULHERES

— *Um* homem? E de repente Aquiles se importa? Você sabe quantos homens morreram hoje? Enquanto ele assistia de seu navio?

Pátroclo abriu a boca.

— E *não* me diga que concorda com isso, sei que você não concorda.

— Acho que preciso ir.

— Não, por favor. — Nestor deu um tapinha na cadeira ao lado dele. — Sou um velho, me ouça.

Com relutância, Pátroclo se sentou.

— *Você* podia fazer isso, sabe.

— Fazer o quê?

— Liderar os mirmídones.

— Você quer dizer... sem Aquiles?

— Sim, por que não?

Pátroclo fez que não com a cabeça.

— Isso nunca vai acontecer.

— Não, se você não sugerir.

— Não adianta, ele nunca concordaria.

— Como você sabe? Nunca perguntou a ele. Eu conheço Aquiles há muito tempo, não tanto quanto você, mas tempo o bastante. Não acredito que ele esteja satisfeito com isso, não acredito que ele durma à noite...

— Ah, dorme, sim.

— Acho que ele se colocou em uma posição difícil e não consegue enxergar uma saída.

— Você está dizendo que é culpa dele e...

— Estou dizendo que não importa de quem é a culpa. Estamos muito além disso. Acho que ele está procurando uma saída. Nunca se sabe, você pode apenas estar fazendo um favor a ele.

— Posso apenas ganhar uma faca nas entranhas.

Nestor sorriu.

— Não você.

— Você tem certeza disso, não é? Eu gostaria de ter. Mas eu sei o que é matar um amigo e passar o resto da vida em arrependimento.

— Eu sei, eu me lembro. E ainda assim você se saiu bem.

No quarto ao lado, Macaão deu um grito. Os dois homens olharam para a porta e Nestor quase se levantou da cadeira.

Um segundo depois, Macaão falou alto:

— Desculpe. Ela acabou de colocar o cataplasma.

— Agora você sabe como seus pacientes sofrem. — Fazendo uma careta, Nestor se recostou na cadeira.

— Ossos velhos — comentou, dando tapinhas nos joelhos.

— Não sei o que dizer.

— Pode ser o suficiente para fazê-los recuar. Não sei o que mais vai fazer. Sabe que eles já incendiaram um dos navios de Agamêmnon?

— Não, eu não sabia.

— Estão... — Nestor ergueu o polegar e o indicador tão perto que quase se tocaram — ... estão tão perto assim.

Ele esperou, então abruptamente perdeu a paciência.

— *O que eles terão que fazer antes que Aquiles lute?*

— Queimar um dos navios dele.

— Bem, pode ser um pouco tarde para fazê-lo. Claro, esse é o problema de abandonar seus camaradas, você acaba lutando sozinho.

— Ele ainda tentaria a sorte.

Nestor sorriu.

— Sim, eu sei que ele tentaria.

Pátroclo passou a mão sobre os olhos. Quando os ergueu de novo, deparou-se com Nestor observando-o; no momento, sua expressão não era calculista ou manipuladora, e sim apenas curiosa.

— Não deseja sair da sombra dele?

— Eu cresci à sombra dele, estou acostumado.

— Mas essa não é uma resposta de verdade, né?

Pátroclo encolheu os ombros.

— Essa pode ser a sua chance de...

— Não. *Não*, pare já. Se eu fizer isso, o farei *por ele*.

Houve um longo silêncio. Apenas os dedos artríticos de Nestor se retorcendo traíam sua tensão. Por fim, Pátroclo disse:

— Está bem, você venceu, vou sugerir a ele. Não posso prometer mais do que isso. E agora realmente preciso voltar.

Mal conseguindo disfarçar seu triunfo, Nestor o acompanhou até a porta.

— Ah, só mais uma coisa — lembrou ele. — Peça a Aquiles para lhe emprestar a armadura.

— *O quê?* Agora eu sei que você está louco.

— Se *o* virem no campo de batalha ou *pensarem* que o veem... Valerá por mil homens.

Nestor recuou, observando as possibilidades se enterrarem como vermes sob a pele do jovem. Havia dito o suficiente.

— Bem, faça o melhor que puder. — Pousou a mão brevemente no ombro de Pátroclo. — Ninguém pode fazer além disso.

26

No caminho de volta para o acampamento de Aquiles, Pátroclo ouviu seu nome ser chamado e ergueu o olhar para ver um velho amigo, Eurípilo, mancando ao longo do caminho em sua direção com uma ponta de flecha cravada na coxa. Pátroclo correu em sua direção e eles se abraçaram, com cautela, pois Eurípilo estava cambaleando.

— Isso parece horrível — comentou Pátroclo, recuando.

— Bem pior.

— Venha, vamos cuidar de você... — Preparando-se para suportar o peso, Pátroclo colocou o braço de Eurípilo sobre os ombros e partiu em direção ao hospital. — Quanto antes limpar isso, melhor.

Mancando juntos dessa maneira, seu progresso foi lento. Quando, finalmente, chegaram às tendas do hospital, Pátroclo encontrou um espaço para Eurípilo perto da lona e baixou-o com cuidado sobre um cobertor. À procura de algo para usar como torniquete, localizou um pedaço de pano ensanguentado e, ajoelhando-se, agarrou a haste da flecha e começou a puxá-la. Eurípilo gritou. Pátroclo o ignorou; era uma falsa bondade adiar o que precisava ser feito. Apertando mais, puxou a flecha com firmeza, verificou se não havia deixado nada dentro, então amarrou bem o pano ao redor da perna de Eurípilo, centímetros acima do ferimento. Eurípilo virou a cabeça para o lado e vomitou. A essa altura, um homem com ferimentos leves havia se aproximado mancando para ver a cena. Ele era baixo, com cabelos ruivos e encaracolados penteados para cima, talvez para dar a impressão de ser mais alto. Pátroclo sabia conhecer o homem, mas não conseguia por nada no mundo lembrar seu nome.

O SILÊNCIO DAS MULHERES

— Pode assumir? — pediu ele.

O homem pegou as pontas do pano das mãos de Pátroclo.

— Você está bem, cara? — perguntou ao ferido. Eurípilo tentou responder, mas seus dentes se chocavam tanto que não conseguia falar.

— Vou pegar um pouco de água para você — avisou Pátroclo.

Colocando a mão em concha sobre o nariz e a boca para amainar a percepção do fedor, ele se levantou e analisou ao redor. Muitos dos feridos clamavam por água, outros estavam dormindo ou inconscientes. Um deles, várias camas à sua esquerda, estava obviamente morto. Ele notou uma mulher de meia-idade dando um gole d'água a um homem que perdera um olho. "Água?" perguntou, imitando o ato de beber. Nem todas as escravas entendiam grego. Ela apontou atrás de si, para uma mesa no canto mais distante.

A tenda estava tão lotada que ele teve de passar por cima de corpos inertes a fim de alcançar os fundos. Ao se aproximar, identificou uma tina de água com meia dúzia de jarros alinhados ao lado, vários sacos cheios de raízes, contendo aroma forte de terra, e uma prateleira de ervas secas balançando mediante a brisa de uma aba aberta. Cerca de doze mulheres estavam sentadas a uma mesa comprida, algumas moendo ervas, outras espalhando uma pasta grossa marrom-esverdeada sobre quadrados de linho. Era uma ilha de eficiência calma, embora uma maré alta de sangue e dor se chocasse contra as rochas. Caminhando ao longo do secador, ele selecionou vários ramos de ervas secas, pegou raminhos de coentro e tomilho frescos e se sentou para moê-los. Pratos de água, mel, leite e vinho estavam dispostos a intervalos ao longo da mesa, tudo ao alcance. Ele precisava limpar e enfaixar a ferida, derramar uma poção analgésica na boca de Eurípilo e depois voltar para Aquiles, de preferência antes que ele começasse a espumar pela boca. Não houve tempo para pensar na sugestão de Nestor, mas talvez fosse melhor assim. Se tivesse tido tempo para pensar, sua coragem poderia tê-lo abandonado.

Com a intenção de terminar depressa, ele não reconheceu de imediato a moça sentada à sua frente, mas então, pegando uma jarra de leite, olhou para o outro lado da mesa e lá estava ela: Briseida.

— O que diabos *você* está fazendo aqui?

— Eu trabalho aqui.

Quando ela levantou a cabeça, ele viu que ela tinha um lábio cortado. Seu rosto e pescoço estavam cobertos de hematomas. Nada disso estava lá na noite anterior, quando Odisseu retirou seu véu.

— Como você está?

— Estou bem. Sobrevivendo.

— Acabei de ver Macaão.

— Sim, soubemos que foi ferido. Como ele está?

— Nada mal. Não atingiu órgãos vitais ou ossos... e não vai infeccionar, pelo que pude ver. — Tentava não olhar de maneira muito óbvia para os hematomas. — Ele é um paciente terrível...

Ela sorriu.

— Eu imagino. — Levantou a mão e tocou o lábio.

Depois disso, trabalharam em silêncio. Quando ele terminou de moer as ervas, disse:

— Você pode arranjar um pouco de vinagre para mim?

Com cuidado, ele transferiu as ervas moídas para o prato, com mel e leite, esmagou várias raízes com a palma das mãos e acrescentou-as à mistura, depois adicionou vinho e sal. Ele estava ciente de que ela o observava. Quase sem olhar, ele conseguia vislumbrar as veias vermelhas no branco dos olhos dela, as marcas de dedos ainda se desenvolvendo em seu pescoço.

— Para quem é?

— Um amigo... acabei de esbarrar nele. Na verdade, é um primo, acho. Não sei, me perco nessas coisas.

— Vou levar um cataplasma também, se quiser.

Voltando, ele achou mais fácil contornar a lateral da tenda, sentindo a lona grossa e manchada se arrastar contra suas costas. Ele encontrou Eurípilo branco e esgotado, embora ao menos o torniquete parecesse funcionar: o fluxo de sangue havia diminuído a um fio. Ele agradeceu ao homem ruivo, que provavelmente estava satisfeito em ir e cuidar da própria ferida, e derramaram aos poucos o analgésico na boca de Eurípilo. O ferimento havia quase parado de sangrar. Ele estava relutante em mover qualquer coágulo que pudesse ter se formado, mas, por outro lado, a ferida precisava ser desinfetada... Desejou que Macaão estivesse ali para aconselhá-lo. Por fim, decidiu que limpar o ferimento era mais importante do que qualquer outra coisa. Tinha visto muitos homens morrerem de gangrena; não havia nada pior, nem mesmo a peste.

O SILÊNCIO DAS MULHERES

Briseida veio por trás dele.

— Posso ajudar?

— Você poderia começar a limpá-lo.

Ele ergueu a caneca novamente e gotejou mais da poção na boca de Eurípilo. Trabalho lento e meticuloso: Eurípilo continuou engasgando com a mistura e teve de descansar entre goles. Briseida começou a lavar a perna dele com movimentos suaves, cuidadosos e longos, curvando-se a intervalos para fazer um exame minucioso do ferimento. Ela pressionou os dedos nas bordas, sondando delicadamente, ouvindo a pele. Pátroclo lançou um olhar questionador. Ela disse:

— Tudo bem, eu acho. Está limpo.

Ao ouvi-la, Eurípilo pareceu encontrar forças renovadas e engoliu o restante da poção. Pátroclo enxugou a boca do amigo e baixou sua cabeça com delicadeza sobre o cobertor.

— Pronto... Vai se sentir melhor agora.

Os olhos de Eurípilo já estavam se fechando. Segundos depois, havia adormecido.

De imediato, Pátroclo se voltou para Briseida.

— Tem certeza de que estava limpa?

— Até onde pude analisar, sim.

Ela o acompanhou até a entrada. A certa altura, tiveram de se afastar a fim de permitir a passagem de quatro homens carregando uma padiola e deram de cara um com o outro, sem nada a dizer. Ou nada que pudesse ser verbalizado. Ele estendeu a mão e gentilmente tocou seu rosto.

— Qual o motivo disso?

— Aparentemente, não me esforcei o suficiente para fazer Aquiles me querer de volta. E é verdade, eu não o fiz. Eu devia ter mentido.

Ele balançou sua cabeça.

— Não vai ser assim para sempre.

— Ah, acho que talvez seja.

— Não, é verdade, não vai. As coisas mudam. E, se não mudarem, bem, *force-as* a mudar.

— Falou como um homem.

— Terá sua chance. Um dia. E, quando tiver, agarre-a com vontade.

— Odisseu disse que Aquiles se referiu a mim como "esposa".

— Fez isso, sim. Eu estava lá.

E, assim, eles se separaram. Cem metros adiante, Pátroclo se virou para olhar para trás e a viu parada na entrada da tenda, uma mão levantada, vendo-o ir.

Esperando nos degraus de sua cabana, Aquiles esbravejou:
— Onde você *esteve*?
Sem tempo para isso agora, sem paciência. Pátroclo passou por ele, retrucando por cima do ombro:
— Macaão está *ferido*.
— Muito?
— Não, não muito. Nestor está cuidando dele.
Aquiles o seguiu.
— E você demorou tanto tempo assim para descobrir isso?
Pátroclo puxou uma cadeira e sentou-se, enterrando o rosto nas mãos.
— O que há de errado?
— Nada. O que poderia haver de errado?
— Alguma coisa. Você geralmente não volta chorando como uma garotinha.
Pátroclo passou a palma da mão na bochecha.
— Eu não estou chorando.
— Bem, você poderia ter me enganado. Ai, mamãe, dá um beijo pra passar, mamãe, mamãe...
Basta. Pátroclo saltou da cadeira, colocou as mãos ao redor do pescoço de Aquiles, os polegares pressionando a laringe, e apertou. O rosto de Aquiles ficou roxo, seus olhos começaram a se arregalar... Suas mãos se ergueram e agarraram os pulsos de Pátroclo... mas então, de repente e deliberadamente, ele os deixou cair e apenas ficou ali, imperturbável e sem medo, observando enquanto Pátroclo se esforçava para se controlar. Por fim,

estremecendo, ele empurrou Aquiles para longe. Silêncio. Aquiles segurou o pescoço, tossiu, engoliu em seco várias vezes e, por fim, conseguiu falar.

— Eu tinha me esquecido do seu temperamento.

As palavras eram casuais, embora sua voz estivesse rouca e pontinhos vermelhos tivessem aparecido no branco de seus olhos.

Pátroclo sentou-se.

— Macaão está bem.

— *Bom.*

Outro silêncio.

— O que nos traz de volta à questão: por que está chorando?

— Porque não sou feito de pedra... e aparentemente você é.

Aquiles respirou fundo.

— O que...

— Não, Aquiles, *não*. Apenas uma vez me escute. *Você* escute. Eu estive no hospital, está tão abarrotado que não há espaço para andar entre as camas. E estão montando outra tenda porque as pessoas ainda estão chegando. Enquanto voltava, pude ouvir as comemorações dos troianos. E esta noite, Aquiles, enquanto eles assam carne em suas fogueiras, estaremos queimando os mortos. E você sabe que pode acabar com isso.

— O que você quer que eu faça?

— *Lute!*

— Você sabe que não posso.

— Como vive consigo mesmo? Como consegue dormir?

— Não fui eu que comecei isso, Aga...

— Ah, deuses, de novo não...

— Sim, eu sei, você já ouviu isso tudo antes. Não significa que deixou de ser verdade.

— Então é assim que você quer ser lembrado, não é? O homem que se sentou em sua cabana e ficou emburrado enquanto seus camaradas lutavam e morriam? Tem certeza disso?

— Eu não posso fazer isso.

— Então deixe que eu faça.

— *Você?*

— Por que não? É tão difícil de imaginar?

Aquiles balançou a cabeça.

— Não, é claro que não.

O SILÊNCIO DAS MULHERES

— Ou talvez você ache que os homens não me seguiriam?

— Não, eu sei que seguiriam.

— Bem, então?

Aquiles ficou em silêncio, pensando muito.

— Se eu usasse sua armadura, pensariam que era você. Os troianos, quero dizer. — Pátroclo esperou. — Serviria em mim... bem, quase.

Um olhar avaliador. Aquela análise objetiva, de quem ele estava acostumado a receber apenas afeto, o arrepiou. Ele teve de se forçar a *continuar.*

— Pode ser o suficiente para fazê-los recuar.

— Sim, à custa de tornar você um alvo!

— Eu sei, mas...

— E não apenas o alvo de qualquer um... do melhor. *Heitor.*

— Está dizendo que sou terrível.

— Não, você não é terrível. Mas você também não é eu.

Um silêncio desanimador.

— Não me importo com o que aconteça comigo.

— Não, mas eu me importo! — Incapaz de ficar quieto, Aquiles andou de um lado até o outro do quarto, parando na frente de Pátroclo. — Suponho que talvez possa funcionar.

— Não, *vai* funcionar. Eu sei que sim. Assim que identificarem a armadura, não serão capazes de ver além dela...

— Está bem. — Aquiles afundou em uma cadeira. Parecia sem fôlego, como se alguém tivesse acertado um soco em seu estômago. — Mas com condições. *Um*, no minuto que eles se afastarem dos navios, você para. Não me interessa se estiver indo bem, você PARA. E *dois*, você não enfrenta Heitor.

— Não vou fugir dele...

— Você *não* enfrenta Heitor. *De acordo?*

Silêncio.

— Olha, é isso, esse é o acordo.

— Está bem, estou de acordo. — Pátroclo se levantou e inspirou fundo. As paredes pareciam se fechar ao seu redor. Ele precisava estar ao ar livre, se mexendo, fazendo coisas, mas sabia que tinha de ficar ali. — Quando contamos aos homens?

— Antes do jantar. Antes que eles fiquem completamente paralisados. Quer fazer uma sessão de planejamento?

PAT BARKER

— Não, o plano é sair da trincheira e lutar como demônios. — De repente, Pátroclo riu alto. — Mal posso esperar para contar a eles, não haverá como segurá-los. Estão arranhando o chão há semanas.

Aquiles o fitava com tristeza.

— Sabe, um dos meus sonhos era que você e eu tomaríamos Troia juntos.

— O quê? Só nós dois?

— Por que não?

— Eu teria pensado que isso era bastante óbvio.

— Não para mim.

Aquiles *estava* rindo de si mesmo, embora por pouco.

— Então, nesse seu sonho, todos os outros estão mortos?

— Sim, acho que sim.

— Seus próprios homens? *Todos* eles?

Aquiles deu de ombros.

— Você é um monstro, sabia disso?

— Sim, por incrível que pareça, eu sei. — Jogou o braço sobre os ombros de Pátroclo. — Venha, vamos comer.

28

As regras haviam mudado. Certa vez, não muito tempo atrás, as mulheres de Agamêmnon estavam expressamente confinadas às cabanas; depois, éramos obrigadas a sair e animar o exército grego durante sua partida para o campo de batalha.

Uma hora antes do amanhecer, os galpões de tecelagem se esvaziavam; até as mulheres nas tendas do hospital tinham de ir. Eu saía o mais tarde que ousava e então me arrastava para o campo de arregimentação. Eu não conseguia imaginar por que Agamêmnon insistia em nossa presença, já que levantávamos, na melhor das hipóteses, apenas aplausos esparsos. Embora eu tenha notado que, nessa ocasião, homens com lanças iam de um lado para outro nas fileiras de mulheres, encorajando um apoio mais ruidoso.

Mas tudo naquele dia foi diferente. Dizia-se por todo o acampamento que Aquiles cedera, que enfim iria lutar. Não acreditei. Eu o ouvi rejeitar inequivocamente os subornos de Agamêmnon. O que poderia ter acontecido nesse ínterim para fazê-lo mudar de ideia? A menos, é claro, que houvesse outra oferta secreta... Um acordo. E se tivesse sido feito, será que me incluía? Ninguém teria se dado ao trabalho de me contar.

Observei ao redor, tentando avaliar o clima. No hospital, o boato de que Aquiles deixara de lado a raiva e voltaria a lutar não foi suficiente para dissipar a tristeza. Era pouco demais, tarde demais, foi o veredicto geral, mas aqueles eram homens enfermos. Quando deixei o hospital, não vislumbrei nada além de alegria e alívio.

Contudo, não mais do que no próprio acampamento de Aquiles. Incapaz de ficar longe, atravessei os portões com um véu apertado em volta da cabeça e dos ombros. Ritsa, eu sabia, me daria cobertura enquanto pudesse. Já totalmente armados, os mirmídones circulavam o pátio de manobra, tão inquietos quanto uma matilha de lobos que farejou sangue. Atrás deles, nos estábulos, pude ver os cavalos de Aquiles sendo escovados até que seu pelo brilhasse. E quando o próprio Aquiles saiu da cabana e subiu na popa de seu navio para falar, houve um rugido de aprovação estrondoso; embora deva ter sido estranho para os homens, como para mim, vê-lo de pé ali, desarmado e sozinho. Por que ele não estava armado? Todo mundo estava. E eu não conseguia ver Pátroclo em lugar algum, embora agora ele já devesse estar na biga com as rédeas enroladas na cintura.

Então, quando Aquiles terminou de falar, a porta da cabana foi aberta e Aquiles saiu. Silêncio mortal; quando deveria haver vivas, silêncio. Não acho que os homens tenham ficado surpresos, eles sabiam o que estava acontecendo; mas aquele momento, quando as duas versões de Aquiles se encontraram e ficaram cara a cara, foi arrepiante, como se uma sombra tivesse encoberto o sol. Ah, eles compensaram o silêncio depois, com vivas, batidas de pés, pancadas de espadas em escudos, tambores, flautas, trombetas… mas a primeira reação foi medo, aquele pavor bastante específico que as pessoas sentem na presença do insólito. Parado ali, idêntico a Aquiles em todos os aspectos, Pátroclo se tornou seu espectro, o duplo que parece anunciar a morte de um homem. Aquiles sentiu, eu sei, notei a mudança em sua expressão, mas logo se recuperou. Na verdade, foi o primeiro a aplaudir, subindo com pressa as escadas para abraçar Pátroclo.

Cruzaram o pátio juntos, a multidão se abrindo para deixá-los passar. Pátroclo até caminhava como Aquiles. Talvez a mudança tenha sido forçada nele pela armadura, que era, afinal, feita sob medida para Aquiles, ou pode ter sido uma tentativa deliberada de imitar seus movimentos, mas acho que foi mais do que qualquer uma dessas possibilidades. Ele se tornou Aquiles. Não é esse o maior objetivo do amor? Não o intercâmbio de duas mentes livres, mas uma única identidade fundida? Lembrei-me de quando os observei na praia, na noite em que segui Pátroclo até o mar. Foi isso que eu vi então.

Automedonte, que estava assumindo o papel de Pátroclo como condutor, preparou-se para estabilizar a biga quando Pátroclo saltou a bordo. Após uma breve conversa, Pátroclo se inclinando para ouvir, Aquiles olhando para cima para falar, Automedonte bateu com as rédeas nos pescoços

O SILÊNCIO DAS MULHERES

dos cavalos e a biga avançou. Tambores batiam, trombetas soavam, os homens marcavam o tempo com o bater de suas espadas em seus escudos, e lentamente a coluna se afastou. Os mirmídones deveriam liderar o ataque, porque estavam descansados e porque todos sabiam que a visão de Aquiles causaria terror nas fileiras troianas. Ah, eu podia imaginar a consternação, o alarme quando Príamo nas ameias e Heitor no campo reconhecessem o elmo brilhante com suas plumas dançantes de crina de cavalo. Heitor não era covarde, ele não se conteria, abriria caminho em direção àquele capacete. E todo guerreiro troiano com reputação a criar ou a zelar tentaria chegar antes dele. O homem que matasse Aquiles teria glória eterna garantida.

Mas não era Aquiles dentro da armadura; era Pátroclo. Naquela manhã, descobri como era ter lealdades divididas. Não ousei orar, porque não sabia pelo que orar.

Depois que os tambores e as batidas nos escudos se dissiparam, o acampamento ficou assustadoramente silencioso. Ífis, que também havia assistido à partida de Pátroclo, me convidou para tomar uma caneca de vinho com ela, mas eu recusei, precisava voltar. E parti no mesmo instante, caminhando de modo decidido por uma passagem entre duas fileiras de cabanas, mas no minuto que soube que não estava sendo observada, diminuí o ritmo.

Eu só queria alguns minutos para desfrutar o silêncio. Ninguém gemendo, ninguém clamando por água; nenhum som, exceto o de uma porta batendo nas dobradiças e os gritos das gaivotas voando no alto. Todas as passagens estavam desertas. Os homens à distância, as mulheres dentro das cabanas, onde já começara uma grande tagarelice de teares. Fechei os olhos por um momento, ouvindo o barulho constante do vento no cordame dos navios, aquele som de mente-perdendo-a-paciência que passei a odiar, e quando os abri de novo, ele estava lá.

Ele não tinha me visto. Estava parado na esquina entre duas fileiras de cabanas, olhando para o interior em direção ao campo de batalha. Pela primeira vez desde que ouvi seu grito de guerra ecoando nas paredes de Lirnesso, pensei que ele parecia vulnerável. Recuei para as sombras. Imaginei qual seria a sensação de ser o único homem ileso restante no acampamento, porque ele era o *único*, todos os outros tinham ido, até mesmo os homens mais velhos que normalmente ficavam para trás a fim de guardar os navios. Fiquei imóvel, mal ousando respirar, e depois de um tempo ele se afastou na direção de sua cabana.

Livre da opressão de sua presença, segui para a praia, onde imediatamente tirei minhas sandálias e comecei a vagar ao longo da costa, passando por tapetes de algas marinhas secas, meus pés levantando nuvens de minúsculos maruins. De vez em quando me abaixava para pegar uma concha de molusco navalha, uma bolsa de sereia, uma asa parcialmente articulada de gaivota: todos os detritos que o mar despeja na terra. Às vezes, eu pegava uma pedra, mas nenhuma era tão bonita quanto a pedra verde de arestas afiadas que encontrei na minha primeira noite no acampamento. Eu estava tão absorta que não sabia para onde estava indo até que senti um frio repentino e olhei para cima para ver a primeira das naus negras elevando-se sobre mim, sua barriga escura incrustada com cracas cinzentas. Andei ao lado dela tentando soltar uma com as unhas, mas estavam muito presas. A sombra era profunda entre os navios, um cheiro úmido, verde, subaquático que depois de um tempo se tornou desagradável. Querendo me afastar disso, pus-me a andar mais rápido e, então, assim que cheguei à popa, lá estava ele, fazendo a volta à toda velocidade.

Quase colidimos. Parando bem na hora, ele deu um passo para trás. Percebi que ele ficara muito pálido e a princípio não consegui entender a razão, mas então percebi que, nessa luz turva e submarina, ele me confundiu com Tétis. Entretanto, por que um encontro com a mãe teria exercido tal efeito sobre ele, eu não saberia. O que sei é que o choque o deixou com raiva, mas isso não era surpresa. Todas as emoções de Aquiles pareciam ser vários tons de ira.

— Você — disse ele. — O que diabos *você* está fazendo aqui?

Afastando-me dele, respondi:

— Vim vê-los partir. — Embora eu soubesse que ele estava zangado, tive de perguntar: — Ele vai ficar bem?

— Se fizer o que lhe foi ordenado, ficará.

— Foi espantoso, todos vão pensar que é você.

— Devia ser eu.

Pude perceber que ele ainda estava com raiva. Tentei passar por ele, mas ele pegou meu braço, suas unhas se cravando fundo na minha pele.

— Gostaria de nunca ter conhecido você — disse bem baixinho. — Gostaria que você tivesse morrido naquele dia em Lirnesso.

O SILÊNCIO DAS MULHERES

Ele me empurrou com força contra a lateral do navio. Levantei os braços para proteger meu rosto, mas ele apenas agarrou a ponta de uma escada de corda e com alguns passos poderosos subiu para o convés. Esperei até ter certeza de que ele fora embora e corri para as cabanas. Quando me virei em busca de olhar para trás, lá estava ele na popa do navio: uma figura alta e escura contra as nuvens cinzentas em movimento. Ele não estava olhando para mim, estava olhando por cima da minha cabeça em direção ao campo de batalha.

Com a sensação de ter escapado, baixei os olhos e corri todo o caminho rumo ao hospital e a Ritsa. E à segurança.

29

Deixando de lado o seu encontro com a garota, Aquiles concentra toda a atenção no campo de batalha. Com o sol rígido e branco logo acima de sua cabeça, tal qual uma ponta de lança cravada em seu crânio. Ele precisa toda hora limpar o suor que faz seus olhos arderem. Está tentando seguir o progresso do próprio capacete emplumado através dos nós de homens engalfinhados e esse foco constante em uma figura ao longe, que é indistinguível de si mesmo, começa a perturbá-lo.

Abaixo da popa do navio, o acampamento está deserto: as mulheres tagarelam atrás das portas fechadas dos barracões de tecelagem; os cães, todos com as línguas rosadas penduradas e miseráveis, esparramados nas sombras das cabanas. Ao seu lado há um jarro de água, mas está quente e tem gosto salobro, embora a garota que o trouxe tenha jurado haver trazido diretamente do poço. Ele toma um gole, agita-o na boca e cospe no convés. Mesmo essa pequena pausa na concentração é suficiente para desorientá-lo. Quando retoma a observação do campo de batalha, ele não consegue vislumbrar o capacete de imediato e fica tenso com a expectativa do pior. Mas não, lá está, *graças aos deuses*. Pátroclo abre caminho pelas fileiras troianas em direção a Troia e o encontro inevitável com Heitor. *O que ele está fazendo?* Os navios estavam seguros há pelo menos uma hora.

— *Volte.*

Ele percebe que falou em voz alta. Não há nada ao seu redor, exceto o convés vazio e o acampamento vazio, ninguém para ouvir, mas ainda assim o silêncio quente e ofendido o faz sentir-se constrangido. *Bem, dane-se...* Ele grita com toda a força:

O SILÊNCIO DAS MULHERES

— Volte, seu idiota de merda. Pelos deuses!

A luta está acirrada e centralizada em torno do capacete agora. Ele não aguenta assistir, mas também não aguentaria se esconder em sua cabana e não saber. Quatro horas, com a cabeça descoberta sob o sol quente, quatro, depois cinco e contando…

No início, é fácil ignorar a estranheza, o erro, até que de repente ele está dentro do capacete, a cabeça se chocando nas laterais de bronze enquanto os golpes de uma espada desabam sobre ela. Por um momento, o céu escurece, então ele se levanta novamente e corre, bradando seu grandioso grito de batalha ao se deparar com os portões de Troia. Ao seu redor, o chão está lotado de homens feridos. E então, em um vislumbre do outro lado de uma parede de costas se digladiando, Heitor. Mas o escudo está tão pesado que quase desloca seu braço da articulação, seu corpo está todo coberto de suor e, quando tenta agarrar a lança, seus dedos escorregam e…

Aquiles enxuga os olhos, joga os ombros para trás, mexe a cabeça com cuidado de um lado para o outro, força-se a se concentrar nos detalhes: o jarro de água a seus pés, o padrão preciso da madeira na prancha sobre a qual está apoiado. Ele precisa se reconectar com o ambiente ao redor, voltar ao mundo real, se ajustar a uma visão não emoldurada pelos ferros de um capacete.

De maneira gradual, sua respiração se acalma, mas ele ainda não está totalmente presente em si mesmo. Fica analisando as próprias mãos, roubando olhares furtivos, como se pensasse que pertencessem a outra pessoa. Com certeza não podiam ser tão grandes assim? Ele agarra o corrimão com mais força, com ainda mais força, tentando espremer a ilusão cérebro afora, e aos poucos suas mãos voltam ao tamanho normal. Mas isso o abalou, não há dúvida. Ele precisa de um gole de água fria, bem gelada, não dessa porcaria tépida, ou melhor ainda, talvez, de uma caneca de vinho fresco. Sentindo-se mais fraco do que nunca, desce até metade da escada de corda e se deixa cair no chão. Alguns minutos fora do sol quente, ele logo se sentirá ele mesmo de novo.

Ele se sentirá ele mesmo de novo. Ele percebe, como se ouvisse pela primeira vez, a estranheza daquela expressão. Contudo, é perfeita. Ele não havia sido *ele mesmo* o dia inteiro, não desde de manhã cedo quando acordou e encontrou Pátroclo parado, nu, em frente ao espelho de bronze. Ele já havia trançado os cabelos, e a trança longa e grossa pendurada nas costas parecia uma segunda espinha dorsal.

Percebendo um movimento no espelho, ele se virou para Aquiles e sorriu.

— Você dormiu? — perguntou Aquiles.

— Em algum momento.

— Eu estava roncando?

— Como assim "eu estava roncando"? Depois do tanto que você bebeu?

— Eu não bebi muito.

Era verdade. Ele nunca bebia demais, nunca comia demais também e, certamente, nunca deixava de dar sua corrida em volta da baía usando a armadura completa. Ele tem todas as virtudes menores, e apenas um vício *colossal*.

— Como se sente?

Pátroclo voltou a mirar o espelho.

— Estou bem.

Uma batida na porta e Álcimo entrou trazendo grevas tão polidas que doía olhar para elas. Aquiles jogou as pernas para a lateral da cama, avisando a Álcimo que ele não era necessário, que ele mesmo ajudaria Pátroclo a ajustar a armadura. Ele soava confiante, como se Aquiles, e apenas Aquiles, soubesse como adaptar a própria armadura para ser usada por outro homem, embora na verdade a possibilidade de outra pessoa usar sua armadura nunca tivesse passado por sua cabeça. O fato era que precisava daqueles poucos minutos a sós com Pátroclo.

Trabalhando rápida e silenciosamente, ajudou-o a afivelar a couraça. Nada poderia ser feito quanto à dobradiça, mas pelo menos as correias podiam ser ajustadas, embora a área tão importante sob o braço direito tenha precisado de uma dúzia de tentativas antes que a acertassem.

— Pronto, o que acha?

Pátroclo rodeou seu braço novamente.

— Bom.

— Tome, experimente o capacete.

Observando o próprio reflexo, Pátroclo baixou o capacete devagar sobre a cabeça, ajustou os ferros das bochechas e só então deu as costas ao espelho para encarar Aquiles. Assim, com a crista de bronze e as plumas de crina de cavalo balançando ao redor da cabeça, parecia de repente trinta centímetros mais alto. Com a testa e o nariz cobertos e os ferros da bochecha projetando-se ao longo da linha de sua mandíbula, seu rosto quase desaparecera.

O SILÊNCIO DAS MULHERES

— Bem? Acha que vão acreditar que é você?

— Deuses, sim, até *eu* acredito.

Aquiles riu ao comentar isso, mas sabia que sua voz soava trêmula. Virando-se para o lado, contemplou as peças restantes da armadura: protetores de ombro, de braço, de pescoço, grevas... Fingiu encontrar uma partícula de sujeira em uma das grevas e começou a esfregar com um pano macio, se afastando para inspecionar a área, depois bafejou sobre ela e esfregou novamente. A cada passada do pano, seu rosto reaparecia, as feições brutalizadas pela curva do metal.

— Você quer minha lança?

— Não, vou pegar a minha, eles não vão olhar para a lança. Bem, não se ela estiver dentro deles, de qualquer maneira. — E voltou-se para o espelho. Parecia hipnotizado pelo próprio reflexo, ou era para o reflexo de Aquiles que estava olhando? — Mas vou levar sua espada.

Aquiles foi buscá-la, mas então, em vez de entregá-la, começou a cortar o ar, aproximando-se cada vez mais de Pátroclo, a lâmina em movimentos tão rápidos que ele parecia empunhar meia dúzia de espadas. Pátroclo manteve sua posição, embora parecesse surpreso e Aquiles pudesse distinguir o primeiro brilho de medo em seus olhos. Por fim, com uma risada, Aquiles baixou a espada e estendeu-a, mas mesmo assim não conseguiu entregá-la. Em vez disso, apontou-a para a garganta nua de Pátroclo, uma lâmina tão afiada que, mesmo apoiada de leve contra a pele, podia causar um corte. A ponta tremulava com a pulsação na mão de Aquiles.

— Lembra o que eu disse? Não importa o quão bem está indo, você retorna no minuto que os navios estiverem seguros. E você não enfrenta Heitor. Heitor é meu.

— Está bem. — Pátroclo sorriu, embora fosse possível ver que ele queria que a ponta da espada fosse levantada. — Eu disse: *Está bem*.

Por um longo momento, encararam-se. Então, com uma reverência ligeira e em parte zombando de si mesmo, Aquiles entregou a espada.

— E lembre-se, espero você de volta a tempo para o almoço!

Pátroclo riu, mas não estava prestando muita atenção; estava bastante ansioso para partir. Usar a armadura de Aquiles o havia mudado e mudara a relação entre eles. Passara a ser igual a Aquiles, pelo menos em sua própria opinião. O aumento de confiança revelava-se em seu andar, seus gestos,

185

até mesmo na maneira como posicionava a cabeça — e isso o tornava completamente convincente.

— Sabe — disse Aquiles —, estou começando a achar que isso pode funcionar.

Pátroclo mais uma vez movia o braço direito, só que desta vez segurando a espada.

— Vai dar.

— Tem certeza de que está tudo bem?

— Está, sim.

— Eu gostaria que você parasse de repetir que está tudo bem.

Pátroclo puxou-o para um abraço.

— Mas *está*.

— Vou falar com os homens primeiro.

Pátroclo seguiu na frente dele no salão escuro, mas parou bem ao lado da porta. Abraçaram-se novamente, um abraço privado, mais íntimo do que o abraço público que se seguiria, embora, mesmo agora, Aquiles pudesse sentir a tensão nos ombros de Pátroclo, sua ânsia de partir.

Aquiles o sacudiu.

— Apenas volte.

E então, fixando um sorriso no rosto, saiu para a luz ofuscante.

Horas depois, passando da luz para a quase escuridão do salão, ele faz uma pausa em busca de se orientar. Quando consegue enxergar de novo, vai até a tina de água no canto do salão e mergulha a cabeça, passando os dedos pelos cabelos suados, ficando embaixo por tempo suficiente para que seus pulmões doessem. Levantando-se, pingando, gotas d'água espalhadas como pérolas cinzentas por sua pele, sentiu-se tremer sem controle algum. Com certeza se queimou, mas de fato se sente melhor. Pelo menos sua mente está clara.

Melhor, mas lívido. *Pare no minuto que os navios estiverem seguros. Não pressione rumo aos portões. Não lute contra Heitor. Heitor é meu.* Poderia ter deixado isso mais claro? Embora, para ser justo, Pátroclo não havia enfrentado Heitor — ainda não, de qualquer forma —, mas o restante das orientações ele apenas ignorou. Aquiles anda de um lado para o outro, chutando tudo o que se coloca em seu caminho, e tudo o faz, é claro — exceto os cães, que sabem o que é melhor e fogem para o pátio. Não é

O SILÊNCIO DAS MULHERES

como se ele não entendesse *por que* Pátroclo desobedeceu às suas ordens. Às vezes, no calor da batalha, há um momento de calma, quando o tempo desacelera e os gritos e clamores desaparecem e se vê as veias vermelhas no branco dos olhos de um inimigo e se sabe — não acredita, não espera — *sabe* que não pode deixar passar. São raros esses momentos. Nos outros noventa e cinco por cento do tempo, a guerra é apenas uma batalha entediante e sangrenta, composta em partes iguais de tédio e terror, mas então ressurge aquele momento luminoso, quando o estrondo da batalha some e seu corpo é uma haste conectando terra e céu.

Ninguém nesse estado poderia parar e voltar atrás. E ele suspeita que Pátroclo esteve naquele estado, ou em algum ponto próximo a ele, durante toda a manhã.

Mesmo assim. Ordens são ordens e devem ser obedecidas. Ah, ele vai parabenizá-lo, dar-lhe um tapa nas costas na frente dos homens, servir-lhe uma caneca do melhor vinho, servir-lhe os melhores cortes de carne no jantar, cantar seus louvores, dar graças aos deuses, tudo isso; mais tarde, porém, quando estiverem sozinhos, ele vai arrancar mesmo o couro daquele cretino. É necessário, não pode deixar isso passar. Mas, obviamente, vai esperar até estar sozinho com ele e então dirá... O que dirá?

Abruptamente, Aquiles para de andar e encara o espelho de bronze, onde seu rosto, mirando-o de volta, não demonstra raiva nenhuma, apenas medo, medo de que jamais dirá algo a Pátroclo, nunca mais. Isso o faz desabar. Ele se aninha na cama onde os lençóis ainda têm o cheiro da pele de Pátroclo e fala seu nome de novo e de novo, como se o mero ato de pronunciá-lo fosse um feitiço contra o desastre.

— Pátroclo.

E, novamente, mais alto:

— *Pátroclo*.

No campo de batalha, Pátroclo ouve Aquiles chamando seu nome e por um segundo sua concentração vacila. Um segundo, mas tempo o bastante, porque de repente ali está Heitor, bem diante de si. Ele tenta levantar a espada de Aquiles, mas já é tarde demais. Heitor enfia a lança com força em seu flanco, que penetra com tanta facilidade, e de repente Pátroclo está no chão, se debatendo como um peixe em uma piscina prestes a secar. Formas escuras de guerreiros troianos se aglomeram, bloqueando a luz.

— Aquiles! — ele grita.

E mais uma vez, quando o sangue vermelho jorra dele e seu espírito desliza para a escuridão:

— Aquiles...

A um quilômetro de distância, Aquiles levanta a cabeça. Por um momento, pensou ter ouvido Pátroclo chamando seu nome. Pátroclo? Bem, não, não pode ser. A voz de um homem, porém, o que é estranho porque os homens estão todos lá lutando. Restam apenas mulheres no acampamento. A amargura da constatação o atinge.

Aquiles sabe de quem era a voz, mas tem medo de se permitir pensar no que isso poderia significar. Então, diz a si mesmo: *Não, foi uma gaivota. Seus gritos soam incrivelmente humanos algumas vezes...*

Erguendo a atenção para as vigas, ele tenta fazer uma prece, mas a oração nunca é fácil para ele, é filho de sua mãe, sabe demais sobre os deuses, e depois de algumas palavras vacilantes, abandona a tentativa. Não adianta ficar sentado ali. Era hora de estar de volta ao navio, apesar de, se o avanço continuar nesse ritmo, logo estarão fora de vista.

Mal alcança a porta quando ouve seu nome sendo chamado de novo, e desta vez não há dúvida. Então eles estão de volta! De uma forma ou de outra, os deuses sabem como, *estão de volta.*

Ele escancara a porta e sai para a varanda, esperando ver o pátio repleto de homens e cavalos, mas não há ninguém lá. Apenas silêncio, e em algum lugar ao longe uma porta batendo nas dobradiças.

De volta ao navio, para ver o que está acontecendo. No meio da escada de corda, ele para, porque algo chamou sua atenção. Um movimento. E então ele vê: uma biga sendo conduzida com força e rapidez, os cavalos emergindo de uma nuvem de poeira. De alguma maneira, e Aquiles sabe disso no mesmo instante, tem de impedir que aquela biga chegue até ele, porque quando isso acontecer, ouvirá as piores palavras que já ouviu. Assim, exerce toda a força de sua vontade para empurrá-la de volta, mas nem mesmo seu poder é capaz de parar o tempo ou solidificar o ar.

Ele inspira fundo, deixa-se cair ao chão e caminha até o centro do pátio a fim de esperar o que sabe estar por vir. Nada se move nas cabanas ao seu redor. Nem um sopro de vento se move.

Sol branco. Sombras negras, afiadas como facas. Silêncio.

30

Durante todo aquele longo dia, fiquei sentada no banco moendo ervas enquanto o som da batalha, clamoroso a princípio, se afastava cada vez mais até que, no meio da tarde, não era mais do que um choque abafado no horizonte. Homens feridos chegaram, nenhum em estado grave, e as notícias trazidas foram boas, boas, se você fosse grego. Os troianos foram rechaçados, Pátroclo e os mirmídones alcançaram os portões de Troia. Parecia até possível que a cidade caísse naquela noite.

A notícia se espalhou com agilidade de tenda em tenda, e logo todos, exceto os feridos com maior gravidade, riam e cantavam. Canções de marcha, canções sentimentais sobre mães e lares, canções românticas sobre esposas e amantes e, mais e mais, à medida que o dia avançava, canções sobre Helena.

Os olhos, os cabelos, os seios, os lábios
Que lançaram mil navios de guerra...

Todos eles acreditavam que Menelau, seu marido, irmão de Agamêmnon, iria matá-la quando a pegasse de volta; ele havia dito isso muitas vezes. Alguns deles estavam inclinados a pensar que isso era um desperdício. Foda-lhe primeiro, *então* mate-a.

Foda-lhe de pé,
Foda-lhe deitada,
Corte sua garganta e foda-lhe ensanguentada.

PAT BARKER

Quando estiver morta, porém, não esquecida
Desenterre-a e foda-lhe apodrecida.

Eles cantaram até a rouquidão, pedindo jarras de vinho mais forte, que, seguindo as instruções de Macaão, tínhamos de recusar. Então veio uma trégua. Circulei com jarras de água; o calor na tenda era sufocante, o fedor de sangue rançoso em bandagens e lençóis formando uma barreira física pela qual se tinha de forçar a passagem. No fim da tarde, o som da batalha recomeçava a ficar mais alto. Os homens trocavam olhares. Por quê? Os gregos estavam sendo forçados a recuar? Pouco depois, um influxo de homens feridos trouxe notícias atualizadas e terríveis. Pátroclo estava morto, derrotado por Heitor. A luta tratava de seu corpo agora; troianos tentando arrastá-lo para dentro das muralhas de Troia, gregos em cima de seu corpo para detê-los. Um homem contou que viu Heitor agarrar as pernas de Pátroclo enquanto Automedonte e Álcimo agarravam seus braços.

— Pensei que iam parti-lo ao meio.

Morto. Eu não conseguia acreditar, embora soubesse desde o momento em que ele saiu da cabana usando a armadura de Aquiles que o dia terminaria com sua morte. Senti que precisava ir até Ífis, era mais fácil pensar na dor dela do que na minha, mas eu não encontrava maneira de escapar do hospital, posto que tantos homens feridos começavam a chegar.

Desse modo, eu não estava lá quando Aquiles recebeu a notícia, mas Ífis, assistindo da porta de uma das cabanas das mulheres, viu e ouviu tudo. Foi Antíloco, filho de Nestor, o menino que adorava Aquiles, que lhe contou sobre a morte de Pátroclo. Assim que as palavras foram ditas, Aquiles soltou um grande grito e caiu no chão, as mãos agarrando a areia suja, pegando-a e jogando-a sobre o rosto e os cabelos. Com medo de que ele sacasse a adaga e cortasse a própria garganta, Antíloco agarrou e segurou seus pulsos. Ouvindo seu grito, as mulheres saíram às pressas das cabanas e o cercaram, onde ele estava caído no chão, impotente, apesar de todo o seu poder.

De repente, um vento forte soprou. Ífis contou que veio do nada, assobiando sob as portas, levantando crinas e caudas de cavalos, criando pequenos redemoinhos de areia que diminuíram tão rápido quanto surgiram. O céu escureceu; espessas nuvens escuras extinguiram o sol.

Antíloco olhou de rosto em rosto.

O SILÊNCIO DAS MULHERES

— O que está acontecendo?

E então eles a viram, caminhando pela praia, a luz cinza-prata da tempestade lançando um brilho metálico sobre seu rosto e cabelos. Um sussurro percorreu a multidão.

Tétis.

O nome saltou de boca em boca e imediatamente recuaram. Alguns se ajoelharam, as testas tocando a areia úmida, enquanto outros se encolheram nas entradas ou correram para dentro das cabanas e bateram as portas. Todos desesperados para sair dali, desesperados para não ter de testemunhar esse encontro. Até Antíloco largou os pulsos de Aquiles e se esgueirou para a sombra de uma cabana.

Um silêncio se instaurou ante a sua aproximação. Aqueles que ainda estavam ao ar livre cobriram os olhos ou se viraram, deixando a deusa sozinha com seu filho.

31

O que há de errado?
Qual é o problema?
Onde dói?

As velhas perguntas. Aquelas que ela perguntava sempre que ele chegava em casa chorando com um arranhão no joelho ou um hematoma na cabeça. Cada leve abrasão parecia lembrá-la da mortalidade dele. Não que ele não adorasse, claro que adorava, a agitação constante, os murmúrios de *mamãe, beija pra passar*; mas ele também se ressentia, pois que tipo de mãe começa a chorar por seu filho no momento de seu nascimento? Cresceu saturado pela dor dela. Ele era forte, era saudável, ou pelo menos era até ela ir embora, mas nada disso importava. Nada era capaz de consolá-la por seu nascimento mortal.

O que há de errado?

Aquele chamado lamentoso, o cheiro de peixe das pontas dos dedos quando ela toma a cabeça dele nas mãos. E então tudo transborda dele: a morte de Pátroclo, sua culpa, porque nada daquilo devia ter acontecido. Devia ter sido ele dentro daquela armadura e, mesmo naquele momento, homens muito menos habilidosos do que ele na arte da guerra estão lutando para impedir que Heitor arraste o corpo de Pátroclo para dentro dos portões de Troia. Outros homens morrem para salvar seu amigo da mutilação e da desonra, enquanto ele ainda está sentado ali, um peso inútil sobre a face da terra.

O SILÊNCIO DAS MULHERES

Mas chega disso. É passado, não pode ser alterado. A partir de então, tudo o que importa é encontrar e matar Heitor.

Mas, se matar Heitor, sua própria morte virá logo em seguida.

— Acha que me importo? É a única coisa que me mantém vivo… a ideia de matá-lo. Uma vez que esteja morto, minha própria morte não pode vir rápido o bastante.

Não pode lutar sem armadura.

— Por que não? Se eu vou morrer de qualquer maneira?

Mas ela está certa, é claro. Sem armadura, ele não viverá o suficiente para chegar até Heitor.

Fique longe do campo de batalha por enquanto. Amanhã ao amanhecer, vou trazer-lhe uma armadura digna de um deus.

Então, ela retorna para o mar, afundando sob uma onda volumosa, seus cabelos pretos espalhando-se pela água, ali por um segundo, depois não mais.

Ele espera pela familiar dor da perda, mas dessa vez nada acontece; talvez a agonia de perder Pátroclo tenha sobrepujado todo sofrimento menor.

Na maior parte, nas horas seguintes, ele se sente entorpecido. É uma sensação física. Observa a própria mão repousando sobre a mesa e não é capaz de determinar onde termina a carne e começa a madeira. Repetidas vezes, em parte imagina, em parte alucina, o momento em que enfiará a espada na garganta de Heitor. Ele se transporta de volta para o presente, sacudindo a cabeça como um boi perplexo. Ele sempre teve uma boa memória, desde a infância, mas pelo restante de sua curta vida, as primeiras horas após a morte de Pátroclo serão um vazio.

Sem armadura, é um caracol sem concha. *Inútil*. Mas então pensa que talvez haja *algo* que possa fazer. Então, sobe no parapeito acima da trincheira e, ali de pé, delineado contra o céu, envia seu terrível grito de guerra ressoando pelo campo de batalha até os portões de Troia. Mulheres em seus teares param para ouvir, homens feridos deitados nas tendas do hospital se entreolham com esperança renovada, e Briseida, sentada à longa mesa moendo ervas, estremece, lembrando-se da primeira vez que ouviu aquele grito, no dia em que Lirnesso caiu.

No campo de batalha, os gregos lutando para salvar o cadáver de Pátroclo reconhecem o grito e se voltam para ele. O que veem? Um homem alto em um parapeito com a luz dourada do início da noite refletindo em seus cabelos? Não, claro que não. Eles veem a deusa Atena envolver os ombros dele com sua égide resplandecente; veem chamas de nove metros de altura se elevando do topo de sua cabeça. O que os troianos viram não está registrado. Os derrotados passam à história e desaparecem, e suas histórias morrem com eles. Três vezes Aquiles grita, e três vezes os troianos recuam, a última vez por tempo suficiente para que os gregos afastem o corpo de Pátroclo e o levem de volta ao acampamento.

Agora, finalmente, há algo que pode fazer. Pode lavar o corpo, o pobre corpo arruinado, tão dilacerado por espadas que é um milagre que ainda esteja inteiro; pode derramar óleo sobre as feridas. Alguém amarra a mandíbula com uma tira de linho e ele não gosta disso porque faz Pátroclo parecer morto demais; mas não protesta. Sabe que isso tem de ser feito. Aquiles pega Pátroclo nos braços e o embala, sentindo o último calor no peito e na barriga, embora seus braços e pernas já estejam frios. Um sacerdote chega e entoa orações; as mulheres pranteiam e batem no peito; seus amigos tentam abraçá-lo, mas ele os afasta. Nada disso ajuda.

Quando não consegue mais suportar, vai até o mar, mas, talvez pela primeira vez em sua vida, não entra direto ali. Quer preservar a sujeira que o cobre. Ele não vai lavar ou pentear os cabelos, sequer enterrará Pátroclo, não até ver Heitor morto a seus pés.

Aquela noite ele passa com Pátroclo, aninhado ao lado dele, que repousava estendido, frio e rígido, sobre a cama.

Bem antes da aurora, ele está acordado e esperando na praia. Ele não reconhece a queimação em seus olhos como cansaço nem identifica a dor sob suas costelas como fome. É assim que as coisas passaram a ser. Ele anda de um lado para o outro. Algumas vezes ela se atrasa, várias vezes ela se atrasa muito; ele nunca pôde contar com a vinda dela. Às vezes, quando Aquiles era criança, ela prometia e depois não vinha. Talvez esse seja um desses momentos.

Mas então, de repente, lá está ela, saindo do mar, com sua armadura nova e reluzente em mãos. Pendurado em um braço esguio, há um escudo que, mais tarde, Álcimo e Automedonte, ambos jovens fortes, vão ter dificuldade para levantar. Por ela, o filho finge admirar o escudo e todas as outras peças, embora na realidade quase não as enxergue. Ele precisa dessa armadura para entrar no campo de batalha, só isso. Não significa mais nada para ele além disso. Soluçando, Tétis o abraça e ele se força a retribuir a pressão de seus braços, mas a verdade é que ele mal pode esperar para se ver livre dela. As lágrimas das mulheres, mesmo as lágrimas de uma deusa, não têm utilidade para ele no momento.

Guerra. Heitor. É tudo com o que se preocupa. Agora não descansará até que Heitor esteja morto.

32

Eu o ouvi antes de vê-lo: seu grito de guerra ecoava pelo acampamento enquanto caminhava pela praia em uma convocação aos homens rumo à guerra.

Os feridos em suas camas suadas olharam um para o outro e aqueles que conseguiam andar de alguma forma insistiram em se levantar e mancar até a arena. Escapei pela aba aberta na parte de trás da tenda e corri para o mar, onde já havia centenas de homens reunidos para assistir a Aquiles enquanto este caminhava em direção a eles. O sol brilhou, o vento levantando aquela cabeleira e, sim, pareceu, por um breve momento, como se sua cabeça estivesse em chamas.

Logo, o acampamento inteiro convergia para a arena. Todo mundo foi, até mesmo os homens que normalmente ficavam para trás a fim de proteger os navios. Odisseu, que havia sido ferido mais uma vez, dessa vez na perna, entrou mancando, apoiando-se pesadamente em sua lança. Por último veio Agamêmnon, o braço ferido rígido ao lado do corpo. Quando ele entrou, fez-se silêncio.

Um de seus arautos me viu de pé entre as outras mulheres nos fundos, e, presumo, obedecendo a ordens, agarrou-me pelo braço e puxou-me para a frente. Fiquei ali parada, trêmula, pois o vento da manhã estava frio, e fitei as minhas sandálias, na tentativa de ignorar a consciência dos olhos que me observavam. Em algum lugar próximo, um cavalo relinchou. De repente, entendi o que estava acontecendo: Agamêmnon tentava reunir, da melhor maneira possível em tão curto prazo, os bens que prometera a

O SILÊNCIO DAS MULHERES

Aquiles. A promessa ainda precisava ser mantida, embora fosse óbvio para todos que Aquiles teria lutado por nada.

Tentei não ouvir suas vozes, mas, a menos que enfiasse os dedos nos ouvidos, era impossível. Esses homens haviam sido treinados em oratória desde a infância; suas vozes ressoavam, aparentemente sem esforço algum, por todas as partes da arena. Arrisquei um vislumbre para trás e notei Hecamede assistindo da escada, na cabana de Nestor. Eu a vi erguer a mão, mas não ousei acenar de volta. Eu mal ousava respirar. Eu estava sob as patas de Agamêmnon.

Aquiles se levantou e ficou no centro da roda. Ele não sentia nada além de vergonha, alegou, pelo fato de ele e seu querido camarada Agamêmnon terem se desentendido por causa de uma garota, por terem quase chegado a vias de fato por ela, parecendo dois marinheiros bêbados em um bar. Teria sido melhor que a garota tivesse morrido quando ele tomou sua cidade, teria sido melhor se uma flecha perdida a tivesse atingido e acabado com sua vida. De quanta tristeza e sofrimento os gregos teriam sido poupados. Quantos homens valentes, agora mortos, ainda estariam vivos...

Ele estava me culpando por Pátroclo.

Foi quando eu soube que não havia esperança.

Mas já bastava, Aquiles continuou. Aquilo residia no passado. Ele estava pronto agora, mais do que pronto, para lutar e dessa vez não pararia por nada até que trouxesse a cabeça de Heitor de volta para o acampamento, na ponta de sua lança.

Fez-se uma algazarra. Todos os homens se puseram em pé, aos gritos. Demorou muito até que Agamêmnon pudesse se fazer ouvir, e o que ele disse dificilmente valeu a pena ser ouvido. Um discurso longo e incoerente, no qual se justificava, seguido por uma recitação dos bens de que ele ainda dispunha para conceder a Aquiles, embora no momento, é claro, isso não fosse, estritamente falando, necessário. Olhei para Aquiles e o vi lutando para esconder sua impaciência enquanto Agamêmnon repassava a lista. Quando, por fim, parou de falar, a resposta de Aquiles foi clara. Os bens que Agamêmnon havia prometido poderiam ser entregues agora, ou mais tarde, ou nunca: ficava à escolha de Agamêmnon. Ele não poderia ter sido mais claro: *Não é pelas* coisas; coisas *não importam agora*.

Achei que era isso, estava acabado, eu podia ir, mas então Odisseu se levantou e lembrou a Agamêmnon que ele prometera fazer um juramento solene de que nunca havia tocado em mim. Era o certo, disse ele, que Aquiles soubesse que não havia sido lesado. Odisseu soava pio, até um pouco meticuloso; era preciso prestar atenção para perceber o brilho de malícia em seu olhar.

Isso foi seguido por um longo silêncio durante o qual senti todos os olhos na arena se voltando para mim. Agamêmnon levantou-se com esforço. Sim, claro que ele faria o juramento, claro, por que não? Um javali foi arrastado, guinchando, para o ringue. Senti o fedor da merda que fez de medo e fechei os olhos. Entonando uma prece a Zeus e a todos os deuses, Agamêmnon cortou a garganta do animal e jurou nunca ter se deitado comigo "como homens se deitam com mulheres". Senti uma vontade absurda de rir; isso estava tão próximo da verdade. Agamêmnon continuou, dizendo que eu tinha vivido, sem ser molestada, entre as outras mulheres em suas cabanas e clamou aos deuses para puni-lo se estivesse mentindo.

O rosto sujo de Aquiles permaneceu sem expressão. Acreditou em Agamêmnon? Não tenho a menor ideia. Talvez sim, é algo terrível mentir sob juramento, ele pode ter duvidado que até mesmo Agamêmnon fizesse isso, mas a verdade é que não acho que ele se importava. Pátroclo morrera; nada mais importava.

E com aquele juramento, o negócio foi fechado. Agamêmnon convidou todos os outros reis para um grande banquete onde ele e Aquiles se sentariam juntos mais uma vez e comeriam como irmãos. Enquanto isso, os mirmídones recolheriam as coisas e as levariam para o acampamento de Aquiles. Eles começaram a trabalhar imediatamente. Os trípodes, os caldeirões, os fardos de ricos tecidos bordados, os pratos e travessas de ouro foram carregados das cabanas de estocagem de Agamêmnon e alocados em carroças puxadas por mulas. Orações e libações foram oferecidas às estátuas dos deuses, então os condutores estalaram seus chicotes e a procissão partiu devagar. Quatro garanhões grandes e altivos encabeçavam a coluna, seguidos por uma longa fileira de carroças sobrecarregadas, sacolejando e balançando sobre as trilhas ásperas.

E eu segui atrás, junto às sete garotas de Lesbos e todas as outras coisas.

33

A primeira cena com que me deparei quando retornei ao acampamento de Aquiles foi o corpo de Pátroclo deitado em um esquife. Ele era um homem vivo quando parti. Caí de joelhos e segurei seus pés frios em minhas mãos. Acho que naquele momento me senti mais sozinha, mais abandonada do que jamais me sentira. Chorei sem controle, e as outras mulheres, ouvindo meu choro, saíram correndo das cabanas para prantear comigo.

Creio que todas nós estávamos, até certo ponto, usando a morte de Pátroclo como disfarce para lamentar nossas próprias perdas. Pensei em meus irmãos enquanto chorava. Pensei até no pobre e tolo Mines, que teria sido perfeitamente feliz, penso, com outra esposa. Contudo, não gostaria que pensassem que nossa dor por Pátroclo foi de alguma forma encenada ou falsa. Segurei seus pés frios em minhas mãos e me lembrei de como uma vez ele me disse para não chorar, que ele havia prometido fazer Aquiles se casar comigo.

Ah, não tenho dúvidas de que no campo de batalha, no meio da luta, ele era tão feroz quanto o restante, mas aqui no acampamento, entre as mulheres cativas e seus filhos, ele sempre fora gentil.

Ah, sim, ouço você dizer. Mas essa não é toda a verdade, é? Você não apenas "lembrou" que ele prometeu fazer Aquiles se casar com você, mas também fez com que todos se lembrassem disso. Principalmente Aquiles. Os desejos de um morto têm peso enorme para os vivos, em especial quando o morto foi tão profundamente amado quanto Pátroclo. Vamos, admita! Você estava tentando arranjar seu casamento.

De jeito algum! Aquiles acabara de dizer a todos que gostaria que eu estivesse morta!

Não, mas você tentou, não foi? Como pôde fazer aquilo? Esse homem matou seus irmãos, matou seu marido, queimou sua cidade, destruiu tudo que você já amou — e você estava preparada para se casar com ele? Eu não entendo como você seria capaz disso.

Talvez porque você nunca tenha sido escrava. Não, se quer criticar alguma coisa, por que não me pergunta o motivo de eu estar contando isso como se fosse um evento comunitário? "Nossa" dor, "nossas" perdas. Não havia "nosso". Ajoelhei-me aos pés de Pátroclo e soube que perdera um dos amigos mais queridos que já tive.

Às vezes, à noite, fico acordada e discuto com as vozes na minha cabeça.

34

O banquete no salão de Agamêmnon durou até tarde, mas Aquiles voltou antes da meia-noite. Ele passou aquela noite com Pátroclo mais uma vez, enrodilhado sobre as tábuas nuas ao lado de seu esquife.

Já havia notado certo mal-estar entre os homens. Pátroclo já deveria ter sido cremado, seus ossos retirados das cinzas de sua pira funerária e enterrados com orações, cânticos e libações aos deuses. Entre os gregos, e também entre os troianos, o costume era fazer a cremação antes do pôr do sol no dia seguinte à morte, mas, por algum motivo, Aquiles decidira que os rituais fúnebres de Pátroclo deveriam esperar. Talvez ele esperasse que, depois de matar Heitor, e não acho que alguma vez ele tivesse duvidado de que o faria, a própria morte aconteceria tão rápido, que ele poderia ser cremado junto a Pátroclo em uma só pira. Ele teria gostado disso.

Antes do amanhecer do dia seguinte, ele estava de pé e armado. A nova armadura era tão milagrosamente forjada, tão perfeitamente ajustada ao seu corpo, que ele se movia como se não vestisse nada mais apertado do que uma túnica. Encontrei-o na passagem estreita entre seus aposentos e o salão e seus olhos estavam injetados, mas ele estava em perfeita calma, tão contido quanto um falcão nos últimos segundos antes de abater sua presa.

Houve apenas um momento em que o vi vacilar. Quando estava prestes a subir na biga, olhou para cima e se deparou com Automedonte ali, onde por tantos anos Pátroclo estivera, e esboçou um passo involuntário para trás. Mas se recuperou no mesmo instante. Automedonte estendeu a mão, mas Aquiles a ignorou, saltando para a biga sem ajuda e se virando para pegar o escudo de Álcimo, que cambaleava sob o peso.

E então, bradando seu forte grito de guerra, Aquiles ergueu a lança e sinalizou o avanço.

E assim começou a maior matança da guerra.

Por acaso, sei os nomes de todos os homens que ele matou naquele dia. Eu poderia recitá-los aqui, se eu achasse que valeria de alguma coisa.

Bem... Não sei. Talvez valha.

Ifítion. Tinha dezoito anos quando morreu. Aquiles o matou com um golpe de espada bem no meio da cabeça, os dois lados se separando com exatidão, como uma noz rachada, para expor o cérebro convoluto. Ao cair no chão, ficou sob os cascos dos cavalos de Aquiles e as rodas da biga o enterraram profundamente na lama.

E depois...

Demoleonte. Um golpe de lança na têmpora, passando direto através do ferro que protegia a bochecha, sua armadura não era nem de longe tão boa quanto a de Aquiles, perfurando o osso e transformando seu cérebro em polpa.

E depois...

Hippodamante. Uma lança entre as omoplatas enquanto tentava fugir. Ele rolou e a luz se esvaiu de seus olhos.

E depois...

Polidoro. O filho mais novo de Príamo, de quinze anos, jovem demais para lutar, mas nos meses e semanas finais da guerra, meninos menores de idade eram enviados rotineiramente para o campo. Outro golpe de lança, mais uma vez nas costas, embora Polidoro não estivesse fugindo. Muito pelo contrário, na verdade. Ele estava se exibindo, atacando as linhas gregas sem se atentar para quem vinha por trás. A lança de Aquiles saiu abaixo do umbigo. Polidoro gritou e caiu de joelhos, agarrando as entranhas fumegantes com as mãos em concha.

E depois...

Dríops. Um golpe de espada no pescoço que quase arrancou sua cabeça.

E depois...

Demuco. Uma lança no joelho direito. Enquanto ficou ali indefeso, esperando, Aquiles acabou com ele enfiando a espada em seu pescoço.

E depois...

O SILÊNCIO DAS MULHERES

Laógono e *Dárdano*, irmãos. Eles se agarraram às laterais de sua biga, mas Aquiles os fisgou para fora dela com a mesma facilidade com que se arranca caramujos da casca com um alfinete. E então os matou, com rapidez e eficiência, um com um golpe de lança, o outro com a espada.

E depois...

Trós. Ele morreu segurando os joelhos de Aquiles, implorando por sua vida. Aquiles afundou a espada na parte superior de sua barriga, infligindo um ferimento tão profundo que o fígado escorregou para fora da fenda, e o sangue jorrou e se empoçou aos seus pés.

E depois...

Múlio. Um golpe de lança na orelha, dado com tanta força que a ponta se projetou para fora da outra orelha.

E depois...

Équeclo. Um golpe de espada na cabeça.

E depois...

Deucalião. Um golpe de lança, cortando os tendões de seu cotovelo. Com o braço da espada pendurado inútil ao seu lado, esperou pela morte. Aquiles brandiu a espada, e a cabeça e o capacete de Deucalião voaram juntos e o fluido escorreu da espinha cortada enquanto seu corpo jazia de braços abertos na terra.

E depois...

Mas entende o problema, não? Como é possível sentir qualquer pena ou preocupação diante dessa lista de nomes intoleravelmente sem nome?

Anos mais tarde, aonde quer que eu fosse, sempre procurei as mulheres de Troia espalhadas por todo o mundo grego. Aquela velha magricela com mãos manchadas de marrom se arrastando para atender a porta do patrão, será mesmo a rainha Hécuba, que como uma jovem e linda garota, recém-casada, liderou a dança no salão do rei Príamo? Ou aquela garota de vestido rasgado e surrado, correndo para buscar água no poço, pode ser uma das filhas de Príamo? Ou a concubina envelhecida, com a pintura facial descascando sobre as rugas da pele, pode ser realmente Andrômaca, que antes, como esposa de Heitor, postava-se, orgulhosa, nas ameias de Troia com seu filho bebê nos braços?

Conheci muitas mulheres, muitas delas mulheres comuns, cujos nomes você nunca ouviu. E posso afirmar que os irmãos Laógono e Dárdano não eram apenas irmãos, eram gêmeos. Quando pequenos, a fala de Dárdano era tão ruim que a própria mãe não conseguia entendê-lo.

— O que ele está dizendo? — ela perguntava ao irmão dele.

— Ele disse que quer um pedaço de pão — Laógono respondia.

— Você tem que forçá-lo a falar — aconselhou a avó dos meninos. — Faça-o pedir ele mesmo.

— Mas eu estava ocupada — disse-me a mãe. — Eu teria ficado ali por horas se tivesse dado ouvidos a ela.

E Dríops, cujo trabalho de parto durou dois dias inteiros.

— Minha mãe mandou a parteira para o andar de baixo no final. "Vá tomar uma taça de vinho", ela falou. "Eu fico com ela." E, no minuto que a parteira saiu da sala, puxou as cobertas e não sei o que foi que ela fez, mas, deuses, que alívio. Dez minutos depois ele nasceu. "Ah", disse a parteira, "não pensei que ele estivesse tão perto assim." Minha mãe só sorriu.

E então havia Múlio, aquele com a ponta da lança de Aquiles saindo da orelha.

— Ele tinha seis meses quando andou, nunca engatinhou, nunca se arrastou sobre o bumbum nem nada parecido, só ficou de pé. Eu costumava andar com ele, segurando suas mãos, curvada, horas e *horas*, e, no minuto que ele se sentava, ele queria se levantar de novo. Acabava com as minhas costas.

Ou a mãe de Ifítion, lembrando-se da primeira vez que o pai o levou para pescar, a expressão de concentração em seu rosto enquanto ele tentava colocar o verme no anzol...

— Ah, e no instante que ele levantou, caiu de novo. Eu não me atrevi a rir. Pobrezinho. Mas, sendo justa, ele continuou tentando. Ele era assim... não desistia.

Algumas das mulheres mais jovens tiveram filhos de seus donos gregos, e tenho certeza de que amavam esses filhos também, como as mulheres amam, mas quando falei com elas, era das crianças troianas que se recordavam, dos meninos que morreram lutando para salvar Troia.

E depois...

Rigmo. A ponta da lança de Aquiles o atingiu no peito e bolhas de sangue gargarejaram de seu pulmão perfurado.

E depois...

Arítoo. Aquiles o matou com uma lança cravada nas costas enquanto ele lutava para virar a biga. O rapaz caiu no chão, e os cavalos frenéticos galoparam, a biga vazia quicando sobre o solo esburacado.

E depois...

Mas realmente não importa quem veio em seguida... Ele se esquece dos homens que mata. Enquanto puxa a lança, vira-se à procura do próximo homem e do próximo. Então, por que, em meio a todo esse borrão vermelho de matança, a morte de um homem deveria se destacar? "Homem", ele diz, mas "menino" seria mais apropriado: penugem no queixo em vez de pelos, sua presença no campo de batalha enquanto prova do desespero troiano, ou então do próprio desejo de lutar e se provar um homem. De qualquer forma, lá está ele, rastejando rio afora...

Licáon, filho de Príamo. A quem ele não será capaz de esquecer.

Nenhum rito fúnebre para nenhum desses homens, nenhum fogo purificador. Ele não vai parar de lutar para permitir que os troianos enterrem seus mortos enquanto Pátroclo jaz, insepulto, em seu acampamento. Também não faz prisioneiros, não agora, não mais. Todo aquele que cruza seu caminho, ele mata. Seus corpos caem sob as rodas de sua biga; sangue, merda e cérebros voam até sua armadura ficar coberta de imundície. Ele não faz uma pausa a fim de olhar para baixo ou para trás, mas encara a frente, impelindo os cavalos adiante, sempre adiante, cada morte o aproximando dos portões de Troia, mais próximo ao momento em que enfrentará e matará Heitor.

Sangue, merda e cérebro — e lá está ele, o filho de Peleu, metade fera, metade deus, dirigindo-se para a glória.

35

Durou cinco dias e, durante todo esse tempo, ele quase não dormiu. Era difícil olhar para ele, seus olhos tão vermelhos de choro, e seu rosto, sob as manchas de sujeira, pálido e abatido.

Cada dia começava antes do amanhecer com uma visita ao esquife de Pátroclo. Eu desenrolava o pano de linho que enrolamos firmemente em volta de sua cabeça para manter as moscas longe e então ficava bem para trás, com o estômago embrulhado devido ao cheiro de carne rançosa. *Queime-o, pelos deuses*, eu queria dizer, e não era a única com essa vontade. Mas Aquiles não parecia notar mudança alguma em Pátroclo. Antes de sair, ele sempre se abaixava e o beijava na boca, embora os lábios tivessem escurecido e começado a se retrair. Mesmo com tiras de linho enroladas ao redor da cabeça, era difícil manter a boca fechada. Depois que Aquiles ia embora, as lavadeiras se reuniam em torno do esquife, murmurando entre si, mas eu não parava para ouvir o que elas tinham a dizer.

Depois do jantar, ele visitava Pátroclo novamente, mas à noite ninguém era autorizado a entrar no cômodo com ele. Certa vez, pensei tê-lo ouvido dizer "Ainda não", querendo dizer, suponho, que Heitor ainda estava vivo. Álcimo permanecia do lado externo da porta entreaberta, espiando por trás dela, de vez em quando, para ver Aquiles de pé ao lado da laje, a cabeça abaixada apoiada no peito de Pátroclo. Em dada noite, bem tarde, ele gemeu alto e Álcimo colocou a mão na porta.

Agarrei seu braço.

— *Não*.

— Ele não devia ser deixado sozinho.

O SILÊNCIO DAS MULHERES

— Ele *está* sozinho.

Depois de um tempo, ele assentiu com a cabeça e deu um passo para trás.

Os troianos passaram a lutar bem aos pés das muralhas de Troia. Assim que os mirmídones marchavam para o campo de batalha, eu subia na popa do navio de Aquiles e assistia. Eu estava lá quando, na manhã do quinto dia, a linha troiana por fim se rompeu. Mesmo assim, eu esperava que se reagrupassem, mas os enormes portões se abriram e os guerreiros troianos correram para dentro. Príamo estava inclinado sobre o parapeito, chamando Heitor para se refugiar dentro das muralhas. Hécuba até expôs suas tetas enrugadas de velha, implorando ao filho que se salvasse, mas Heitor não o fez. Em vez disso, deu as costas ao lar e à segurança e foi enfrentar Aquiles sozinho.

Não aguentei continuar assistindo. Voltei à cabana e disse às outras mulheres o que vira. Sabíamos testemunhar os últimos dias de Troia e, com a morte da cidade, ruiria nossa última esperança de libertação. Mesmo assim, a rotina interminável de tecer continuou, as lançadeiras voavam para lá e para cá, centímetro a centímetro o tecido crescia, talvez porque as mulheres temiam que, se parassem, se rompessem o fio, o mundo também se romperia e as levaria embora.

Mas então, acima do barulho implacável das lançadeiras, ouvimos um novo som. Tivemos de nos esforçar para ouvi-lo acima do estalar dos teares e, sem dúvida, algumas de nós conseguiram se convencer de que era o grito das gaivotas que ouvíamos, aquele grito histérico e ululante que elas às vezes fazem; mas não, eram vozes de mulheres, e o ruído continuou e continuou. Gradualmente, um a um, os teares pararam e, no silêncio que se abateu sobre nós, ouvimos o clamor de lamentação com mais clareza do que antes; e sabíamos que Heitor, o último e maior defensor de Troia, estava morto.

PARTE TRÊS

36

A princípio, eu não conseguia imaginar o que era. Quando, enfim, Aquiles conduziu sua biga para o pátio do estábulo, pude vislumbrar algo preso atrás, batendo no chão esburacado, mas devem ter se passado cinco minutos antes que eu percebesse que a massa dilacerada e ensanguentada era Heitor. Os mirmídones vibravam de excitação. Aquiles não apenas matou Heitor, arrastou seu cadáver três vezes ao redor das paredes de Troia, enquanto Príamo, pai de Heitor, estava nas ameias olhando para baixo, assistindo ao seu forte e belo filho reduzido a um saco de tripas.

Aquele foi o momento no qual os gregos venceram a guerra. E todos sabiam disso. Eu esperava cantoria e dança, mas, em vez disso, Aquiles mandou que o esquife de Pátroclo fosse carregado para o campo de treinamento, onde ordenou que seus mirmídones conduzissem suas carruagens em um círculo em torno dele. Iam cada vez mais rápido, cavalos bufando, chicotes estalando, nuvens de poeira subindo sob as rodas que giravam... Somente quando cavalos e homens estavam suando e exaustos, Aquiles desceu de sua biga, caminhou até o esquife e colocou as mãos, vermelhas com o sangue de Heitor, lado a lado sobre o peito de Pátroclo.

— Heitor está morto — declarou ele. — Tudo que prometi a você, eu fiz. Pode dormir agora.

Foi um momento solene após o tumulto da batalha. Os mirmídones calaram-se e muitos choraram.

Todavia, se Aquiles estava satisfeito em marcar o momento de seu maior triunfo com uma nova manifestação de dor, Agamêmnon definitivamente não estava. Ele não apenas anunciou uma grande festa em homenagem a

Aquiles, mas também veio em pessoa para escoltar Aquiles até o próprio acampamento, acompanhado por vários dos outros reis. Houve muita bebida, tapas nas costas e risos enquanto caminhavam ao redor do pátio. Aquiles fez o possível para rir com os outros, mas parecia atordoado, como se não soubesse quem eram essas pessoas ou por que deveria falar com elas.

Ele parecia vazio, pensei. Tamanha matança, tamanha vingança… Talvez ele tenha conseguido se convencer de que, se fizesse tudo aquilo, se matasse Heitor, derrotasse o exército de Troia, quebrasse Príamo, Pátroclo manteria sua parte no acordo e deixaria de estar morto. Todos tentamos fazer acordos malucos com os deuses, muitas vezes sem de fato saber que o estamos fazendo. E então lá estava ele, fizera tudo, cumprira todas as promessas, mas o corpo de Pátroclo ainda era apenas um corpo. Uma ausência.

Mas ele tinha de ir ao banquete. Qualquer "convite" de Agamêmnon tinha a força de um comando. Além disso, eles eram, oficialmente, amigos.

Depois que Aquiles partiu com os outros reis, os mirmídones começaram a própria celebração. Ífis e eu ficamos ocupadas carregando jarras de vinho de um lado para o outro, até que Automedonte ordenou com brusquidão que voltássemos para a segurança das cabanas das mulheres e nos disse para bloquear as portas. Ele sabia haver uma noite selvagem pela frente.

Eu não conseguia dormir. Em parte, suponho, por causa do barulho, dos aplausos, da cantoria… mas também por causa da ideia de Heitor jogado lá no chão lamacento, mutilado e sozinho.

Depois de certo tempo, levantei-me, selecionei um lençol de linho branco e puro, puxei o manto a fim de cobrir o rosto e me esgueirei até o estábulo. Embora eu mal tivesse feito um som, os cavalos souberam de imediato que eu estava lá. Um deles chutou a porta do estábulo, outros começaram a se remexer e se virar; vi brilhos de brancos de olhos aqui e ali ao longo das fileiras de cabeças que se agitavam. O cadáver estava largado no meio do pátio, tão dilacerado que mal tinha a forma de um homem. Forcei-me a me aproximar. Havia luz o suficiente apenas para vislumbrar o caminho, embora depois de uma rápida espiada eu estivesse feliz por desviar o olhar. Estendi o lençol de linho com suavidade sobre seu pobre rosto arruinado e me afastei na ponta dos pés, deixando-o sozinho sob as estrelas indiferentes.

Ainda mais vinho; com muitas batidas de pés e aplausos, as canecas são reerguidas.

> *Por que nasceu tão belo?*
> *Por que nasceu, afinal?*
> *Não ajuda ninguém, porra!*
> *Não presta pra porra nenhuma!*

Os homens nas mesas ao redor batem nos tampos com canecas e punhos, mas os que estão sentados perto batem o ritmo *nele*, batendo em seus braços, ombros, cabeça, coxas, qualquer parte de seu corpo que podem alcançar. Não se cansam dele, não conseguem parar de tocá-lo, mas todo o seu corpo dói devido à luta. Não há um centímetro que não doa.

A festa parece não ter fim. Ele quer ir para casa, ou o que se passa por casa, dado que Pátroclo não está lá. Ele precisa de escuridão e silêncio, pelo menos. Mesmo assim, jarros enormes de vinho forte são carregados de mesa em mesa, e a cada poucos minutos outra pessoa se põe de pé e propõe um brinde. Aquiles bebe e bebe de novo, porque precisa, porque não há escolha. Rostos sorridentes e suados se dissolvem em um borrão… Há algum tipo de piada circulando, as pessoas ficam se cutucando, sussurrando… Será que conseguem persuadi-lo a tomar um banho? Esse parece ser o ponto principal. *Olhe para ele! Veja o estado dele, olhe os cabelos dele*…! Aquiles força um sorriso largo para mostrar que não se importa, que está levando na boa. Mas então, abruptamente, ele se levanta. "Preciso mijar", diz, quando alguém pergunta para onde está indo, porém todo o caminho até a porta é cercado por homens querendo dar um tapa em suas costas e parabenizá-lo. Zunem ao redor dele como vespas, acertando socos brincalhões em seus braços e peitoral. Tudo isso dói, e, no fundo, onde deveria haver alegria e risos, há apenas um fosso sem sol.

Do lado de fora, ele se inclina na parede de um bloco do estábulo e observa seu mijo cair nas lajes a seus pés. O salão iluminado está um pouco mais à sua direita, mas ele sabe que não quer voltar a entrar. Está quase amanhecendo, ora, com certeza ele já fez o suficiente? De qualquer modo, estão todos tão bêbados que há uma boa chance de que não sintam sua falta. Então caminha de volta para seu próprio acampamento ao longo da praia. As ondas fervilham e se agitam ao redor de seus pés, a respiração irregular do mar ecoa a sua. No interior, fogueiras acesas pontilham toda a curva da baía. Ele sabe que seria bem-vindo ao redor de qualquer uma dessas fogueiras, mas nunca se sentiu mais completamente excluído, mais sozinho, em sua vida.

Agamêmnon, naquele momento mesmo, fingindo compartilhar sua dor por Pátroclo... O bastardo ficou nas nuvens quando Pátroclo foi morto, porque sabia que o evento faria Aquiles voltar à guerra... Nada mais teria causado tal efeito. Não, se ele quer estar com alguém essa noite, é com os próprios mirmídones, que pelo menos compartilham seu sentimento de perda, mas então, conforme ele se aproxima de seus navios, percebe que também não os quer. Não, está melhor aqui sozinho... Talvez até durma aqui, na praia. Por que não? Ele já fez isso antes.

Nadar primeiro? Todo mundo parece pensar que ele precisa de um banho. Talvez tenham razão? Ele leva os dedos ao rosto e sente o fedor de escama de peixe do sangue seco, depois levanta os braços e fareja as axilas. Oh, céus, sim, eles têm razão. Sem se preocupar em se despir, entra direto no mar. As ondas batem em suas coxas, virilha, barriga, peitoral, cada onda o levantando e deixando-o cair até que, por fim, uma onda maior do que as demais se fecha sobre sua cabeça. Ele lhe permite arrastá-lo para baixo; para baixo, para baixo, em um mundo verde e silencioso, o mundo *dele*, ou poderia ser, se não fosse pela dor lancinante nos pulmões. Emergindo com um guincho de inspiração, ele se posiciona de costas e flutua, deixando-se vagar para lá e para cá com a maré.

O SILÊNCIO DAS MULHERES

Há uma pitada de estrelas, desaparecendo depressa conforme o poder do sol começa a se reunir na borda do mundo. Ele está chorando, água salgada gotejando em água salgada, está urinando de novo também, sente o fluxo quente por um momento no topo da coxa, tudo fluindo para fora de si, a tristeza, a dor, a perda, até que finalmente atinge uma espécie de paz oca.

De volta à terra firme, o rangido de seus pés subindo nas pedras bloqueia todos os outros sons. Ele parece oscilar de um lado para o outro. Bêbado? Ele está bêbado? Não faz ideia, não se lembra de quanto bebeu, com certeza não comeu, apenas algo está errado, ele se sente... estranho, como se estivesse sendo esticado, muito tenso e estreito. Não importa, seja o que for, vai passar. Heitor está morto, isso é o principal. *Acabou.* Ele repete a palavra toda vez que seu pé direito atinge as pedras. *Aca*-bou, *aca*-bou, *aca*-bou. Heitor está morto; Troia não é capaz de sobreviver sem Heitor, e o golpe decisivo em toda a guerra foi desferido *por ele.*

Ele vasculha os cantos da mente em busca de algum eco fraco dos elogios atirados sobre ele pelos outros reis, mas não está lá. Matar Heitor não é suficiente. Ele o soube no minuto em que o fez. O que realmente queria fazer era devorá-lo, não havia muitas pessoas para quem ele confessaria isso, mas é a verdade. Queria rasgar a garganta de Heitor com os dentes. Por isso ele arrastou o cadáver três vezes ao redor das paredes de Troia, ciente de que Príamo assistia, e mesmo isso não era mais do que um substituto pálido para o gosto da carne de Heitor em sua língua.

Dormir. Ele se senta, sentindo a areia sedosa sob as pontas dos dedos e então, cavando mais fundo, dura, úmida e fria. Seus olhos estão doloridos, suas pálpebras arranham dolorosamente a íris toda vez que ele pisca. Mesmo tão longe do acampamento, ele pode ouvir a cantoria bêbada, seus próprios homens, despreocupados ao redor das fogueiras, se empanturrando de comida e bebida. Ele ainda podia se juntar a eles, beber até não conseguir ficar de pé, entre homens que ama e em quem confia. Ou, se preferir, há uma cama macia à sua espera, lareira ardente, pão e azeitonas na mesa, uma jarra de vinho pronta para ser servida... mas sem Pátroclo. Não, está melhor aqui, com a ardência da água salgada pungente em seus lábios rachados e seu peito subindo e descendo ao ritmo do mar.

Ele se deita, remexendo as omoplatas para fazer buracos na areia. Lanças pretas de amófila marcam o céu como as cordas de uma lira quebrada, e na hora ele pensa na *sua* lira, a qual não consegue mais tocar, não tocou nenhuma vez desde que Pátroclo morreu. Largue-a, *largue-a*. Ele pisca várias vezes, um grande bebê lutando para ficar acordado e, de repente, cai em um sono tão esparso e tênue quanto a luminosidade.

Poucos minutos depois, engasgando, com a boca escancarada, a língua seca, lutando para falar, ele está acordado novamente. Ou será que não? Ele pode ver as encostas de cascalho e os tufos de grama ondulando acima de sua cabeça, mas o sonho não acabou. Pátroclo está debruçado sobre ele, e não era um fantasma deteriorado, mas o próprio homem, tão forte e vigoroso quanto fora em vida. Mas antagônico, quase hostil, como em vida ele nunca havia sido.

Você está me negligenciando, Aquiles.

Não, tenta dizer, mas não consegue. Não consegue falar. Também não consegue se mover. Tenta alcançar Pátroclo, mas suas mãos não funcionam.

Você nunca me negligenciou quando eu estava vivo, mas agora o faz.

Ele quer dizer: *Eu enfrentei Heitor por você!*

Você nem sequer me enterrou! Sabe como é ter moscas colocando ovos na sua pele?

Quem está falando aqui? Essa… coisa ajoelhada ao lado dele, essa imagem que se parece dolorosamente com Pátroclo, ou esses pensamentos são dele? E, no entanto, Pátroclo parece tão *real*; ele está até usando um dos mantos que costumava usar. Alto, forte… A luz se altera em seu rosto conforme o sol começa a nascer.

Queime a mim, Aquiles. Os mortos não me deixam entrar, não me deixam cruzar o rio, alegam que não pertenço àquele lugar, mas também não pertenço a este. Entregue meu corpo ao fogo, enterre meus ossos na urna de ouro que sua mãe lhe deu. É grande o suficiente para dois. Vamos repousar juntos na morte, como fizemos na vida.

Foda-se "repousarem juntos na morte", ele quer Pátroclo em seus braços naquele momento. Tenta alcançá-lo de novo, mas suas mãos ainda não se movem.

Lembra-se de como costumávamos nos sentar juntos depois do jantar e fazer planos? Não consigo pensar nisso agora sem chorar…

Então, vamos chorar juntos, ele quer dizer. *Vamos nos sentar e uivar como lobos por tudo que perdemos.*

O SILÊNCIO DAS MULHERES

E, de repente, caem as amarras que o mantinham mudo e paralisado. Com um grito, estende as mãos para o homem vivo à sua frente, mas o espírito de Pátroclo desliza por entre seus dedos e desaparece, com um grito sutil e estridente, rumo ao chão.

Não restava nada. Nada mesmo. Mas ele *estava* lá. Até o fim de sua vida, Aquiles vai acreditar que Pátroclo voltou e falou com ele. Rolando de joelhos, rapidamente cava um buraco na areia prateada, abrindo caminho até a camada escura e úmida embaixo. Então, com as duas mãos, trabalhando com fervor, ele constrói um túmulo em miniatura para marcar o local onde Pátroclo jazia. Ele sabe que uma vez que o corpo foi queimado, o espírito não pode retornar.

Mas Heitor está morto. Ele se agarra a isso, é uma conquista real e sólida. E, no entanto, neste espaço estranho e liminar, entre o mar e a terra, entre a vida e a morte, ele realmente começa a duvidar do fato. Se Pátroclo está vivo, e ele acabou de vê-lo, acabou de ouvi-lo falar, Heitor está mesmo morto?

Isto é o que ele precisa fazer no momento: ver Heitor, mijar no que resta dele e, em seguida, promover jogos fúnebres dignos de um rei para Pátroclo.

Lentamente, ele retorna para o acampamento. A escuridão diminui depressa, mas ainda assim a festa continua, homens com olhos vidrados cambaleando pelo lugar, bêbados demais para reconhecer as próprias mães. Envolvendo-se em sua capa úmida, ele desliza, silencioso, entre as cabanas, em direção ao pátio do estábulo. Uma vez lá, ele para. O corpo de Heitor jaz na sujeira onde o deixou, só que agora está coberto. Alguém jogou um lençol sobre ele. Aquiles não consegue acreditar que qualquer um de seus homens faria isso, mas quem mais? Uma escrava não ousaria.

Conforme se aproxima, é pego em uma corrente de impressões. O que ele deixou ali foi um saco de ossos quebrados, mas o corpo sob o lençol branco tem o comprimento e a forma de um homem. Seus olhos detectam a mudança, mas seu cérebro não consegue aceitá-la. Alguém lhe pregava peças; esse não é o corpo de Heitor. Não pode ser. Devagar, muito devagar, sente vergonha por quanta coragem é necessária, ele se abaixa e puxa o lençol.

O rosto de Heitor, perfeito, como se estivesse vivo, o encara. Os olhos estão abertos, mas, fora esse único detalhe, ele poderia estar dormindo, em casa, em uma cama real, com sua esposa, Andrômaca, ao seu lado.

Aquiles não consegue desviar sua atenção dos olhos. Sente um comichão nos dedos para fechar as pálpebras, para não ter de ficar observando aquele vazio indiferente, mas fechá-los seria um sinal de respeito; ele não fará isso, preferiria arrancá-los. Na verdade, ele não faz nenhuma das duas coisas, apenas se endireita e perscruta ao redor do pátio, como se esperasse encontrar o culpado à espreita ali.

Ninguém. Os estábulos estão desertos, todos festejam ao redor das fogueiras. Mas, de qualquer maneira, ele está sendo tolo, porque nenhum ser humano poderia ter feito isso. Tem que ser obra dos deuses. Bem, então:

— *FODAM-SE OS DEUSES.*

Ele joga a cabeça para trás e grita seu desafio.

Por todo o pátio, cabeças de cavalos se agitam, cascos pisoteiam, sombras perseguem umas às outras pelas paredes... Aquiles berra e berra de novo, seu grito de guerra ressoando pelo pátio. Ele não será derrotado, nem mesmo pelos deuses. Assim que o sol nascer, amarrará o corpo de Heitor ainda mais apertado à sua biga e dará a volta completa ao redor do acampamento, e desta vez não irá parar até que todos os ossos sejam quebrados, todas as feições esmagadas... Ninguém vai subtrair-lhe sua vingança, nem mesmo um deus.

Mulheres não vão às cremações, então eu não estava lá quando Pátroclo foi queimado, embora tenha ouvido o relato mais tarde por meio de Álcimo. Álcimo começara a falar sem parar, gaguejando as palavras, quase como se não ousasse parar tempo suficiente para pensar. Amava Aquiles, mas também tinha medo dele e cada vez mais, acredito, temia *por* ele.

Aquiles manteve sua palavra, cumpriu tudo o que prometeu a Pátroclo. Cortou as gargantas de doze jovens troianos, puxando suas cabeças pelos cabelos e passando a faca em suas gargantas de modo tão rápido e limpo como se fossem cabras. Matou os cavalos de Pátroclo também e os jogou no fogo, seguidos por seus cães favoritos, os dois que viveram com eles na cabana. Havia tanto sangue, Álcimo contou, que se perguntou como conseguiriam atear fogo à pira, mas no fim das contas ela foi acesa.

Das portas das cabanas das mulheres, vimos chamas e faíscas saltando alto no céu noturno. Abracei Ífis, que estava ao meu lado, e a levei de volta para dentro. "O que vai acontecer comigo agora?", ela ficava repetindo. E eu não era capaz de responder, porque não sabia. Ífis havia sido bondosa comigo quando cheguei ao acampamento. Pelo menos, no momento, eu podia retribuir um pouco de sua bondade.

Durante os jogos fúnebres, as mulheres eram mantidas ocupadas nos bastidores, preparando comida e vinho, mas não servíamos bebidas no jantar. É costume grego que os homens jovens sirvam os mais velhos nessas ocasiões. Nem estávamos oficialmente presentes aos jogos, embora nos esgueirássemos das cabanas de vez em quando para assistir a algumas das competições. Aquiles estava em toda parte, julgando corridas, dando prêmios, com tanto tato, tanta habilidade para resolver disputas menores antes que se transformassem em brigas de verdade, que eu mal o reconhecia. Ele parecia estar se transformando em Pátroclo. Apenas os olhos ainda eram os de Aquiles, inflamados e difíceis de encarar.

Na maior parte do tempo, eu ficava nas cabanas das mulheres, no acampamento de Aquiles. Às vezes, eu convidava os outros "prêmios" para compartilhar uma refeição e uma jarra de vinho. Lembro-me, em uma dessas ocasiões, de olhar para o outro lado da sala e ver Tecmessa em uma conversa profunda com Ífis. Era difícil imaginar um contraste maior: Ífis, tão pálida e delicada; Tecmessa com o rosto vermelho, suando profusamente, enquanto atacava um prato de cordeiro e ervas. Duas mulheres não poderiam ser mais diferentes e, no entanto, em um aspecto crucial, eram parecidas: ambas passaram a amar seus captores. Isso levantou uma questão incômoda para mim. Sendo honesta, eu desprezava Tecmessa, mas nem por um segundo me ocorreria desprezar Ífis. Questionei-me se meu desprezo por Tecmessa era outra coisa além do preconceito cego contra uma mulher que tantas vezes me tratou com condescendência. Eu achava que não, mas não tinha certeza. Apenas sabia que gostava de Ífis, até a amava, e talvez fosse fácil para que eu entendesse por que ela amava Pátroclo, pois eu passara a amá-lo também.

Mencionei que Aquiles concedeu prêmios; ah, e que prêmios foram! Nada era demais para que ele desse em memória de Pátroclo: armaduras, trípodes, cavalos, cães, mulheres... Ífis. Ele fez dela o prêmio principal da corrida de biga. Não recebemos aviso algum. Quando Automedonte veio buscá-la, estávamos sentadas em uma das cabanas das mulheres, remendando roupas. Ífis tentou agarrar-se a mim, mas implacavelmente Automedonte soltou os dedos dela e arrastou-a para o pátio. Todas as mulheres a seguiram e observaram enquanto ela ficava ali, tremendo com o vento frio do mar, esperando para descobrir quem seria seu novo dono.

Foi um final emocionante. Todos os homens gritaram e aplaudiram quando Diomedes cruzou a linha e, rindo triunfante, freou os cavalos. Com o rosto coberto de sujeira da trilha, ele saltou e atravessou o pátio para cumprimentar Aquiles, que apontou Ífis como prêmio. Diomedes virou a cabeça dela de um lado para o outro, exatamente como Aquiles havia feito comigo, depois acenou com a cabeça, satisfeito, e se virou para

O SILÊNCIO DAS MULHERES

abraçar Aquiles. Eles ficaram assim por um longo tempo, com as mãos nos ombros um do outro, conversando e rindo juntos, enquanto ao fundo um dos ajudantes de Diomedes pegou Ífis pelo braço e a levou embora.

Quando a multidão se abriu diante deles, Ífis se virou e olhou para trás, direto para mim, uma última expressão agonizante, e se foi.

Os jogos fúnebres terminaram com a corrida de bigas, os capitães e os reis partiram e Aquiles voltou a presidir o jantar sozinho. Antes, eu seguia cada movimento seu, registrando cada minúscula mudança em sua expressão; depois, passei a ter medo de encará-lo. Esse homem havia dito duas vezes, uma na minha cara e outra na frente de todo o exército, que queria que eu morresse. Não achava que ele fosse me matar, mas achava que poderia me vender para um comerciante de escravos. Qualquer importância que eu já tivera como prêmio de honra há muito havia se acabado. Então, mantinha minha cabeça baixa, enchendo primeiro um copo e depois outro, de alto a baixo nas mesas compridas, até que pudesse escapar e ir para a cama.

Os homens estavam desanimados; o sofrimento de Aquiles lançava uma mortalha sobre a reunião. Eu não tinha pena dele. E, embora eu lamentasse por Pátroclo, até meu lamento por ele estava mergulhado em amargura. Sim, ele foi um bom homem, sim, ele foi gentil comigo, mas ele foi cremado com todas as honras devidas ao filho de um rei. Meus irmãos foram deixados para apodrecer.

Embora, como eu disse, eu evitasse olhar para Aquiles, estava sempre ciente dele sentado à mesa que um dia dividiu com Pátroclo, nesse salão lotado, cercado por homens que o adoravam, profundamente sozinho.

Assim como eu. Com Pátroclo morto e Ífis longe, eu estava mais sozinha do que jamais estive. Até o momento em que Ífis foi levada, eu teria dito que estava acostumada a perdas, mas era evidente que não estava, porque sentia falta dela desesperadamente. Eu convivia em termos amigáveis com a maioria das mulheres do acampamento de Aquiles, mas não havia ninguém mais de quem eu fosse próxima ou quisesse ser próxima. Eu apenas me sentava, sem expressão, ao tear, servia o vinho durante o jantar, me arrastava quilômetros e quilômetros ao longo da praia; não tinha expectativa alguma. Após cada refeição, voltava para a cabana das mulheres, subia na cama que antes dividia com Ífis e puxava as cobertas sobre a cabeça.

Então, acho que deve ter sido quatro ou cinco noites depois que os jogos fúnebres haviam terminado, esse período de paz desolada chegou ao fim. No jantar, assim que terminei de servir a primeira rodada de bebidas, Automedonte acenou me chamando e disse:

— Aquiles quer você esta noite.

Minhas pernas viraram areia. Eu não sabia se deveria continuar servindo bebidas ou largar a jarra e ir imediatamente. Automedonte não me deu orientação, já tinha virado as costas. Sem saber o que mais fazer, continuei servindo vinho até a refeição terminar e então saí do salão. Penteei os cabelos, mordisquei os lábios, belisquei as bochechas e fui me sentar no armário onde fui colocada em minha primeira noite no acampamento. Lembrei-me de como acariciei a colcha de lá da cama, traçando o padrão com as pontas dos dedos, como se, ao escapar para suas voltas e espirais, eu nunca tivesse de pensar ou sentir de novo. Então Pátroclo teria entrado e entregado a mim uma taça de vinho. E na noite seguinte, e na maioria das outras noites depois disso, Ífis teria estado lá.

Não havia tal conforto agora. Tremendo, sentei-me na cama até ouvir vozes na passagem do lado de fora: Automedonte e Álcimo vindo compartilhar uma última taça de vinho com Aquiles. Espiei por uma fresta na porta e vislumbrei a cadeira vazia de Pátroclo. Nenhum cão, e isso me surpreendeu, estava tão acostumada a vê-los esticados perto do fogo, mas então me lembrei que Aquiles os sacrificara na pira funerária de Pátroclo. Ah, eu podia ver a cena. Ele os teria chamado, batendo nas coxas, dizendo: "Aqui, garoto! Aqui!". E os cães teriam rastejado até ele sobre as barrigas, abanando as caudas, lambendo os lábios de nervoso, sabendo que algo ruim estava para acontecer, mas compelidos a ir até ele de qualquer maneira. Talvez, no fim das contas, Ífis tivesse tido sorte, concedida como primeiro prêmio em uma corrida de bigas. Ele havia cortado a garganta dos cães.

Finalmente a conversa no outro cômodo terminou; Automedonte e Álcimo despediam-se. Depois que foram embora, houve um longo silêncio, ou me pareceu longo. Então, passos pesados se aproximaram da porta. Com lentidão, Aquiles a abriu, a fenda de luz se alargando para cobrir o chão. Ele me fitou e gesticulou com a cabeça em direção ao outro quarto.

O SILÊNCIO DAS MULHERES

Eu o segui, sentando-me o mais longe dele que pude. A cadeira vazia de Pátroclo dominava o aposento. Comparado àquela ausência premente, até Aquiles parecia insubstancial. A lira em seu casulo de pano oleado repousava sobre a mesa ao lado de sua cadeira, mas ele não a pegou. Eu não o havia ouvido tocar nenhuma vez desde que voltei para seu acampamento.

O silêncio estava me sufocando. Quando não pude mais suportar, indaguei:

— Por que não toca?

— Não posso. Não dá.

Na cama, no escuro, eu era a lira. Ele me apalpou, sugando meus seios com força, como se tentasse se lembrar do que o excitara. Isso continuou por alguns minutos, então ele subiu em cima e tentou enfiar seu pau mole dentro de mim. Abaixei minha mão, apertando e acariciando, querendo ajudar, e não ajudando, tornando tudo pior. Eu estava com medo do que o fracasso significaria, não para *ele*, para *mim*. Quando ficou evidente que nada iria acontecer, ele gemeu e rolou de costas. Deslizei para baixo na cama e tomei-o na boca, chupando com tudo como se tivesse acabado de descobrir uma pera particularmente suculenta; mas, por mais que tentasse, permaneceu mole como o de um bebê.

Depois de um tempo, desisti e deitei de costas ao lado dele. Eu sabia que qualquer coisa que eu dissesse seria perigoso, então não me pronunciei. Aquiles estava tão quieto que poderia estar dormindo, mas eu sabia pela sua respiração que não estava. Perguntei:

— Gostaria que eu fosse embora?

Em resposta, ele se virou de lado, de costas para mim. Deslizei para fora da cama e tateei em busca de minhas roupas. O fogo estava quase apagado, as lâmpadas, todas fracas. Encontrei minha túnica e coloquei-a depressa, de trás para a frente, como descobri mais tarde, e tateei até a porta. Não conseguia lembrar onde coloquei minhas sandálias e estava com medo demais para ficar e procurá-las. Na varanda, fiquei parada por um momento, respirando longa e profundamente. Voltar para as cabanas das mulheres, cedo assim, faria com que todas soubessem que eu caíra em desgraça, *se* ainda não soubessem. Ninguém seria desagradável, mas todas se lembrariam. Eu conseguia pensar em pelo menos duas garotas que estariam imaginando suas chances de tomar o meu lugar.

PAT BARKER

Eu não me importava se outra garota se tornasse a favorita. Só que imaginei que o mercado de escravos tinha acabado de se aproximar mais e me importava muito com isso. Disse a mim mesma que não era tão ruim. Ele não me bateu, não me atacou por frustração; na verdade, ele não fez nenhuma das coisas que poderia muito bem ter feito. Então, me abracei em busca de me confortar e balancei de um lado para o outro. Então, quando fiquei mais ou menos calma de novo, saí pela areia dura até as cabanas das mulheres, descalça, no escuro.

39

Ele não consegue dormir. Não consegue comer, não consegue dormir, não consegue tocar a lira e agora, aparentemente, não consegue trepar... *Inútil*. Ele se vira primeiro para um lado, depois para o outro, puxa os lençóis até o queixo, empurra-os de novo, estende braços e pernas por toda a largura da cama, enrosca-se em uma bola, o tempo todo pensando em Pátroclo. Não pensando, *ansiando*. O formato de sua cabeça, aquela pequena depressão logo abaixo da ponte do nariz, o sorriso torto, os ombros largos, a cintura estreita, o cheiro de biscoito amarronzado em sua pele. A maneira como eles eram juntos.

Aquiles não sabia que o luto era assim, tão parecido com dor física. Ele não consegue ficar parado. Com certeza deveria estar melhor do que isso a essa altura? Fez tudo o que prometeu, matou Heitor, cortou a garganta de doze jovens troianos e usou seus corpos como gravetos para a pira funerária de Pátroclo. Ele vasculhou entre as cinzas quentes e recolheu os ossos carbonizados de seu amigo, até os ossos dos dedos e os pequenos ossos dos pés, e os enterrou em uma urna de ouro, grande o bastante para conter seus ossos também, quando chegar a hora que — por favor, deuses — não vai demorar.

Assim, ele pode ver o que estivera tentando fazer: barganhar com o luto. Por trás de tanta atividade frenética, havia a esperança de que, se cumprisse suas promessas, não haveria mais dor. Mas está começando a entender que o luto não faz acordos. Não há como evitar a agonia, nem mesmo passar por ela mais rápido. Ela o tem em suas garras e não vai deixá-lo ir até que ele tenha aprendido todas as lições que ela tem a ensinar.

Quando, enfim, adormece, desliza na mesma hora para o mesmo sonho, aquele que tem todas as noites. Está em um túnel escuro. Enquanto tateia seu caminho ao longo do lugar, tropeça repetidas vezes em formas volumosas semi-invisíveis na escuridão. Quando pisa em uma, a barriga distendida cede sob seus pés. Como não pode vê-los, não tem como saber se os rostos em que pisa são troianos ou gregos e, nesse lugar, nesse lugar fúnebre, desprovido de luz e de cor, a informação quase não parece importar. Ele gostaria de acreditar que está nos porões de um palácio, o palácio de Príamo, talvez. O que significa que conquistaram Troia e que, apesar de todos os avisos terríveis da mãe, ele viveu para testemunhá-lo, para fazer parte disso, e agora está aqui nos porões procurando por mulheres assustadas que se esconderam. Ele sabe que estão aqui, de vez em quando pensa ouvir o farfalhar de uma saia; e pode sentir o cheiro do medo delas.

Ele quer desesperadamente acreditar nisso, embora ao mesmo tempo cada fio de cabelo arrepiado em sua cabeça lhe informa se tratar do Hades, e que as formas que o cercam são os mortos.

Então se concentra com fervor na vida dentro do próprio corpo, tensionando os braços, flexionando os músculos, respirando fundo, dolorosamente fundo. Aos poucos, conforme avança, a penumbra clareia. Logo há luz suficiente para tornar a desolação visível. Os mortos jazem como fardos de trapos velhos, inchados dentro das armaduras. Troianos ou gregos? Ainda não consegue determinar. Ele olha mais de perto, puxando dobras de capas e cobertas, até sacode ombros e braços, tentando fazê-los acordar, porque é solitário ali embaixo, é solitário ser o último homem vivo. Sem resposta. Rostos enegrecidos o fitam, olhos tão opacos quanto os de peixes mortos em suas órbitas sem pálpebras. Ah, eles precisam do fogo, esses homens, do fogo purificador, e ele lhes daria, se pudesse. Troianos ou gregos, ninguém deveria ser deixado para apodrecer assim, sem enterro e sem pranto. Então, enquanto os examina, um deles se levanta e o encara com um reconhecimento compassivo em olhos fixos...

Amigo, diz.

E imediatamente ele sabe quem é. Licáon, filho de Príamo. Aquele a quem não foi capaz de esquecer.

Eu não o conheço, tenta argumentar, e o esforço de mover os lábios o acorda.

O SILÊNCIO DAS MULHERES

Ele se senta e analisa freneticamente ao redor, temendo ter trazido consigo aquele morto-vivo impuro. Apenas quando tem certeza de que não há nada escondido nas sombras é que se deixa cair de costas contra os travesseiros. Consegue sentir o cheiro do próprio suor de medo; sua virilha é um pântano. Por um momento horrível, pensa que talvez tenha molhado a cama, como às vezes costumava fazer naquele primeiro inverno terrível depois que a mãe foi embora, mas não, sentindo o lençol embaixo de si, não, está tudo bem, é apenas suor. Jogando as cobertas para longe, deixa o ar tocar sua pele.

Por que Licáon? Assassinara dezenas de homens desde a morte de Pátroclo, centenas desde o início da guerra; então por que, em meio a toda aquela confusão de sangue e massacre, esse homem deveria emergir? É aquela palavra, "amigo". Enfureceu-o na hora e o assombra desde então. Certamente, não havia nada memorável sobre o próprio Licáon, que parecia um rato afogado quando Aquiles o viu pela primeira vez, rastejando para fora do rio, a armadura retirada no esforço para se manter à tona. O rio estava cheio, arrebatando com avidez todos os cadáveres que Aquiles jogou nele e rindo enquanto os carregava para longe.

Para Aquiles, aqueles poucos minutos foram um breve intervalo da batalha, quase insuficientes para respirar. Mas, longo ou curto, o intervalo se encerrara agora, porque lá estava ele, ou lá estava *aquilo*, esse verme, essa larva, esse rato afogado na forma de um homem sem capacete, sem escudo, sem lança, porque ele os jogou todos longe em seu desespero de viver. Ele — *aquilo* — subia rastejando, de quatro, a margem lamacenta. Aquiles não se manifestou, apenas esperou com a pose cruel de um predador que o desgraçado encharcado o reconhecesse e temesse.

Para ser justo, Licáon não tentou correr, mas, também, não tinha para onde correr, com o rio atrás de si e Aquiles à sua frente. Em vez disso, ele — *aquilo* — correu para a frente, agarrou-lhe os joelhos e implorou por sua vida. Aquiles o fitou e o ouviu, não sentiu nada, nenhum vislumbre de consciência de que ele e aquela coisa eram homens respirando o mesmo ar. E, deuses, como falava, traindo tudo em seu desespero para escapar da morte. Não era *irmão* de Heitor, alegou ele, não de verdade, quer dizer, sim, de fato, sim, o mesmo pai, mas não a mesma mãe, e quanto a Heitor... bem, mal o conhecia! E ele não teve nada a ver com a morte de Pátroclo.

Que Aquiles tivesse piedade. Que pensasse no que seu amigo faria, seu bom, delicado, corajoso e *gentil* amigo.

Aquela palavra.

Então morra, *amigo*, rebatera. Por que fazer tanto escândalo por isso? Pátroclo está morto e era um homem muito melhor do que você.

Erguendo a espada, golpeou a garganta jovem e firme, bem ao lado da clavícula, cravando a lâmina o máximo que ela entrou. Licáon caiu para a frente, o sangue vermelho jorrando e se empoçando no chão lamacento. Antes mesmo de ele terminar de se contorcer, Aquiles o agarrou pelo tornozelo e o jogou no rio, onde flutuou por vários minutos, sua camisa de batalha inflando ao seu redor, antes que a corrente o pegasse e o carregasse. Aquiles permaneceu à margem e observou até que o corpo desapareceu de vista. Os peixes teriam se empanturrado com sua reluzente gordura renal muito antes de ele chegar ao mar. Nada de rituais fúnebres para ele, nada de fogo purificador. Sem misericórdia para os troianos àquele ponto.

E aí passa a sonhar com o bastardo todas as noites! Por que, *por que*, pelos deuses, já que está aparentemente condenado a passar as noites com os mortos, nunca sonha com Pátroclo? Empurrando as cobertas para o lado, se ergue por completo e se aproxima do espelho, onde encara por um longo tempo o próprio reflexo, enquanto, no quarto atrás dele, o espírito de Pátroclo começa a se formar. Ele sente sua presença, mas não se preocupa em se virar, porque sabe, depois de repetidas decepções, que não haverá nada lá. Nada para ver, de qualquer modo, e com certeza nenhum corpo vivo e quente para abraçar.

Ele se inclina para mais perto do próprio reflexo, tão perto que sua respiração embaça o espelho.

Então morra, amigo. *Por que fazer tanto escândalo por isso? Pátroclo está morto e era um homem muito melhor do que você.*

Nada nem ninguém responde. Derrotado, cambaleia de volta para a cama. Ah, sim. O veloz Aquiles, que antes parecia feito de ar e fogo, passa a cambalear. Arrasta-se. Tropeça. Caminha penosamente. Seu corpo, sobrecarregado com a morte dentro de si, pesa demais sobre a terra.

Deve estar perto do amanhecer. Desistindo de dormir, veste a túnica e sai da cabana, indo direto para os estábulos onde Heitor está deitado de bruços no chão. Ninguém se atreve a cobri-lo ou a demonstrar qualquer outro sinal de respeito. Aquele pequeno ato de rebelião, jogar um lençol

O SILÊNCIO DAS MULHERES

sobre seu corpo, nunca se repetiu. Com os pés pesados, Aquiles atravessa o pátio, os dedos dos pés escorregadios dentro das sandálias. Apesar do frio antes do alvorecer, seu corpo ainda está molhado de suor. Ele mal parece humano, até para si mesmo, então não é surpresa alguma quando os cavalos se remexem inquietos de um lado para o outro.

Ele respira longa, profunda e tentativamente. Por que seus pulmões doem quando respira? Talvez tenham decidido parar uma ou duas semanas antes do resto dele? Ou será que ele está desenvolvendo guelras? Essa é uma das coisas que os homens fofocam sobre ele pelas costas. Guelras, pés palmados... Bem, com uma deusa do mar como mãe, o que esperava? Na verdade, seus dedos do pé *são* palmados, como de fato os de sua mãe o são; embora nela a pele extra seja translúcida. Nele, é espessa e amarela; ele tem vergonha disso. Outra coisa que Pátroclo sabia sobre ele que ninguém mais sabe: que ele tem vergonha dos próprios pés. Muito de Aquiles foi para o fogo com Pátroclo, porque o que não é compartilhado deixa de parecer real, talvez até deixe de *ser* real.

Os cavalariços levantam os olhos ante a sua aproximação, pigarreiam, acenam com a cabeça de maneira respeitosa, embora sem qualquer sinal de servilismo. Os mirmídones são assim. Famosos em todo o mundo por sua coragem, dedicação ao dever e obediência inquestionável. Bem, a coragem e a dedicação são bastante reais... Obediência inquestionável? Esqueça. Não se impressionam com sangue nobre, nem mesmo com sangue divino; seu respeito deve ser conquistado. Ele sabe que o mereceu mil vezes nos últimos nove anos e, ainda assim, nos tempos mais recentes, percebeu... não um distanciamento exatamente, mas certo grau de cautela. Não é sua raiva que os incomoda. Sob um exterior em geral taciturno, esses homens com frequência estão com raiva; não, é sua capacidade de guardar rancor. *Está bem*, provavelmente quiseram dizer, *ele pegou sua garota, seu prêmio de honra, o insultou; então, vá embora pra casa, porra!* Nunca entenderam por que os manteve ali, naquela merda de praia, sentados como um bando de vovozinhas enquanto, a menos de um quilômetro, lutavam e morriam homens que já haviam sido seus camaradas.

Mas isso está no passado, já deviam ter esquecido. Talvez o tenham feito. Talvez seja o que ele faz agora, todas as manhãs, que fica entalado em suas gargantas.

PAT BARKER

Ele pousa a mão no guarda-corpos da biga na qual, por tantos anos, Pátroclo esteve, rédeas amarradas à cintura. Todas as manhãs, a mesma lembrança; todas as manhãs, a mesma pontada de dor, forte o suficiente para fazê-lo prender a respiração. Porém é sua segunda natureza esconder qualquer sinal de enfraquecimento. E então ele rodeia a biga, examinando cada centímetro, curvando-se de vez em quando para inspecionar a parte inferior do veículo. Ao fim de um dia duro de luta, há tanto sangue e sujeira a ponto de travar as rodas da biga. E os cavalariços são preguiçosos, se pensam que podem se safar com um atalho, eles o farão. Ah, não negligenciam os cavalos, alimentam os cavalos antes de se alimentarem, mas são perfeitamente capazes de ir à praia para encher os baldes com água do mar, embora devam saber que, ao longo dos anos, o sal corrói até o melhor metal. Ele vive lembrando-lhes: água do poço. Água do mar *não*. Ajoelhando-se, lambe o dedo, passa-o ao longo de um dos raios e o testa na língua. Não, está tudo certo.

Pondo-se de pé, ele se sente exausto. Cada gota de energia lhe parece ter sido drenada. Talvez essa manhã não? Talvez só dessa vez ele possa dar um tempo, voltar para a cama e dormir? Mas não, sua raiva o fustiga, a fúria insaciável que ele tem de continuar tentando saciar, como um mendigo coberto de feridas que coça até que as unhas tirem sangue e ainda assim não consegue encontrar a coceira.

Os homens não o encaram. O tempo todo que ele está aqui, mantêm-se ocupados, carregando baldes de água, polindo, esfregando, bafejando no metal, verificando o brilho, esfregando novamente. Nervosos porque ele os observa; cometendo erros, porque ele os observa. E então Aquiles se força a dar as costas. Ninguém olha para seu rosto agora, é como se seu sofrimento os assustasse. Do que têm medo? Que um dia tenham de suportar uma dor assim? Ou que nunca o farão, que são incapazes, porque a dor apenas é tão profunda quanto o amor que é substituído.

Uma vez que dá as costas, o trabalho acelera muito. Então, ele deixa o pátio por completo, deixando que continuem, e quando volta, dez minutos depois, está tudo pronto. O guarda-corpos de bronze reluz, a pelagem dos cavalos brilha. Os homens ficam tensos até ele inspecionar o trabalho. Estão esperando, na melhor das hipóteses, um aceno breve, um grunhido de aprovação, mas ele os surpreende, abrindo um sorriso, fazendo contato visual, agradecendo-os um a um antes de tomar as rédeas.

O SILÊNCIO DAS MULHERES

Eles acenam com a cabeça, murmuram e se afastam. As pessoas sempre fogem de sua presença, fazem isso desde que ele tinha dezessete anos. Talvez seja um tributo à sua destreza no campo de batalha, ou medo de sua raiva, ou por algum outro motivo mais sombrio sobre o qual não quer ter de pensar. Em vez disso, Aquiles encosta a testa contra o focinho de um cavalo, sentindo o hálito quente em sua pele, e esse contato com uma criatura não humana o faz se sentir quase humano novamente.

Chega a vez de Heitor. Seus tornozelos ainda estão amarrados juntos e presos à barra de eixo. Ele verifica os nós, aperta-os com mais força e só então chuta o cadáver para que fique de barriga pra cima. Na noite anterior, ele deixou uma massa dilacerada e sangrenta de ossos quebrados na sujeira do pátio do estábulo; essa manhã, mais uma vez, Heitor parece dormir, um sono profundo, calmo e tranquilo, o sono que todas as noites foge de Aquiles. Ele gostaria de jogar a cabeça para trás e uivar. Em vez disso, sobe na carruagem e dá meia-volta com os cavalos. Atrás de si, o corpo de Heitor salta sobre o solo esburacado, devagar no início, depois mais rápido, conforme ele dirige para fora do pátio, para fora do acampamento, para longe da praia, para longe do campo de batalha, subindo a trilha pedregosa que leva ao promontório onde os mortos são cremados.

Quão altas as chamas se elevaram para o céu na noite em que Aquiles queimou Pátroclo, quanto o sangue dos prisioneiros troianos esguichou e chiou nas toras em chamas. Doze jovens ele prometera a Pátroclo e doze ele recebeu: altos, fortes, jovens, o orgulho de suas famílias, mas passivos no final, resignados, como os touros são, às vezes, antes do sacrifício.

No último momento, antes de acender o fogo, ele cortou o próprio cabelo, serrando as grossas tranças e entrelaçando-as nos dedos de Pátroclo. Antes de embarcar para Troia, ele jurou não cortar o cabelo até que voltasse para casa. De pé no promontório varrido pelo vento, observou as grossas mechas de cabelo se encolherem, parecendo quase derreter antes de desaparecerem em um jato de chama azul. Com a quebra desse voto, abandonou toda esperança de rever o pai. Como a mãe dissera, sua morte segue logo após a de Heitor. Ele pode sentir. Sabe que não vai para casa. Alguns dias, semanas no máximo, e então, nada.

A urna está invisível sob o grande monte que os mirmídones ergueram para Pátroclo, embora tão clara e presente em sua mente quanto no dia em que colocou os ossos de Pátroclo, um por um, ali dentro. Os ossos

PAT BARKER

dos dedos, relembrando os jogos de dados com que brincavam quando crianças; os ossos longos da coxa, trazendo de volta outras lembranças de noites de verão nessa praia, nove anos antes, quando chegaram a Troia; e finalmente o crânio. Ele deslizou as pontas dos dedos queimados sobre o crânio e ao redor das órbitas vazias, lembrando-se da carne, lembrando-se do cabelo.

Então, com um grande grito, ele bate as rédeas contra o pescoço dos cavalos e sai a galope em volta do túmulo.

Abaixo de si, no acampamento, homens polindo armaduras interrompem suas atividades e olham para cima, cavalariços espiam uns aos outros, pensando em que estado os cavalos estarão quando voltarem, concentrando-se nisso porque estão com muito medo de pensar em qualquer outro assunto. De novo e de novo, o grito de guerra de Aquiles ressoa pelo acampamento, enquanto ele conduz seus cavalos suados com mais e mais rapidez ao redor do túmulo.

Quando retorna, o corpo de Heitor está reduzido a uma massa de polpa rubra e ossos estilhaçados. O rosto está esfolado, irreconhecível. Aquiles salta para o chão, joga as rédeas para um cavalariço silencioso e segue a passos largos pelo corredor estreito que leva dos estábulos à sua cabana. Briseida vem em sua direção, vê-la o assusta, à meia-luz ela se parece com Tétis. Aquiles sente o cheiro do medo dela quando ela se achata contra a parede.

Uma vez em seus aposentos, ele retorna ao espelho. Ele passou a fazer isso todas as manhãs, tornou-se parte da rotina. Sabe com que irá se deparar, mas precisa se forçar a ver, para provar que não tem medo. Refletidas pelo metal brilhante, os ferimentos que ele acabou de infligir a Heitor repousam como sombras em sua própria pele. É por isso que os cavalariços, que correm para pegar suas rédeas, não o fitam?

Mas então ele se move um pouco para a direita, as sombras se dissipam e é seu próprio rosto o encarando de novo. São ilusões, aquelas marcas em sua pele, mas ele as vê todas as manhãs e todas as noites, e é difícil não acreditar que sejam reais.

Trêmulo, sai em busca do sol. Parado nos degraus da varanda, ele olha ao redor, para o acampamento que desperta. Fogueiras ardem, os preparativos para o jantar já em curso. Ervas são moídas para dar sabor à sua carne. Os teares emitem ruídos, produzindo roupas para suas costas

O SILÊNCIO DAS MULHERES

e cobertas para sua cama. Contornando pátio do estábulo, homens estão cuidando de seus cavalos e polindo sua carruagem, e logo Álcimo chegará para dar os últimos retoques em sua armadura. Ele está no controle de tudo o que vê.

Entretanto, todas as manhãs, ele é compelido a dar voltas e mais voltas com sua carruagem ao redor do túmulo de Pátroclo, a profanar o corpo de Heitor e, no processo, como ele entende perfeitamente bem, a desonrar a si mesmo. E não tem ideia de como fazer isso parar.

40

Depois daquela noite desastrosa, não esperava que Aquiles pedisse por mim de novo, mas ele pediu. Apenas duas noites depois, na verdade.

Ele entrou nos aposentos, tendo comido quase nada no jantar, e pediu mais vinho, apenas para sentar-se olhando para o fogo, sem beber da caneca que eu servi. Automedonte e Álcimo pigarreavam e se remexiam de um lado para o outro em suas cadeiras. A cadeira vazia de Pátroclo continuava a dominar o quarto.

Aquiles os deixou ir mais cedo, mas não me dispensou. Temendo a noite, sentei-me na cama e esperei. Mas quando, por fim, ele se levantou, não foi para se despir, mas para pegar uma tesoura de um baú esculpido no canto do quarto. Ele girou sua cadeira e a arrastou até o espelho, entregou-me a tesoura e ergueu as pontas cortadas de seu cabelo.

— Aqui — disse ele. — Veja se pode dar um jeito nisso.

Foi inesperado. Peguei a tesoura e procurei algo para cobrir seus ombros. Ele havia jogado sua camisa de batalha no chão ao lado da cama, então eu a usei. Então, esticando uma mecha de seus cabelos entre meus dedos, comecei a cortar. Era uma sensação estranha, tocá-lo assim; de certa forma, mais íntimo do que sexo. Eu não gostei, mas depois da hesitação inicial eu estava fazendo um trabalho muito bom com seus cabelos. Ajudou o fato de a tesoura ser afiada. *Muito* afiada. Corri meus dedos por seus cabelos a fim de verificar se as pontas estavam uniformes e, de repente, sem aviso, o vi deitado no chão em uma poça de sangue com a tesoura saindo do pescoço. A visão, se é que foi isso, me fez parar. Apenas fiquei

O SILÊNCIO DAS MULHERES

lá, me sentindo um pouco enjoada. Quando levantei a cabeça, notei-o me observando.

— Vá em frente — incentivou ele. — Por que não o faz?

Encaramos um ao outro, ou melhor, encaramos os reflexos um do outro no espelho. Eu queria dizer: *Porque seus preciosos mirmídones me torturariam até a morte se eu o fizesse*. Mas eu sabia que seria perigoso responder qualquer coisa, então apenas abaixei a cabeça e continuei cortando, e dessa vez tive o cuidado de não parar até terminar.

A partir daquele dia, ele me disse para ficar todas as noites depois do jantar, embora nunca mais tivesse me pedido para passar a noite. *Pedido*, eu digo. Força do hábito, nunca houve qualquer questionamento no pedido.

Normalmente, Automedonte e Álcimo estavam lá também, embora Aquiles nunca os mantivesse por muito tempo. Em dado momento entre a partida deles e a hora de dormir, ele pegava uma tocha, me mandava trazer outra e ia até onde o corpo de Heitor estava largado na sujeira. Normalmente, ele o chutava de costas, abaixava a tocha e examinava o rosto. Nas doze horas que haviam se passado desde a última vez que ele o arrastara ao redor do túmulo de Pátroclo, as feições foram completamente restauradas. Até os olhos estavam de volta às órbitas, ele sempre levantava as pálpebras para ter certeza. Quando se endireitava, e esse era o momento que eu mais temia, os ferimentos infligidos a Heitor estavam estampados em sua própria face.

Às vezes, acabava aí. Outras vezes, ele verificava a corda que prendia os tornozelos de Heitor à biga e saía de novo, dando voltas e mais voltas no túmulo de Pátroclo no escuro. Nessas noites, eu costumava me encolher nos aposentos, esperando seu retorno, em estado de absoluto terror; não por mim, em particular, mas porque parecia não haver mais humanidade nele. Tornara-se um objeto de… Eu ia falar " pena e terror". Mas ele nunca inspirou pena e certamente não a sentiu. Terror, sim. Eu não era a única a sentir isso. Automedonte e Álcimo, que o amavam e o teriam ajudado se pudessem, até mesmo eles estavam com medo.

Mas estavam tão aprisionados quanto ele em um ciclo interminável de ódio e vingança. E se não conseguiam livrar a si mesmos disso, com todas as vantagens que tinham, que esperança havia para mim?

41

Todas as noites, ao jantar, ele se senta sozinho à mesa que costumava dividir com Pátroclo. O momento das refeições é difícil porque ninguém pode comer nada até que ele o faça, e seu apetite o abandonou. Mas Aquiles faz o melhor que pode, obrigando-se a mastigar com aparente entusiasmo, embora nem sempre consiga engolir o que mastiga. Em vez disso, cospe pequenas bolas de carne amassada na palma da mão, discretamente, e as esconde sob a borda do prato. Álcimo e Automedonte o servem e depois o acompanham em uma bebida, embora ele perceba um pouco de impaciência à medida que a noite avança. Sem dúvida, querem que termine para que possam tomar uma bebida com os amigos ou ir para a cama com uma garota favorita. Será que algum deles tem uma garota favorita? Ele não faz ideia. Pátroclo teria sabido.

Assim que o último prato é servido, ele dispensa Automedonte e Álcimo. Sua presença constante começa a lhe dar nos nervos, embora, para ser justo, não haja nada de errado com nenhum dos dois, além da grande e irredimível falha de não serem Pátroclo. Álcimo, em particular, é um bom rapaz, de bom coração, leal, corajoso também, um bom guerreiro. Um pouco tolo, talvez, mas o tempo poderia dar um jeito nisso. Automedonte é um bem diferente: alto, magro, um condutor de biga de primeira classe, mas de expressão cruel, sem humor, cheio de retidão conscienciosa. Ele estava lá quando Pátroclo morreu. Ele, não Aquiles, segurou o moribundo nos braços; ele, não Aquiles, testemunhou a passagem de seu último suspiro. Ele, não Aquiles, lutou contra os troianos que tentavam arrastar o corpo para Troia; e, por isso, Aquiles deve ser eternamente grato a Automedonte e não deixá-lo suspeitar, nem por um segundo, o quanto se ressente dele. *Por que ele? Por que não eu?* Ele faz as perguntas de novo e de novo, como se um dia pudessem ter uma resposta diferente, e o fardo da culpa finalmente ser removido.

Álcimo e Automedonte: tornaram-se os seus companheiros mais próximos. Graças a eles, nunca está sozinho, e porque eles não são Pátroclo, Aquiles nunca está mais sozinho do que quando está com eles.

Ele agarra os braços esculpidos de sua cadeira, duas cabeças de leões da montanha rosnando, finamente entalhadas, e tenta sair de seu torpor, forçar-se a se levantar e, assim, dar permissão para todos os outros saírem. Contudo, quando está prestes a se levantar, ele percebe, não uma comoção exatamente, e sim uma perturbação de algum tipo, no ponto mais distante do salão. Alguém abriu a porta externa e deixou entrar uma corrente de ar noturno. Tochas se apagam, a fumaça espirala, ele sente um ar mais fresco nas pálpebras, e ali, de repente, está um velho, de cabelos brancos, mas não curvado, apoiado em um cajado, caminhando em sua direção. *Pai*, ele pensa. Embora por que seu pai enfrentaria uma perigosa viagem marítima para visitá-lo aqui está além da compreensão; ele nunca fez isso antes. E, de qualquer maneira, conforme o velho se aproxima, fica óbvio que não é nada parecido com Peleu.

Ninguém mais parece tê-lo notado, o que torna o momento estranho, até um pouco insólito, fora da ordem natural dos eventos.

O velho demora muito para alcançá-lo. É óbvio quem ele veio ver: seus olhos estão fixos em Aquiles. Um camponês, a julgar pelo tecido grosseiro de sua túnica e o cajado rústico em que se apoia, embora com certeza sem a postura de um camponês. Uma suspeita já começou a se formar no fundo da mente de Aquiles, mas vagamente, porque é ainda mais improvável do que a chegada inesperada de seu pai. Não, não improvável. Impossível.

O homem o alcança, está a menos de um metro de distância agora e, então, com um estalo audível de juntas com artrite, ajoelha-se e agarra os joelhos de Aquiles, a posição de um suplicante. Por um momento, tudo fica quieto, embora um ou dois dos homens tenham começado a trocar olhares perplexos. E então o velho fala, cara a cara, sem elevar a voz, como se não houvesse mais ninguém no aposento, exceto ele e Aquiles, ninguém mais no mundo, talvez. Aquiles sente o cabelo cortado na nuca se arrepiar. É como se olhasse para trás de algum momento em um futuro inimaginavelmente distante e vendo a si mesmo sentado em uma cadeira parecida com um trono com um homem alto de cabelos brancos ajoelhado a seus pés. Lá estão eles, *fixos*, não apenas nesse momento, mas para sempre.

Uma voz o puxa de volta ao presente.

— Aquiles. — O velho está ofegante, como se dizer o nome o exaurisse — Aquiles.

Apenas o nome, Aquiles nota; sem título. Apesar da abjeta postura de joelhos a seus pés, há uma suposição de igualdade na situação. Ele percebe suas mãos se fecharem em punhos, mas é apenas um reflexo, não se sente ameaçado. Ele poderia partir aquele velho com as próprias mãos, com tanta facilidade quanto a um frango cozido demais. Ainda assim, *de fato* sente medo...

— Príamo.

Ele sussurra o nome, para que os homens ao seu redor não ouçam e, de algum modo, apenas pronunciar a palavra transforma a suspeita em fato. A raiva foi instantânea.

— Como diabos entrou?

Agora, seus assessores mais próximos estão de pé, culpa e consternação estampadas em cada rosto. Ainda não sabem quem é, mas sabem que não devia estar ali. Nunca devia ter sido capaz de entrar no acampamento, muito menos entrar direto no salão e chegar até Aquiles, sem ser desafiado, perto o suficiente para tocá-lo, perto o suficiente para matá-lo, por falar nisso...

Aquiles ergue a mão e, relutantes, resmungando como cães rondando, recuam.

Príamo está chorando agora, lágrimas rápidas e silenciosas correndo por suas bochechas e desaparecendo na barba branca.

— Aquiles.

— Não precisa ficar repetindo isso. Eu sei quem sou. — Sabe? Ele está tão abalado que não tem certeza se ainda sabe. — Eu fiz uma pergunta. Como entrou?

— Eu não sei. Guiado, suponho.

— Por um deus?

— Acredito que sim.

— *Hum!* É mesmo? Não subornou os guardas?

— Não, nada disso. — Príamo parece surpreso por ele ter pensado nisso. — Ouvi o que você falou quando entrei.

O SILÊNCIO DAS MULHERES

— Não falei nada.

— Falou sim; você falou: "Pai".

Aquiles tenta pensar, mas sua mente está em branco. Ele certamente pensou nisso, mas tem quase certeza de que não falou em voz alta; e Príamo ler sua mente apenas ressalta a estranheza do encontro.

— Ele deve ser um homem velho agora, seu pai, não pode ser muito mais jovem do que eu.

— Ele não é nada como você, ele é… forte.

— Você está longe há *nove anos*, Aquiles… Verá uma diferença quando voltar.

Eu não vou voltar.

Tem de se impedir de proferir as palavras em voz alta e, estranhamente, não é a presença do velho, seu inimigo, que o detém, mas os rostos que se aglomeram ao redor, vermelhos e suados à luz das tochas: os rostos de seus amigos. Ele não é capaz de dizer a verdade para *eles*.

— Ele deve sentir sua falta. Embora pelo menos tenha o consolo de saber que você ainda está vivo… Meu filho está morto.

Aquiles se contorce na cadeira.

— O que você *quer*?

— Heitor. Quero levar o corpo de Heitor para casa.

As palavras caem como pedras em um poço tão fundo que daria para esperar pelo resto da vida até escutar o *ploc* quando atingem a água. Não é intencional; se Aquiles pudesse falar, ele o faria.

— Eu trouxe um resgate. — Príamo está visivelmente se forçando a continuar, mesmo contra a parede de silêncio de Aquiles. — Pode ver por si mesmo, está lá fora, na carroça, ou mande um de seus homens… — Príamo olha ao redor do círculo de rostos hostis e por um momento sua voz vacila, mas então ergue a cabeça. — Dê-me meu filho, Aquiles. Pense em seu pai, que é um homem velho, como eu. Honre os deuses.

Ainda assim, silêncio.

— Você tem um filho, Aquiles. Quantos anos ele tem?

— Quinze.

— Então, quase idade suficiente para lutar, certo?

— Ainda não… Ele está vivendo com o pai da mãe dele.

— Aposto que ele mal pode esperar para vir para Troia. Lutar ao lado do pai, provar-se digno... Ele estará aqui em breve. Como você se sentiria, Aquiles, se fosse o corpo do *seu* filho insepulto dentro dos *meus* portões?

Aquiles balança a cabeça. Príamo agarra seus joelhos com mais força, os dedos se cravando:

— Eu faço o que nenhum homem antes de mim jamais fez: beijo as mãos do homem que matou meu filho.

Aquiles sente os lábios finos e secos roçarem as costas de sua mão e a sensação provoca uma explosão imediata de raiva. Ele quer atacar, espalhar esse saco de ossos velhos pelo chão. Ele estremece da cabeça aos pés, todos os músculos se tensionam, mas consegue manter as mãos paradas. Contudo, quando olha para baixo, vê que há algo errado com elas. Elas são grandes na melhor das hipóteses, as mãos de um lutador, treinadas desde a infância para empunhar uma espada e uma lança, mas com certeza nunca foram tão grandes assim? Ele lembra que a mesma coisa aconteceu no dia em que Pátroclo morreu. Ele tenta flexionar os dedos, mas isso só piora as coisas. Cada uma das unhas está embutida em uma cutícula vermelha. Por que o sangue não sai?

Então, de repente, suas mãos lhe pertencem novamente. Ele afasta Príamo, mas com suavidade, sentindo a agudeza das clavículas sob a túnica fina. Então, cobre o rosto e chora por seu pai e por Pátroclo, pelos vivos e pelos mortos. E Príamo, ainda segurando o braço da cadeira de Aquiles, chora por Heitor e por todos os seus outros filhos que morreram nessa guerra interminável.

Eles estão próximos, esses homens, tão próximos que quase se tocam, mas suas dores são paralelas, não compartilhadas.

À sua volta, os homens mexem os pés e tossem. Agora, é óbvio para todos quem é o velho; óbvio, mas não menos incrível por causa disso. Automedonte vai até a porta, convencido de que encontrará um contingente de guardas troianos do lado de fora, porque simplesmente não é possível que Príamo esteja ali, desarmado e sozinho. O rei de Troia entrando sob o manto da noite no coração do acampamento grego? Nenhuma bandeira de trégua, nenhuma garantia de passagem segura? Não, não é possível, ao menos terá trazido guardas consigo...

O SILÊNCIO DAS MULHERES

Mas Automedonte retorna um momento depois, indicando "não" com a cabeça. Não há ninguém lá fora, apenas uma carroça coberta e um par de mulas.

O círculo de homens ao redor de Aquiles está se apertando mais, mas então Aquiles olha para Automedonte e sacode a cabeça, querendo dizer *mantenha-os afastados*. No mesmo instante, Automedonte abre os braços, empurrando todos para longe, e Álcimo, enraizado no chão até então, boquiaberto com o choque, faz o mesmo, e criam um espaço ao redor de Aquiles e Príamo. Todos os outros estão reduzidos a um círculo de rostos murmurantes, com a luz das tochas lançando suas sombras sobre as paredes e o teto, mas ainda não é o suficiente. Aquiles faz movimentos de empurrar com as duas mãos. Imediatamente, Automedonte rompe o círculo e começa a conduzir todos para fora.

— Está tudo bem — ele fica dizendo, enquanto os conduz em direção à porta. — Você pode ver que está tudo bem...

Alguns se demoram e olham para trás, ainda incapazes de acreditar no que viram, mas Automedonte em parte os persuade, em parte os empurra para além da porta. Lá fora, quando começam a se dispersar, uma voz pode ser ouvida perguntando:

— É ele?

Em seguida, outras vozes:

— Sim, mas está tudo bem, não é? Ele poderia ter uma faca.

— Ainda pode, ninguém revistou o desgraçado.

— O que diabos os sentinelas estavam fazendo?

— Devem ter sido subornados.

Aos poucos, as vozes somem.

Dentro do salão, silêncio. Aquiles estende a mão e faz Príamo ficar de pé com gentileza. Os joelhos de Príamo estalam enquanto ele se esforça para se levantar e sorri, como fazem os velhos, aceitando com tristeza a leve humilhação.

Aquiles puxa uma cadeira.

— Vamos, sente-se. Está tudo bem, você pode ter seu filho. Mas amanhã, agora não.

Mas Príamo *não quer* se sentar. De repente, já não tem mais paciência, está tão fora de controle e petulante quanto uma criança que passou

241

da hora de dormir. Ele quer ver o corpo de Heitor e, não, não amanhã, NAQUELE MOMENTO. Quer tocá-lo, envolvê-lo com amor em qualquer cobertura que possa encontrar e levá-lo para casa. Quer dar à mãe de Heitor o único consolo que ela pode ter agora: preparar o corpo de seu filho para a cremação. Há um rubor agitado em suas bochechas, ele está extasiado, até mesmo imprudente, porque sobreviveu, entrou no acampamento inimigo, direto no salão de Aquiles, e sobreviveu. Ele nunca esperava, sim, as leis da hospitalidade são sagradas, mas não se aplicam a ele, ele é um intruso, não um hóspede. Mas mesmo se tivesse sido um hóspede, o que as leis da hospitalidade podem significar para um homem como Aquiles, que violou todas as outras leis existentes?

Em algum lugar, no fundo da mente de Príamo, reside o medo de que o corpo de Heitor tenha servido há muito tempo para alimentar os cães, e que Aquiles esteja brincando com ele, Príamo, por algum propósito cruel seu. Então, não, *não*, ele não vai se sentar. Por que deveria se sentar e conversar com o assassino de seu filho, enquanto em algum lugar do acampamento o corpo de Heitor jaz desonrado, na melhor das hipóteses, e na pior, reduzido a uma pilha de ossos cercada por cães lambendo os beiços? *Não, não, NÃO!*

— Não me peça para sentar, Aquiles, enquanto meu filho está lá fora, insepulto. Alimentando seus cães, pelo que sei.

Pela primeira vez, em sua petulância, parece o que é: um velho fraco.

Fúria instantânea.

— Eu disse: *SENTE-SE.*

Uma veia na têmpora de Aquiles fica aparente como se fosse um verme sob a pele.

— Se eu o tivesse usado para alimentar os cães, não sobraria nada para você levar para casa. E eu teria *todos* os motivos para fazê-lo, porque era isso que ele havia planejado para Pátroclo. E *você* teria deixado que ele fizesse isso. Não me diga que não, eu *sei* que deixaria.

Até os dois jovens que parecem os companheiros mais próximos de Aquiles estão se afastando dele naquele momento. Tremendo, Príamo cai na cadeira. Enquanto isso, Aquiles anda de um lado para outro, socando o punho cerrado contra a palma da outra mão, recuperando gradualmente, bem devagar, o controle. Por fim, ele para de andar e olha para Príamo.

O SILÊNCIO DAS MULHERES

— Venha, vamos lá para dentro tomar uma bebida. É mais reservado, qualquer um pode entrar aqui. — De súbito, ele sorri. — Bem, eu não preciso dizer isso para *você*, não é?

Eles vão para os aposentos, Aquiles mostrando o caminho. Como sempre, há um fogo aceso, uma jarra de vinho pronta para servir, pratos de figos fatiados, queijo, pão e mel colocados na mesa.

— Sente-se — convida Aquiles.

Ainda tremendo, Príamo se senta no que ele não sabe que se trata da cadeira de Aquiles.

— Briseida! — Aquiles grita com toda a força.

E então, para Automedonte:

— Diga a ela para trazer algo mais forte, isso aqui é mijo de virgem. — Ele se vira para Príamo. — Quer um copo de vinho?

Príamo tem uma mão pressionada contra a boca para manter os lábios imóveis. Ele parece um velho assustado. Mas isso é na superfície. Por baixo, onde realmente importa, está irredutível. Aquiles vê tanto o medo quanto a coragem, e Príamo tem todo o seu respeito. Álcimo e Automedonte ainda estão rondando.

— Podem ir agora — Aquiles diz. — Vou ficar bem.

Involuntariamente, Automedonte balança a cabeça.

— Ah, e mantenha os homens quietos. Eu não me importo com o que tenham que fazer, *apenas calem-nos*. Não queremos que todo o acampamento saiba disso.

Relutantemente, Automedonte se curva e recua. Ainda boquiaberto com Príamo, Álcimo o segue.

Príamo olha para o fogo, imóvel como um rato sob a pata de um gato. Ele está pensando: *Bem, o que de pior pode acontecer?* Ele vai morrer em breve, de qualquer maneira. Mesmo sem guerra, ele está... Bem, quem pode saber? Algum ponto próximo ao fim. E não seria melhor morrer agora, com um golpe rápido da adaga de Aquiles, do que ter de suportar semanas de mais tormentos? Ainda assim, ele quer viver, quer beijar Hécuba de novo e dizer-lhe que trouxe o filho para casa.

Uma garota entra, carregando uma jarra de vinho, e hesita na porta, obviamente sem saber a quem servir primeiro. Aquiles indica Príamo. Quando as duas canecas estão cheias, a jovem se retira, silenciosa, para as sombras, mas não antes de Príamo perceber o quanto é bonita. Mesmo aqui, no final da vida, na presença de seu inimigo, ele não consegue deixar de se perguntar como seria ser jovem de novo e ter *aquela* garota em seus braços...

Aquiles se senta e toma um gole de vinho, mas parece inquieto e logo se põe de pé de novo.

— Tenho algumas coisas que preciso resolver. Se houver alguma coisa que você queira, peça a Briseida. Não vou demorar.

Eu conheço esse nome, pensa Príamo. Ele tem quase certeza de que já viu a garota antes; ela não é o tipo de garota que se esquece de ter visto, mas ele não consegue se lembrar de onde.

— Quer mais vinho, senhor? — pergunta ela.

E ele pensa: *Sim, por que não?*

Aquiles retorna minutos depois. Provavelmente, esteve verificando se o resgate é vasto o suficiente, ou algo assim. Ele vai direto para o fogo, esfregando as mãos.

— Eu mandei que nos trouxessem um pouco de comida.

— Não estou com fome.

— Não, mas comerá algo... Quando foi a última vez que comeu?

Aquiles se volta para Briseida, mas ela está um passo à frente dele. A mesa já está sendo posta.

42

Assim que as travessas de carne assada foram trazidas e colocadas sobre a mesa, Automedonte e Álcimo foram mais uma vez ordenados a se retirar. Automedonte, pude ver com clareza, estava furioso; como principal auxiliar de Aquiles, normalmente seria o responsável por servir um hóspede real, e era óbvio que considerava intolerável a ideia de eu tomar seu lugar. Ele não precisava se preocupar. O próprio Aquiles serviu Príamo, selecionando os pedaços de carne mais suculentos e transferindo-os habilmente para o prato.

Eu coloquei uma lâmpada sobre a mesa e a luz resplandeceu em copos e pratos de ouro. Normalmente, ao entreter um rei, Aquiles usaria uma de suas vestes mais elegantes, mas naquela noite ele colocou a túnica mais simples e grosseira que possuía, obviamente não querendo ofuscar seu hóspede. Nada teria me agradado mais do que ser capaz de pensar em Aquiles como um brutamontes sem características redentoras ou maneiras graciosas; mas ele foi nunca assim.

Depositei outra jarra de vinho na mesa, próxima a seu cotovelo, e me recolhi para as sombras.

Primeiro problema: Príamo não tinha faca. Logo remediado; Aquiles apenas poliu a própria adaga em um pano de linho e a estendeu por cima da mesa, enquanto eu corria para encontrar uma substituta para ele. Ah, parece algo trivial, eu sei, mas aquele incidente insignificante mudou tudo. O rosto de Aquiles ficou inexpressivo com o choque. Ele sabia que Príamo estava desarmado, sem espada, sem lança, sem um bando de guerreiros troianos à espera do lado externo da porta, mas entrar no salão de seu pior inimigo sem nem mesmo uma adaga... Ninguém saía de casa sem uma faca, nem mesmo um escravo. Aquiles era um conhecedor da coragem no campo de batalha, mas esse era um tipo de coragem que ele nunca encontrara. E porque era ferozmente competitivo, quase a um nível insano, eu sabia que estaria se perguntando: *Eu seria capaz de fazer isso? Eu seria capaz de fazer o que Príamo acabou de fazer?*

Aquiles comeu muito bem, considerando que esse era seu segundo jantar da noite, mas ele não comera quase nada no primeiro. Sucos e sangue escorriam brilhando por seus pulsos enquanto cortava e despedaçava a carne. Príamo apenas beliscou, embora tivesse o cuidado de provar e elogiar cada prato. Mas pude sentir seu alívio quando, cumprido seu dever de hóspede, ele pôde afastar o prato.

Não pude ouvir muito da conversa e, na verdade, eles falaram muito pouco, parecendo contentes apenas em olhar um para o outro, como amantes ou uma mãe com seu bebê recém-nascido. Geralmente, um olhar fixo, sem piscar, em particular quando dirigido por um homem a outro, será visto como ameaçador, mas nenhum dos dois pareceu ficar incomodado com isso. Estavam se encontrando pela primeira vez. Nove anos antes, quando Aquiles chegou a Troia, Príamo já estava velho demais para lutar. Quase todos os dias desde então, ele observara Aquiles no campo de batalha e, sem dúvida, de vez em quando, Aquiles olhava para cima, via um velho de cabelos brancos olhando para baixo e sabia, ou deduzia, que era Príamo. Mas, o que é crucial, nunca testaram a força um do outro em combate e, portanto, talvez esse escrutínio prolongado fosse um substituto para isso. Embora eu pense que foi mais profundo. Eles pareciam estar em extremidades opostas de um túnel do tempo: Príamo vendo o jovem guerreiro que havia sido; Aquiles, o velho e reverenciado rei que jamais seria.

Tenho certeza de que Aquiles considerou esse um encontro entre iguais. Não foi assim que eu o encarei. Por mais de quarenta anos, Príamo havia governado uma cidade grande e próspera; Aquiles era o líder de uma alcateia de lobos. Mas isso tornava ainda mais estranho ver os dois molhando pão no mesmo prato. Na verdade, tudo naquela noite parecia irreal, onírico e infinitamente frágil, como as bolhas que se formam em uma onda que se quebra, ali por um instante e perdidas para sempre.

Próximo ao fim da refeição, eu trouxe uma travessa de figos fatiados regados com mel e fiquei satisfeita ao ver que Príamo comeu um pouco.

O SILÊNCIO DAS MULHERES

Talvez ele tenha chegado ao estágio de exaustão em que tudo o que se deseja é doçura. Quando pensei que ele tinha acabado, ofereci-lhe uma tigela de água morna com suco de limão e ervas, e ele lavou os dedos e enxugou-os em um pedaço quadrado de linho fino.

Após a refeição, ele voltou para a cadeira de Aquiles e sentou-se encarando o vinho. Nada havia mudado, mas de repente a atmosfera estava tensa novamente.

— Por favor — disse Príamo. — Quero ver Heitor agora.

Eu podia ver a mente de Aquiles agitada; ele estaria pensando no corpo de Heitor jogado nas pedras do pátio do estábulo, nu e coberto de merda. Se Príamo visse isso, sua angústia poderia transformar-se em raiva, e isso, por sua vez, reacenderia a dor de Aquiles por Pátroclo e com ela sua própria fúria. Dava para ver Aquiles contendo-se, controlando-se, como um cavaleiro em um cavalo meio domado. Por trás da cortesia, e do ocasional lampejo de algo remotamente semelhante a compaixão, não acredito que em momento algum ele esteve a mais de uma respiração de matar Príamo.

— Claro que você pode — disse ele, levantando-se. — Mas não esta noite. Amanhã, antes de qualquer coisa. Eu *prometo*.

Ele tornou a encher a xícara de Príamo e me chamou para segui-lo. Álcimo e Automedonte esperavam na varanda. Segurei a tocha enquanto eles descarregaram o resgate da carroça de Príamo e o levaram para as cabanas de armazenamento. A maior parte era de tecidos, vestes e roupas de cama feitas do rico tecido bordado pelo qual Troia era famosa. Aquiles separou uma túnica notavelmente fina para vestir o corpo de Heitor. Então, ele me disse para fazer uma cama para Príamo na varanda, mas na lateral do prédio, onde não podia ser vista da entrada principal, e para torná-la o mais quente e confortável possível.

— Pegue o que precisar — disse ele. — Tire as peles da minha cama, se quiser, não quero que ele sinta frio.

Fui a uma das cabanas de armazenamento e peguei tapetes de couro de boi para formar a base da cama. O cheiro de peles de boi, não importa com quanto cuidado tenham sido curadas, não é agradável e em uma situação normal eu teria entrado e saído de lá o mais rápido que pudesse. Mas precisava desses poucos minutos sozinha. Como todo mundo, fiquei abalada com a súbita aparição de Príamo no salão de Aquiles. Eu me senti esvaziada e, ao mesmo tempo, anormalmente atenta. Eu ainda podia ouvi-lo

PAT BARKER

implorando a Aquiles, implorando que ele se lembrasse do próprio pai, e então o silêncio, quando inclinou a cabeça e beijou as mãos de Aquiles.

Eu faço o que nenhum homem antes de mim jamais fez: beijo as mãos do homem que matou meu filho.

Essas palavras ecoaram ao meu redor, enquanto eu estava na cabana de armazenamento, cercada por todos os lados pela riqueza que Aquiles havia saqueado de cidades em chamas. Pensei: *E eu faço o que inúmeras mulheres antes de mim foram forçadas a fazer. Abro minhas pernas para o homem que matou meu marido e meus irmãos.*

Esse foi o fundo do poço para mim, foi pior do que ficar na arena seminua na frente de uma turba enfurecida, pior até do que as horas que passei na cama de Agamêmnon, e ainda assim, aquele momento de desespero fortaleceu minha determinação. Eu sabia que tinha de aproveitar essa oportunidade, por mais minúscula que fosse. Eu tinha de fugir. Então, quase ao acaso, selecionei mais algumas peles e pedi a Álcimo que as carregasse para a cabana de Aquiles. Eram peles boas, fortes e grossas, pesadas demais para eu levantá-las.

Não demorei muito para arrumar a cama. Usei apenas os melhores lençóis de linho, os travesseiros mais macios, os cobertores mais quentes, e coloquei sobre tudo isso uma colcha de lã roxa ricamente bordada com fios de ouro e prata. Em seguida, coloquei uma xícara de vinho bem diluído em uma mesa ao lado da cama e um balde, coberto com discrição, a alguns metros de distância. Quando menina, ajudei minha mãe a cuidar do meu avô; eu conhecia os hábitos noturnos dos velhos. Quando terminei, de fato parecia uma cama real, e eu esperava que confortasse Príamo, aqui, no meio de seus inimigos, receber a honra devida a um rei.

Quando voltei para os aposentos, encontrei Príamo, exausto após sua jornada perigosa, cochilando sobre o vinho, embora ele tenha acordado um minuto depois, quando Aquiles entrou.

— Quero ver Heitor — Príamo disse mais uma vez, aparentemente esquecendo que já havia pedido isso.

— Amanhã — repetiu Aquiles. — Durma primeiro.

Príamo passou a mão sobre os olhos.

— Sim, ficarei satisfeito por estar na cama.

Desejou a Aquiles um cortês boa-noite e conseguiu chegar até a porta sem tropeçar, mas, uma vez do lado de fora, na varanda, começou a

O SILÊNCIO DAS MULHERES

cambalear de um lado para o outro. Eu o guiei dando a volta na cabana e ele quase caiu na cama. Ele se sentou na beirada por um momento, acariciando a colcha com as duas mãos, apreciando a beleza do tecido. Depois, soltou um pequeno suspiro de satisfação.

— Creio que nunca fiquei tão feliz em ver uma cama em minha vida.

Perguntei se ele precisava de mais alguma coisa. Ele olhou para mim e disse:

— Não a conheço?

— Nós nos conhecemos, senhor, mas foi há muito tempo.

— Onde?

— Em Troia. Eu morei lá por dois anos. Helena costumava me levar com ela para as ameias.

— *Sim!* Eu sabia que já tinha visto você antes, você é a amiguinha de Helena. — Seu rosto foi inundado pelo prazer de um velho em identificar uma figura do passado. — Ora. Quem diria que *você* se cresceria para se tornar uma beldade?

— Não sou mais a amiga de Helena. Sou a escrava de Aquiles.

A expressão dele mudou.

— Sim, eu sei, eu ouvi falar. É difícil para as mulheres quando uma cidade cai.

Eu sabia que ele estava pensando nas próprias filhas, que seriam distribuídas entre os conquistadores quando Troia caísse. E iria cair. Eu observei o velho frágil sentado ali, sem mais nenhum filho forte para defendê-lo, e eu soube que não havia esperança.

Quando voltei para dentro, Aquiles estava de pé ao lado da mesa, olhando para baixo, um tanto vagamente, pensei, para os pratos vazios. Ele observou em volta quando eu entrei.

— Ele está na cama?

— Sim.

— Dormindo?

— Ainda não, mas acho que não vai demorar muito.

Ele batia os dedos na mesa, claramente pensando muito.

— Que coisa para ele fazer. Você percebeu que ele não tinha uma faca?

Ele balançou a cabeça.

— Vamos, temos que lavar o corpo... e não há muito tempo. Ele tem que estar fora daqui antes do alvorecer. Se o encontrarem aqui, vão matá-lo.

249

43

Tirando uma tocha de uma arandela perto da porta, Aquiles abriu o caminho para os estábulos, Automedonte e Álcimo seguindo atrás. Eu podia ver o corpo de Heitor, de braços abertos no chão imundo. Sujo, sim, cada centímetro coberto de lama e bosta, mas ainda do comprimento e da forma de um homem. Estremeci de alívio. Porque me passou pela cabeça que os deuses pregariam uma última peça e Aquiles encontraria o que deveria estar encontrando durante a última semana, pelo menos: uma pilha de ossos engordurados parcialmente articulados.

Olhando para baixo, ele acenou com a cabeça soturnamente, então se ajoelhou e deslizou as mãos por baixo do cadáver. Sem que fosse necessário dizer, Álcimo ajoelhou-se do outro lado e fez o mesmo. Muito devagar, levantaram Heitor até que estivesse na altura dos ombros, Automedonte apoiando as pernas. À nossa volta, cavalos pisoteavam e relinchavam. Eu segurei a tocha bem alto, enquanto os três homens saíram lentamente do pátio e desceram a passagem estreita que levava à cabana da lavanderia, onde os mortos eram preparados para a cremação.

Quando chegaram à porta, Automedonte mudou de posição, segurando a cabeça de Heitor nas mãos para fazê-la passar com segurança pela soleira. De repente, me peguei com vontade de rir: o cuidado que estavam tomando agora era tão ridículo depois de todo o abuso que Aquiles infligira àquele corpo dia após dia. Eu os segui para dentro e encontrei um suporte para a tocha. Grunhindo com o esforço, colocaram Heitor sobre a laje e recuaram.

O SILÊNCIO DAS MULHERES

Eu estava de frente para Aquiles do outro lado da laje, como fiz três meses antes, quando Míron morreu. Daquela vez, Aquiles relutou em partir, afirmando sua autoridade sobre as lavadeiras, suas escravas, que se mantiveram firmes, declarando, silenciosas, sua própria autoridade, seu direito de preparar os mortos. E, espantosamente, no final, sem dizer uma palavra, elas o forçaram a recuar. Senti a presença sombria delas no espaço atrás de mim, mas sua autoridade sem nome não mais era útil para mim.

Aquiles removeu um tufo de palha grudado na pele de Heitor. Ele tinha de raspar com força para soltá-lo e fiquei tensa, esperando ver tiras de pele saindo com a palha. Eu ainda tinha dificuldade em acreditar na preservação milagrosa do corpo de Heitor. Abaixei-me sobre a laje e inspirei, esperando o fedor escuro, rançoso e de carne em putrefação que uma vez encontrado nunca é esquecido, mas não havia nada assim, apenas o cheiro penetrante de lã molhada dos enormes caldeirões onde as roupas manchadas de sangue eram deixadas de molho durante a noite. Heitor repousava estendido como se dormisse. Até mesmo o branco dos olhos, visível sob as pálpebras semicerradas, estava limpo. E, aos poucos, meu nariz ensinou meu cérebro a acreditar no que meus olhos viam.

O silêncio havia se estendido por tempo demais. Aquiles olhou toda a extensão do cadáver e fez um pequeno estalo de nojo com a língua.

— Vê como os deuses me desafiam?

Os deuses o desafiam?

Por um momento horrível, pensei que tinha dito as palavras em voz alta, mas é claro que não. Percebi, de repente, o silêncio no acampamento. Os soldados bêbados teriam adormecido; os guardas no parapeito estariam lutando para ficar acordados, olhando para a escuridão mutante, onde troncos de árvores assumem a forma de homens e começam a se aproximar... Nenhum som nesta sala também, exceto pelo subir e descer de nossa respiração. Olhei para Heitor — tão vivo, tão *presente* — e meio que esperava ver seu peito subindo e descendo no mesmo ritmo que o meu.

Abruptamente, Aquiles ordenou que Automedonte e Álcimo saíssem da sala. Eles pareceram surpresos, na verdade mais do que surpresos: chocados. Automedonte até se virou quando chegou à porta, como se para verificar se Aquiles queria dizer o que disse. Eu havia deduzido que todos os três iam me deixar sozinha, embora não tivesse ideia de como viraria o corpo sem ajuda. Em vez disso, lá estava Aquiles, de frente para mim do outro lado da laje.

— Eu poderia chamar as mulheres… — disse eu.

— E espalhar pelo acampamento todo? Acho que não.

De alguma forma, era óbvio que ele não iria apenas ficar parado olhando, então enchi dois baldes com água e lhe entreguei um pano. Trabalhei no lado esquerdo, Aquiles no direito. A cada movimento de nossas mãos, faixas de carne branca se tornavam visíveis, quase como se trouxéssemos Heitor à vida, criando-o. Depois de um tempo, enchi os baldes de novo, encontrei mais panos limpos e continuamos trabalhando, para cima e para baixo, lado a lado, fazendo uma espécie de dança silenciosa em torno da laje. A certa altura, eu estava lavando os pés de Heitor, esfregando o pano entre seus dedos longos e retos, enquanto Aquiles trabalhava em suas mãos, dedo por dedo, usando a ponta da adaga para limpar sob as unhas. Eu sabia que ele não seria capaz de cuidar do rosto, então peguei uma jarra de água e derramei sobre a cabeça, passando os dedos pelos cabelos a fim de tirar os embaraçados e soltar torrões de terra. Lembro que foram necessários oito baldes para a água correr límpida. Só então comecei com o rosto. Depois de limpar a sujeira dos olhos e narinas de Heitor e de limpar dentro de suas orelhas, dei um passo para trás e olhei para baixo. Esse era o homem que teria sido rei de Troia depois da morte de Príamo, mas ali estava ele, a carne tão branca e densa quanto a de um bacalhau morto.

Eu lutava para não chorar. Quando senti que minhas lágrimas estavam ficando óbvias demais, abaixei-me e fingi enxaguar o pano. Quando me endireitei novamente, vi Aquiles me observando.

— Eu não tenho que mandá-lo de volta, sabe.

Meu coração bateu forte.

— Mas você aceitou o resgate…

— Não Heitor, *Príamo*.

Eu estava com medo de falar, apavorada por Príamo e por mim. Se ele não deixasse Príamo partir, eu…

— Quanto você acha que os troianos pagariam para ter seu rei de volta?

Eu apenas balancei minha cabeça.

— Qualquer coisa. Absolutamente *qualquer coisa*.

— Mas você já tem…

O SILÊNCIO DAS MULHERES

Ele esperou.

— Não, vá em frente.

— Você já tem o resgate de um rei. Por Heitor.

— Não, você não entende. Eu poderia exigir Helena.

— *Helena?*

— Bem, por que não? Eles mal podem esperar para se verem livres da vadia.

Ele estava certo, é claro. Os troianos trocariam Helena por Príamo a qualquer momento, sem a menor hesitação, e então... Minha mente disparava. Com Helena devolvida ao marido, não haveria necessidade de continuar lutando, não haveria razão para saquear Troia... A guerra acabaria. *A guerra acabaria.* Todo mundo poderia ir para casa. Bem, não eu, é claro, e nenhuma das outras escravas também. Mas todos os outros. Os exércitos, os exércitos poderiam voltar para casa. As possibilidades eram imensas, atordoantes.

Mas então eu olhei para ele.

— Você não vai fazer isso.

— Ele é um hóspede.

— Não convidado.

— Não, mas foi aceito.

Uma conversa estranha, pode-se pensar, para estar acontecendo entre dono e escrava, mas lembre-se de que a escuridão da noite nos cercava, e não tínhamos testemunha além do morto.

Depois disso, o trabalho continuou em silêncio, embora a qualidade do silêncio tivesse mudado.

Quando chegou a hora de selar os orifícios, Aquiles deu um passo para trás, deixando-me trabalhar sozinha. Enrolei um pano de linho fino em volta da cabeça a fim de manter a mandíbula no lugar e procurei moedas para colocar nas pálpebras de Heitor. Não havia moeda alguma à vista, mas encontrei uma tigela cheia de pequenas pedras planas, guardadas exatamente para esse propósito. Selecionei duas, lembro que eram de um cinza-azulado pálido com finas linhas brancas cruzando-as e senti como eram leves e lisas. Meus irmãos costumavam lançar pedras como essas no rio, como sem dúvida Heitor teria feito quando menino. Coloquei as pedrinhas em suas pálpebras e então, com cuidado, levantei sua cabeça; sempre se esquece como a cabeça humana é pesada, não importa quantas

253

vezes se levante uma, sempre é um choque, e enrolei uma tira de pano sobre os olhos para manter as pedras no lugar. Então me afastei. Heitor havia partido agora. Eu sentia, de alguma forma, que ele não havia morrido até então.

Nós o vestimos com a túnica que Aquiles havia reservado e o envolvemos em um lençol de linho fino. Coloquei raminhos de tomilho e alecrim entre cada camada de tecido: queria que as mulheres que o desenrolassem, sua mãe e sua esposa, soubessem que houve cuidado e reverência no ato, que ele não tinha apenas sido enxaguado e embrulhado por mãos indiferentes. Por último, coloquei um pano de linho, tão fino que era quase transparente, sobre seu rosto.

Então, Aquiles o ergueu da laje, enquanto eu corria para abrir a porta. Imediatamente, Álcimo e Automedonte estavam ao seu lado, prontos para ajudar, mas Aquiles insistiu em carregar Heitor para a carroça sozinho, um feito de força considerável, mesmo para seus padrões. Álcimo saltou na carroça para receber a cabeça e os ombros. Aquiles subiu atrás dele e prendeu o corpo nas laterais com grossas tiras de lã para que não houvesse deslizamentos e escorregões impróprios quando as rodas sacudissem no solo acidentado. Quando terminaram, os três estavam sem fôlego.

Aquiles saltou e ficou com uma das mãos apoiadas na guarda-traseira. Achei que parecia desolado, embora julgasse seu humor mais pela postura do que pela expressão, porque não conseguia enxergar seu rosto. Por fim, disse ele, voltando-se para a Automedonte:

— Só espero que Pátroclo entenda.

Eu pensei e, quem sabe, talvez Automedonte também achasse, que Pátroclo jamais teria desejado que o corpo de Heitor tivesse sido desonrado, para início de conversa. Apenas a misericórdia dos deuses impediu Príamo de sair pela manhã e encontrar um monte de vermes pululantes em sua carroça. E então sua dor e horror teriam reacendido a raiva de Aquiles, e... e como aquilo teria terminado? Muito possivelmente, com Príamo morto na carroça ao lado do filho.

— Acho que precisamos de uma bebida — sugeriu Aquiles.

Então, nós três o seguimos pelo corredor até seus aposentos, onde comecei a trabalhar misturando recipientes de vinho forte. Aquiles engoliu sua caneca em segundos, o que era bem incomum para ele. Álcimo, que era jovem e um saco sem fundo, olhava os pedaços frios de cordeiro assado que haviam ficado na travessa.

— Vá em frente, sirva-se — disse Aquiles, aceitando outra caneca de vinho de mim. Então perguntou: — Onde está a sua?

Então me servi de uma caneca e me sentei na cama. De vez em quando, mal distinguível do fluxo do mar, vinha o som dos roncos de Príamo. Era pacífico ficar contemplando o fogo, embora meu rosto estivesse entorpecido. Depois que terminaram o vinho, e Álcimo tinha engolido uma quantidade incrível de carne em pouco tempo, Aquiles se levantou e lhes desejou boa-noite.

Notei que nenhum deles queria ir. A seu ver, estavam deixando Aquiles sozinho com um troiano, sim, um homem velho e aparentemente desarmado, mas, mesmo assim, um troiano.

— Ele nem tinha uma faca — argumentou Aquiles, cansado. — Eu tive que emprestar a minha a ele.

— E a garota? — indagou Automedonte.

— Ela fica.

Aquiles soava divertido em vez de irritado, mas Automedonte sabia que era melhor não pressionar o ponto. Álcimo, com os lábios brilhando de gordura, olhou de soslaio para mim enquanto eles recuavam. Quando olhei em volta, Aquiles estava sorrindo.

— Eles acham que você está aliada a Príamo — disse ele. — Acham que você vai me matar enquanto durmo.

Seu humor parecia ter melhorado. Aquele breve momento de desolação quando ele se perguntou o que Pátroclo teria pensado parecia ter sido esquecido. E seus movimentos estavam mais leves também. Eu havia notado isso antes, quando ele saltou da carroça, pousando tão silenciosamente quanto um gato, mas pensei que poderia ser fruto da imaginação. Ali, à luz do fogo, a mudança era inegável. Observei-o tirar as sandálias, primeiro uma, depois a outra, e pegá-las no ar.

Ele estava tirando a túnica pela cabeça. Comecei a me despir também, já que estava nítido que eu ficaria. Com certeza, era a última coisa de que eu precisava. Eu precisava estar lá fora conversando com Príamo, mas não havia como evitar isso. Deitei de costas com os olhos fechados, esperando que a cama cedesse sob seu peso. Eu rezava para que ele adormecesse depressa, mas estava tão cheio de energia como eu nunca o vira.

255

Outra coisa também. Houve momentos em que ele parecia quase hesitante, não inseguro de si mesmo, nunca era isso, mas mais como se quisesse uma resposta. Quando, por fim, fechou os olhos, sua respiração estava rápida, leve e superficial. Pior ainda, jogou o braço sobre meu peito e o peso me prendeu. Senti seu suor se esfriar em minha pele, mas sabia que não ousaria me mover, ainda não.

44

Acho que devo ter adormecido, pois, quando voltei à consciência, encarava a escuridão, me sentindo desorientada e atordoada. Gradualmente, à medida que a névoa do sono se dissipava, lembrei-me de que Príamo estava lá na varanda — *Príamo, aqui!* —, bem do outro lado daquela porta. Eu tinha de chegar até ele. Permaneci deitada, escutando. Quando tive certeza de que Aquiles dormia, expirei, me apertei contra a cama e tentei me desvencilhar de seu braço, mas era muito pesado. Eu estava presa.

As lamparinas a óleo estavam quase apagadas. As sombras lançadas pelas últimas chamas trêmulas pareciam se reunir ao redor da cama, gerando mais sombras conforme a luz morria. Olhei para a abertura sob a porta e tentei avaliar o quão perto estávamos da aurora.

O corpo de Aquiles estava quente e pesado. Cautelosa, movi minha coxa e minha pele se soltou da dele. Senti-me pegajosa, cheia dele. Em qualquer outra noite, eu teria ansiado pelo toque frio das ondas enquanto entrava no mar, mas não naquela noite. Minha boca estava seca, com um gosto horrível, o resultado horrível de beber duas canecas de vinho bem alcoólico. O suor de Aquiles até cheirava a vinho, mas ele tinha bebido mais do que eu.

Em algum lugar lá fora, um cachorro latiu, ou talvez uma raposa, sempre havia raposas na praia, rondando a linha da maré atrás de gaivotas mortas, e o som deve ter chegado até ele, pois murmurou em seu sono e se virou de lado, de costas para mim. O peso de seu braço havia sido retirado, mas mesmo assim não ousei escorregar para o pé da cama. Ainda não, é melhor deixá-lo se aquietar primeiro.

Empurrando as cobertas, observei o meu corpo. Coloquei as mãos sobre a barriga e pensei quão completamente essa carne, essa intrincada malha de ossos, nervos e músculos, pertencia *a mim*. Apesar de Aquiles, apesar dos meus quadris e coxas doloridos. Minha pele se arrepiou com a corrente de ar da porta, mas não puxei as cobertas de novo. Eu precisava sentir o frio, o choque do mundo exterior.

Cautelosamente, centímetro a centímetro, comecei a descer na cama. Eu sabia que não me atrevia ao risco de rastejar sobre ele. Cada vez que a cama rangia, eu ficava imóvel e escutava de novo. Em certo momento, ele se mexeu e pareceu prestes a acordar, então congelei por vários minutos, com medo até de pensar, caso meus pensamentos o acordassem. Uma terceira tentativa levou-me ao pé da cama, onde me sentei por um minuto, flexionando os dedos dos pés no tapete de pele de carneiro. Quanto tempo eu dormi? Dez minutos? Meia hora? Não muito. Tentei escutar barulhos, vozes, qualquer indício capaz de me informar que horas eram, mas o acampamento estava em completo silêncio. Até o mar estava tão calmo que mal conseguia ouvir sua respiração. O fogo estava baixo, as toras reduzidas a um monte de madeira enegrecida e cinzas brancas. Peguei meu manto e me enrolei bem nele. Aquiles dormia pesadamente agora, os lábios se franzindo a cada expiração. Muito devagar, alerta a qualquer movimento da cama, me levantei e o movimento pareceu afrouxar o nó de medo dentro de mim. Sério, pensei, o que havia a temer? Se ele acordasse e descobrisse que eu saíra, eu sempre podia alegar que pensei ter ouvido Príamo chamando. Ele não poderia achar ruim por eu cuidar de seu convidado real.

Ergui a trava e abri uma fresta da porta. O ar da noite bateu frio no meu rosto, o olho mais próximo da abertura começou a lacrimejar. Respirando fundo, esgueirei-me para fora, certificando-me de que a trava tivesse se fechado em silêncio atrás de mim. Era noite profunda; nada se mexia. Avancei pela varanda. Eu conhecia todas as tábuas que rangiam, já havia passado por ali tantas vezes, fugindo para meus poucos momentos preciosos à beira-mar.

Príamo dormia, esticado e imóvel, nem mesmo seus tornozelos estavam cruzados, como um corpo em uma pira funerária, exceto que ele emitia sons suaves ao respirar, bem agradáveis, como um cavalo dentro de sua bolsa de ração. Eu podia ver seus pés se projetando, picos gêmeos, com dobras

O SILÊNCIO DAS MULHERES

de tecido roxo caindo de cada lado. Ele se parecia tanto com meu avô enquanto dormia, eu sabia que não podia apenas sacudi-lo para acordá-lo, então, peguei uma tigela e saí em busca de água morna para ele se lavar.

Uma fogueira era mantida acesa e alimentada no quintal para que Aquiles pudesse tomar um banho quente todas as manhãs; não importava quantas vezes ele escolhesse nadar, aquele banho ainda precisava ser preparado. Eu despejei água fresca numa tigela de metal, coloquei entre as brasas e me agachei para esperar. Debaixo da cabana mais próxima, eu podia ver as formas amontoadas de mulheres velhas ou feias demais para merecer uma cama lá dentro. Todas as portas estavam fechadas. Até os cães dormiam, embora de vez em quando eu visse uma ratazana correr de cabana em cabana, arrastando o rabo nu pelo chão. Oh, sim, as ratazanas estavam de volta, embora em número muito menor do que antes. A água demorou a esquentar, mas eu não me importava, precisava de tempo para pensar, para planejar o que iria dizer. Mas então ouvi passos atrás de mim e me virei, esperando, temendo, ver Aquiles, mas era Álcimo e, logo atrás dele, Automedonte. Nenhum dos dois teria pregado os olhos por um segundo sabendo que Aquiles dormia em sua cabana com um troiano a meros metros de distância, mesmo se fosse um homem velho e estivesse, supostamente, desarmado.

Álcimo abaixou-se e disse algo, mas eu estava assustada demais para entender. Eu disse:

— Vim pegar água para Príamo se lavar.

— Ele está acordado? — Automedonte perguntou.

— Sim. Não, bem, pensei tê-lo ouvido…

— E Aquiles?

— Dormindo.

Inclinando-se sobre mim, Álcimo mergulhou um dedo na tigela.

— Está quente o suficiente.

Enrolando a barra do manto em volta das mãos, para o caso de as alças estarem quentes, levantei a tigela do fogo e me preparei para me colocar de pé.

— Eu carrego — disse Álcimo.

Eu o encarei. Um dos principais auxiliares de Aquiles, carregando água para uma escrava? Não, não para mim, ora, é claro que não era para mim! Para Príamo, que, apesar de ser um inimigo, *o* inimigo, ainda era um rei e devia ser tratado com a honra devida a um hóspede real. Mas então vi a expressão de Álcimo e pensei: *Não, para mim.*

A oferta era um inconveniente. Eu precisava de Príamo sozinho, não cercado pelos auxiliares de Aquiles. Talvez eu conseguisse persuadir Álcimo a ir embora e deixar-me ir em frente, mas Automedonte era outra história. Na verdade, ele liderou o caminho, avançando com confiança, tão perfeitamente arrumado e alerta depois de sua noite de vigília quanto estaria depois de um sono profundo.

Quando chegamos aos degraus, eu disse o máximo de firmeza que pude:

— Levarei para ele. — Olhei diretamente nos olhos de Automedonte. — Ele me conhece. Minha irmã é casada com um dos filhos dele.

Automedonte piscou, forçado, por um momento e, honestamente, acho que pela primeira vez me enxergou como um ser humano, alguém que tinha uma irmã e, além disso, uma irmã que era nora do rei Príamo. Ele hesitou, depois acenou com a cabeça, e os dois ficaram me olhando sair pela varanda. Senti, mais do que vi, eles se acomodarem nos degraus, esperando que Aquiles acordasse. Uma vez, pensei tê-lo ouvido se mexer dentro da cabana e parei para escutar, mas era apenas uma tábua rangendo, as paredes e o chão rangiam o tempo todo. Mesmo assim, foi um choque. Eu tinha uma chance tão pequena e parecia me apequenar a cada instante.

Príamo ainda estava deitado de costas, sua posição inalterada, embora, ao me aproximar, notei uma tensão nos pequenos músculos ao redor de seus olhos, que não estava lá antes. Então, não fiquei surpresa quando, assim que me aproximei da cama, suas pálpebras se abriram de repente. Seus olhos, que antes podiam ter sido de um azul vívido, estavam desbotados pela idade, com uma borda cinza-prateada ao redor da íris que eu me lembrava de ter visto nos olhos do meu avô. Por um segundo, pareceu assustado. Então percebi que ele não podia me ver e entrei no círculo de luz ao redor da lâmpada. No mesmo instante, ele relaxou: Ele pensara que eu era Aquiles.

— Senhor Príamo — eu disse com gentileza, com ênfase em "senhor". — Eu trouxe um pouco de água para que possa se lavar.

— Ora, minha querida, isso é muito gentil.

Ele rolou sobre o cotovelo. Molhei um pano na água morna e entreguei a ele. Príamo o passou pelo rosto e pelas orelhas, e então ergueu os cabelos e a barba e esfregou o pescoço e o peito o máximo que pôde alcançar.

O SILÊNCIO DAS MULHERES

Eu vi, com uma pontada de amor e pena, que ele estava totalmente absorvido na tarefa, como um garotinho em quem se confia para se lavar pela primeira vez. Por aqueles poucos minutos, ele esqueceu a guerra, os últimos e terríveis nove anos, esqueceu até mesmo a morte de Heitor. Tudo sumiu para ele, o tempo de uma vida em que ele governou Troia, cinquenta anos de casamento feliz, tudo se foi, limpo em um quadrado de pano úmido e quente. Pareceu perfeitamente natural para mim, testemunhando aquela transformação, correr meus dedos molhados por seus cabelos, tirando-o de sua testa e ajustando mechas perdidas no lugar atrás de suas orelhas. Ele me observou e, de repente, disse:

— Sim, é claro, Briseida, não é? A amiguinha de Helena?

Eu podia vê-lo se recompondo, assumindo o fardo de memória. O menino despreocupado havia desaparecido, seu lugar foi ocupado por um velho, um velho que viu e sofreu muito; mas ainda um rei. Ele empurrou as cobertas, jogou as pernas para o lado da cama e parou por um momento. Obviamente, ficar de pé era um pequeno desafio. Ele tentou várias vezes esticar os joelhos doloridos, então coloquei meu braço no seu e agarrei-lhe a mão. Quando ele estava em pé e o pior da dor parecia ter diminuído, não consegui me conter por mais tempo.

— Leve-me com você — pedi.

Ele parecia surpreso.

— Minha irmã está em Troia. Lembra-se dela? Ela é casada com Leander e é a única família que me resta.

— Sim, eu lembro. Seu marido foi morto, não foi?

— E meus irmãos, todos os quatro. Eu só tenho a ela.

— Eu sinto muito.

— Aquiles matou meus irmãos e agora eu durmo em sua cama.

— Bem, então você sabe o que acontece com as mulheres quando uma cidade cai. Não passa um dia em que eu não penso nisso. Eu olho para minhas filhas… — Ele balançou a cabeça como se tentasse desalojar as imagens que ali se formavam. — Pelo menos não viverei para ver isso. Com alguma sorte, estarei morto até lá.

— *Por favor?*

Ele colocou a mão no meu ombro.

— Minha querida, você não está pensando direito. Sim, sua irmã lhe dará uma casa, tenho certeza que ela ficaria feliz… e Leander. Mas e então?

Algumas semanas de liberdade e, em seguida, Troia cai e você volta a ser uma escrava... e talvez de um homem pior do que Aquiles.

— *Pior?*

— Por que ele é cruel com você?

— Ele matou minha família.

— Mas isso é *guerra*. — Ele estava ereto de novo, Príamo, o rei, a fraqueza que precisara da minha ajuda esquecida. — Não, eu não posso fazer isso. Como acha que Aquiles se sentiria se eu roubasse sua mulher? Meu filho Páris seduziu Helena enquanto era hóspede do marido dela... e veja aonde isso nos levou.

— Se ajudar, não acho que ele se importaria.

— Tem certeza? Ele rompeu com Agamêmnon por sua causa.

— Sim, mas isso foi apenas orgulho ferido.

— E isso não feriria seu orgulho? Depois que ele me acolheu, me aceitou como seu hóspede? Ele poderia ter me matado. Não, me desculpe. — Ele balançou a cabeça. — Não posso fazer isso.

Eu ouvi um movimento atrás de mim e me virei para ver Aquiles parado nas sombras. Meu coração deu um pulo. Há quanto tempo ele estava lá?

— Vejo que Briseida está cuidando de você.

Tempo suficiente.

— Sim, ela tem sido muito gentil.

Príamo tocou meu rosto, descansando a palma da mão com delicadeza contra minha bochecha, mas eu não consegui encará-lo.

— É hora de ir — determinou Aquiles. — Vai amanhecer em breve e não podemos arriscar que Agamêmnon o encontre aqui.

— O que acha que ele faria?

Aquiles encolheu os ombros.

— Acho que prefiro não descobrir.

— Mas você lutaria por mim?

— Ah, sim, eu lutaria. Não preciso de um troiano para me ensinar meu dever para com um hóspede.

Com um leve barulho na tigela, Príamo deixou cair o pano em suas mãos.

— Tudo bem, estou pronto.

Aquiles não estava apenas vestido, mas armado, as mãos entrelaçadas apoiadas no punho da espada. Obviamente, ele falara a verdade quando afirmou estar preparado para lutar. Com medo de encará-lo, olhei em vez

O SILÊNCIO DAS MULHERES

disso para suas mãos e notei Príamo olhando para elas também. Aquiles deu um passo para trás, envolvendo-se ainda mais na capa, de modo que suas mãos, aquelas mãos terríveis e assassinas, desapareceram nas dobras. Não acredito que ele tivesse vergonha de qualquer coisa que aquelas mãos tivessem feito, tinha orgulho, na verdade, mas mesmo assim eram um problema, porque moldavam a percepção de outras pessoas sobre ele de maneiras que o próprio Aquiles não conseguia controlar.

Peguei a capa de Príamo e os segui ao longo da varanda. Eu era invisível agora; os laços de anfitrião e hóspede, os laços que unem os homens, haviam se reafirmado. Mas então percebi o quanto Príamo estava intimidado pelos degraus. Aquiles ofereceu seu braço, mas Príamo o afastou, um daqueles súbitos espasmos de raiva que marcaram aquele encontro. Na hora, pude ver Príamo lamentando o momento de recuo involuntário, tentando se *forçar* a segurar no braço de Aquiles... Foi Aquiles quem se afastou e me indicou que eu deveria ajudar Príamo. Príamo pousou a mão no meu ombro e desceu os degraus muito bem, estremecendo apenas um pouco ao chegar ao chão. Aquiles tinha ido na frente e falava com Automedonte, talvez não querendo chamar a atenção para o contraste entre a fraqueza de Príamo e a própria força. Pensei em como Príamo foi sábio em apelar para Aquiles por meio do pai. Aquiles sempre demonstrou grande tato e delicadeza no trato com os velhos, e essa sensibilidade só poderia ter surgido do amor pelo próprio pai.

Príamo agora apoiava todo o seu peso em mim. Ele parecia ter envelhecido dez anos à noite, parecia ter passado, em poucas horas, da velhice vigorosa à fragilidade. Senti suas veias latejando sob minha mão como o batimento cardíaco de uma avezinha que você sabe que tem como sobreviver. Aquiles estava esperando que o alcançássemos.

— Está tudo pronto — anunciou ele. — Irei com você até o portão.

Quando chegamos ao pátio do estábulo, Automedonte e Álcimo já atrelavam as mulas à carroça. Senti Príamo tremendo conforme nos aproximamos. Até então, ele havia se controlado, mas naquele momento, com as mulas impacientes, os sinos dos arreios tilintando, ele se virou para a carroça.

A um gesto de Aquiles, Álcimo ergueu a tocha mais alto, para que um círculo de luz recaísse sobre o corpo de Heitor. Levantei o pano de linho para que Príamo pudesse ver o rosto do filho. Príamo fez um pequeno barulho do fundo da garganta, então quase timidamente estendeu a mão e tocou os cabelos do filho.

— Ah, meu menino, meu pobre menino.

Ele desatou a chorar; levou a mão à boca e tentou segurar os lábios, mas os soluços não podiam ser contidos.

Nós esperamos. Por fim, ele se voltou para Aquiles.

— De quanto tempo precisa para enterrá-lo? — perguntou Aquiles.

A brutalidade da questão o abalou. Mas então percebi que, ao focar nos aspectos práticos, Aquiles havia evitado o que poderia facilmente ter se tornado um confronto. A dor era o que os unia, mas também os dividia.

— *Oh...* — Ofegante, Príamo segurou na lateral da carroça e tentou pensar. — É uma longa jornada até a floresta para conseguir madeira... Nossas árvores foram todas cortadas para construir suas cabanas e as pessoas têm medo de ir... Precisamos de um cessar-fogo.

— Vou me certificar de que o tenha.

— Então eu diria... Onze dias? Onze dias para os jogos fúnebres. E então no décimo segundo dia nós lutaremos novamente. Se precisarmos...

Isso foi quase uma pergunta. *E por que não?*, pensei. *Por que não?* Se ele e Aquiles puderam com tanta facilidade chegar a um acordo de cessar-fogo, por que não prosseguir e selar uma paz permanente...?

— Vou acompanhá-lo até o portão — declarou Aquiles.

Surpreendentemente, Príamo pareceu achar graça.

— Tem certeza? O que as sentinelas vão pensar disso? O grandioso Aquiles, o divino Aquiles, escoltando a carroça de um fazendeiro?

Aquiles deu de ombros.

— Não importa o que eles pensam, contanto que façam o que lhes é dito. Mas entendo, com certeza não queremos uma guarda de honra.

Ele se virou para Automedonte e Álcimo.

— Vocês ficam aqui, esperem por mim na cabana.

— Acho que seria melhor se nos despedíssemos aqui — sugeriu Príamo.

— Não, até passar por aquele portão, você ainda é meu hóspede. Não seria bom se você fosse reconhecido.

Príamo assentiu com a cabeça. Eu percebi que ele queria que tudo isso parasse para que pudesse olhar para Heitor mais uma vez.

— Mas primeiro — disse Aquiles —, vamos beber a taça de despedida.

O SILÊNCIO DAS MULHERES

Um verniz de civilidade tão fino escondia a raiva furiosa por baixo, que pensei que Príamo poderia recusar, mas não, ele consentiu de pronto, até mesmo pegou o braço de Aquiles enquanto voltavam para a cabana. Automedonte e Álcimo se entreolharam, obviamente exasperados com a demora, mas seguiram atrás. Eu também não entendi, depois de toda aquela conversa sobre a necessidade de tirar Príamo do acampamento o mais rápido possível, mas me convinha bem. Ninguém percebeu o que eu estava fazendo. Para começar, continuei parada ao lado da carroça, apenas me esgueirando um pouco para a esquerda, de modo que as laterais altas me escondessem caso alguém olhasse para trás.

O vento do amanhecer era refrescante. As tochas em suas arandelas ao redor do pátio oscilavam e ardiam pálidas. Eu descansei minha mão na guarda-traseira e esperei o som de seus passos morrer. Era agora ou nunca; eu sabia que jamais teria uma chance como essa novamente. Não havia tempo para pensar, não havia tempo para me perguntar se eu estava fazendo a coisa certa. Assim que tive certeza de que não estava sendo observada, subi na carroça e me deitei ao lado de Heitor, meu corpo quente achatado contra seu lado frio. Soltei o lençol de linho para que suas dobras também me cobrissem. Seu corpo era úmido contra a minha pele, o cheiro de tomilho e alecrim não era forte o bastante para esconder um odor de deterioração. Sua aparência não mudara em nada, mas meu nariz me disse que o inevitável processo de decomposição havia começado. Não esperei o retorno deles, mas mantive meu rosto bem pressionado contra o braço de Heitor para que nenhum movimento da minha respiração perturbasse o tecido. Bastava Príamo parar para dar mais uma olhada no corpo de seu filho — e o que seria mais natural do que isso? — e haveria um inferno a pagar, para mim, e talvez para Príamo também, em cujos protestos de que ele não sabia que eu estava lá talvez não acreditassem.

Eu fiquei tensa quando ouvi seus passos retornando. Aquiles e Príamo falavam em voz baixa, eu não conseguia ouvir as palavras. Depois de um tempo, ficaram em silêncio e esse silêncio era mais assustador do que a fala. Pensei ter ouvido Príamo vindo para olhar o corpo de Heitor de novo, mas então senti a carroça se inclinar quando ele subiu no banco do cocheiro. Um tilintar de sinos, o tapa do couro contra o pescoço de uma mula, e um solavanco para a frente, a carne fria de Heitor roçando contra minha bochecha.

Sulcos no pátio do estábulo; mesmo já no caminho, as rodas saltavam sobre buracos no chão. Agarrei o corpo de Heitor, que era mantido mais ou menos estável pelas faixas que o prendiam às laterais da carroça. Sentia-me fria agora, quase tão fria quanto o cadáver, todos os músculos contraídos de medo. Mas minha mente estava agitada, vi minha irmã, meu cunhado, o calor e a segurança de sua casa e, acima e além de tudo isso, o grande prêmio da liberdade. Eu, sendo eu mais uma vez, uma pessoa com família, amigas, um papel na vida. Uma mulher, não uma coisa. Não era um prêmio pelo qual valia a pena arriscar tudo, por mais curto que fosse o tempo restante para aproveitá-lo?

Contudo, quanto mais eu pensava a respeito, mais insana parecia essa tentativa de liberdade. Se Príamo me descobrisse antes de chegarmos a Troia, poderia muito bem me jogar para fora da carroça, talvez até mesmo enquanto cruzávamos o campo de batalha. Algumas lembranças sentimentais de uma garotinha para a qual ele havia feito truques de conjuração não valeriam de nada contra o dever que tinha para com Aquiles como seu anfitrião. Ele não arriscaria aquele cessar-fogo de onze dias por minha causa.

E mesmo se eu chegasse até Troia e conseguisse alcançar minha irmã, o que o futuro me reservaria? Algumas semanas de felicidade, obscurecida pelo medo, e então eu estaria me escondendo em outra cidadela, cercada por outro grupo de mulheres aterrorizadas, esperando a queda de outra cidade. Esperando que Agamêmnon soltasse milhares de guerreiros bêbados nas ruas. Eu tinha ouvido seus planos para Troia, dele e de Nestor. Todos os homens e meninos mortos e isso incluiria meu cunhado, mulheres grávidas mortas com golpes na barriga para não correr o risco de seu filho ser um menino, e para as outras mulheres, estupro coletivo, espancamentos, mutilação, escravidão. Algumas mulheres, ou melhor, algumas garotas muito jovens, principalmente de nascimento real ou aristocrático, seriam divididas entre os reis, mas como ex-escrava eu não teria essa posição. Eu poderia com facilidade acabar vivendo a vida das mulheres comuns, esquivando-me de ataques durante o dia e dormindo sob as cabanas à noite. Ou pior ainda, ficar cara a cara com Aquiles e suportar as punições invariavelmente infligidas a escravas fugitivas. Não havia esperança de misericórdia ali, eu havia visto o quão vingativo Aquiles poderia ser...

Príamo está certo, pensei. *Isso é uma loucura.*

O SILÊNCIO DAS MULHERES

Apertando bem os olhos, tentei pensar. Eu estava encurralada. Tudo o que eu podia fazer no momento era ficar deitada ao lado do cadáver de Heitor e esperar que a carroça parasse. *Se* parasse... Sempre havia a possibilidade de que os guardas, reconhecendo Aquiles, a deixassem passar. De qualquer maneira, carroças saindo do acampamento não eram normalmente paradas e revistadas.

Por fim, a oscilação parou. Eu senti a presença de Aquiles caminhando ao lado da carroça a todo instante, mas então a sensação dele se afastou e, minutos depois, eu o ouvi falando com as sentinelas. Os arreios das mulas tilintaram. Príamo suspirou e tossiu, de tensão, suponho. Eu queria tossir também. Desesperada, imaginei o gosto forte de limões, juntando saliva e engolindo para acalmar a coceira na garganta. Ouvi Aquiles e os guardas rindo juntos.

A qualquer momento, a carroça avançaria novamente. Tinha de ser naquele momento. Libertei-me do lençol, me contorci até a ponta da carroça e deslizei para o chão. De imediato, pus-me a andar: gelada, assustada, úmida, desesperada, minha pele cheirando à pele de Heitor... Senti o olhar de Aquiles grudado às minhas costas, mas não ousei me virar para ver se ele de fato estava me observando. Meu instinto era correr, mas eu sabia que isso atrairia muita atenção, então apenas envolvi meu manto bem firme ao meu redor e comecei a andar em um ritmo rápido, porém constante. Eu não estava olhando para onde estava indo, tropecei várias vezes na bainha da minha túnica. A cada momento, esperava ouvir meu nome ser chamado.

À minha volta, o acampamento despertava: homens que haviam se embriagado na noite anterior bocejando e gritando por comida; mulheres carregando gravetos para reavivar as fogueiras noturnas. O vento matinal agitou minha saia e meus cabelos. Fui direto para um grupo de mulheres e tentei me misturar a elas, até mesmo pegando um balde vazio e carregando-o, inclinando-me um pouco para o lado, fingindo que estava cheio. Por fim, criei coragem para olhar para trás e percebi que nenhuma dessas encenações havia sido necessária. A carroça de Príamo já estava passando pelo portão. Aquiles ficou para vê-lo partir, uma das mãos erguida em uma saudação final, depois se virou e partiu rapidamente na direção de sua cabana.

Só então respirei fundo. Esperei mais alguns minutos e o segui, minha mente se enchendo de uma confusão de cuidados rotineiros. Ele iria querer água quente para se banhar. Falei com as mulheres cujo dever era preparar o banho e depois entrei na cabana. Ele estava sentado à mesa, encarando o nada, mas ergueu o olhar quando eu entrei. Tive a impressão de que pareceu surpreso.

— Gostaria de comer alguma coisa? — perguntei.

Aquiles assentiu com a cabeça e sentou-se em silêncio enquanto eu preparava pão, azeitonas e um queijo de cabra branco e esfarelado que costumavam produzir em Lirnesso. O cheiro sempre me transportava de volta à minha infância. Havia sido o favorito da minha mãe; ela costumava comê-lo com alguns dos pequenos damascos duros que cresciam em uma árvore atrás de nossa casa. Quebrei algumas migalhas, coloquei na boca, e o gosto forte e azedo a trouxe de volta para mim. Lágrimas surgiram em meus olhos, mas não me permiti chorar. Coloquei o prato na mesa em frente a Aquiles e recuei.

Ele parecia estar com fome, rasgando pedaços de pão e mergulhando-os no azeite, espetando pedaços de queijo na ponta de sua adaga e jogando-os na boca. Servi vinho diluído em sua caneca e coloquei ao lado do prato.

Então ele disse, casualmente, só que não foi casual:

— Por que você voltou?

Então ele soubera o tempo todo. Minha boca ficou seca. Então pensei: *Não. Ele só pensa que fui à cabana das mulheres e está se perguntando por que voltei sem esperar ser chamada.* Então me virei para encará-lo — e vi que estava certa da primeira vez. Ele sabia. Por um momento, o choque fez minha mente ficar em branco, mas então pensei: *Se você sabia que eu estava no carrinho, por que não me impediu?*

Eu disse, lentamente:

— Eu não sei.

Ele empurrou a bandeja de pão e queijo para mim. Pensando que ele havia terminado, fiz menção de pegá-lo, mas me contive. *Ele estava me oferecendo comida.* Não foi exatamente um convite gracioso: ele apenas apontou para o meu peito e depois para uma cadeira. Então me sentei, de frente para ele, e comemos e bebemos juntos.

Respondi *Eu não sei* porque não conseguia pensar em mais nada para dizer. Tudo aquilo sobre Troia caindo e eu me tornando escrava novamente e sendo arrastada diante de Aquiles, era tudo verdade. Mas eu sabia de tudo isso antes de entrar na carroça. Outra coisa, algo que eu não

O SILÊNCIO DAS MULHERES

conseguia identificar, me fez voltar atrás. Talvez não mais do que um sentimento de que aquele se tornara o meu lugar, que eu tinha de fazer minha vida funcionar *ali*.

Comemos e bebemos em silêncio, mas senti que a atmosfera havia mudado. Eu havia tentado escapar, mas então, *por alguma razão,* eu voltei. Ele sabia que eu estava no carrinho e mais uma vez, *por alguma razão,* estava disposto a me deixar ir. Portanto, essa não era mais, exatamente, uma reunião entre dono e escrava. Havia um elemento de escolha. Ou será que havia? Não sei, é provável que muito disso fosse ilusão, e eu não acho que por um segundo nada disso tenha passado pela cabeça dele.

De repente, ele empurrou o prato e se levantou.

— Preciso ir ver Agamêmnon.

— Ele não vai estar acordado ainda.

Ele pareceu achar graça.

— Não, é verdade.

Então, voltou a sentar-se e terminamos o vinho.

45

Após nove longos anos de sangue e conflito, onze luminosos dias de paz.

Lembro-me deles como uma época estranha; um tempo fora do tempo. Parecíamos viver no espectro de uma onda prestes a rebentar. Todos os dias eram pontuados por gritos e aplausos de dentro das paredes de Troia, enquanto outro guerreiro ganhava uma corrida e recebia seu prêmio dos estoques depauperados de Príamo, embora nenhum deles fosse desfrutar seu prêmio por muito tempo.

No segundo dia, Ájax veio jantar, trazendo consigo Tecmessa e seu filhinho. Nós, mulheres, sentamo-nos na varanda comendo uma bandeja dos doces que Tecmessa adorava, ou melhor, ela os comia, eu assistia. O menino brincava com um cavalo de madeira que o pai havia entalhado para ele, estalando a língua enquanto o fazia galopar pela varanda. Sentei-me, protegendo os olhos, observando Aquiles e Ájax enquanto jogavam dados. Eles estavam sentados a uma mesa no centro do pátio, rindo, provocando um ao outro com a liberdade da longa familiaridade, gemendo alto e batendo as mãos na testa sempre que os dados não caíam em seu favor. Todos os seus gestos pareciam um pouco exagerados, como pessoas fingindo jogar um jogo de dados.

De repente, Ájax levantou-se de um salto. Pensando que ele tinha visto alguém dentro da cabana, me virei para seguir seu olhar, mas não havia ninguém lá e, quando olhei para trás, Ájax estava no chão. Ele ficou lá, joelhos dobrados até o queixo, chorando como um bebê recém-nascido. Aquiles ficou imóvel, deixando o ataque seguir seu curso, até que, por fim, Ájax recuperou o controle de si mesmo e voltou a se sentar. Nenhum dos dois falou, apenas continuando o jogo como se nada tivesse acontecido. Todo o incidente, do início ao fim, não podia ter durado mais do que dez minutos.

Tecmessa, que começara a se levantar, acomodou-se novamente em sua cadeira e pegou outro quadrado de nozes cobertas de mel.

— Ele não tem dormido — disse ela. — Ele tem pesadelos terríveis; outra noite, sonhou que estava sendo devorado por uma aranha, ele conseguia ouvir suas mandíbulas se mexendo e tudo mais, acordou gritando. Ah, e se eu perguntar o que há de errado...

— Ele não te conta?

— Claro que não! Devo apenas aguentar e não dizer nada, e, se eu tento falar disso, ouço: *O silêncio é apropriado à mulher.*

Todas as mulheres que conheci foram educadas com esse ditado. Sentadas na varanda sombreada, nós o contemplamos por um momento e de repente desatamos a rir, as duas, não apenas rindo, mas gargalhando, berrando, ofegando, até que, finalmente, os homens se viraram para nos encarar e Tecmessa enfiou a bainha da túnica na boca para se calar. A risada terminou de maneira tão abrupta quando começara. Ficamos sentadas, secando os olhos e limpando o nariz com as costas das mãos. Peguei a bandeja e lhe ofereci outra fatia... Por fora, estávamos de volta ao normal, exceto pelo ocasional soluço subversivo, mas algo havia mudado. Eu nunca gostara muito de Tecmessa, mas, depois daquele momento de riso compartilhado, nos tornamos amigas.

Eu disse:

— Em quanto tempo é possível saber que se está grávida?

Ela me encarou.

— Depende... *Eu* soube logo, enjoada feito um cão desde o primeiro dia, mas, você sabe... Todo mundo é diferente, algumas mulheres dizem que não sabem até estarem em trabalho de parto, embora eu não saiba *como* elas não sabem; quer dizer, mesmo se você ainda estivesse menstruando, imagino que levar uma cabeçada na bexiga a cada cinco minutos pode ser uma pista.

Todo esse tempo, embora ela tenha tido o cuidado de falar em termos gerais, estivera me olhando astutamente.

— É dele?

— É — respondi.

PAT BARKER

— Tem certeza?

— Sim.

— Não é de Agamêmnon?

— Impossível. A porta dos fundos, lembra?

Ela ficou muito feliz por mim; muito mais feliz do que eu estava por mim mesma.

As sombras estavam se alongando. Em um instante, os homens se levantariam e entrariam para jantar, mas nos últimos minutos, com o sol pendurado na borda do horizonte, ninguém se mexeu. Ájax havia se virado na cadeira e estava olhando em nossa direção. A princípio, achei que estivesse observando o garotinho, que agora estava pulando escada abaixo e gritando: "Olha pra mim, mamãe! Olha para mim!". Mas então eu vi com um arrepio que seus olhos estavam completamente vazios. Aquiles se mexeu na cadeira; ele parecia desesperado para distrair Ájax com outra bebida, outro jogo, qualquer coisa, mas aquele terrível olhar vazio continuou e continuou, através da cabana, através do pátio do estábulo e através do campo de batalha até os portões de Troia e muito além. Ele não estava olhando para nenhuma coisa em particular; ele estava olhando para nada. Para *o* nada, talvez.

Após o jantar, a bebida e a música continuaram nos aposentos de Aquiles. Álcimo tocava a lira, Automedonte revelou um talento inesperado para a flauta dupla, contudo quando tentou cantar soou tanto como um bezerro recém-separado da mãe, e todos imploraram que parasse. Todas as canções eram sobre batalhas, sobre as façanhas de homens grandiosos. Essas eram as canções que Aquiles amava, as canções que fizeram sua fama. Ele estava mais feliz naquela noite do que em qualquer outro momento que eu o tivesse visto desde a morte de Pátroclo.

Mais tarde, à noite, o menino ficou irritadiço. Tecmessa o pegou e o levou para fora, onde andou de um lado para o outro do pátio com o menino pesado nos braços, cantando para ele dormir. A canção de ninar era uma que eu me lembrava da minha própria infância. Minha mãe costumava cantar para meu irmão mais novo enquanto eu me aninhava ao lado dela, tendo permissão, por aqueles poucos e preciosos momentos, de ser eu também um bebê de novo. Conforme Tecmessa continuou cantando, os homens gradualmente silenciaram e ouviram. Ela tinha uma voz doce. Observei o grupo. Lá estavam eles: todos guerreiros experientes,

O SILÊNCIO DAS MULHERES

escutando uma escrava entoar uma canção de ninar troiana para seu bebê grego. E, de repente, eu entendi algo, ou melhor, vislumbrei; não acredito ter entendido até muito mais tarde. Eu pensei: *Nós vamos sobreviver: nossas músicas, nossas histórias. Eles nunca conseguirão nos esquecer. Décadas depois da morte do último homem que lutou em Troia, seus filhos se lembrarão das canções que suas mães troianas cantaram para eles. Estaremos em seus sonhos e em seus piores pesadelos também.*

A música terminou com uma onda de arrulhos de Tecmessa e um profundo suspiro de contentamento da criança adormecida.

— Ah, bem, então — disse Ájax, batendo nas coxas. — É melhor irmos.

Ele e Aquiles se abraçaram longa e fortemente, mas sem palavras, e então ficamos juntos na varanda, vendo a pequena família desaparecer na noite.

Voltei para a cabana com Aquiles e nos acomodamos perto do fogo. O pouco tempo que se passou desde a visita de Príamo confirmou minha primeira impressão de uma mudança entre nós. Aquiles não mandava mais me buscar. Ele apenas presumia que eu estaria lá. Eu pensei muito sobre aquela noite. Olhando para trás, parecia que eu tentava escapar não apenas do acampamento, mas da história de Aquiles; e que eu falhara. Porque, não se engane, essa era a história *dele*, a raiva *dele*, a dor *dele*, a história *dele*. *Eu* estava com raiva, *eu* estava sofrendo, mas de alguma forma isso não importava. Lá estava eu, mais uma vez, esperando que Aquiles decidisse quando seria a hora de ir para a cama, ainda aprisionada, ainda grudada à sua história e, ainda assim, sem ter nenhum papel de verdade a desempenhar nela.

Embora isso pudesse estar prestes a mudar. Eu encarei o fogo e soube que tinha de contar a ele. Não sei o que me manteve em silêncio. Todas as outras mulheres diziam: *Vá em frente, diga a ele, pelos deuses, o que você está esperando?* Essa era a minha chance de obter segurança, ou o mais perto de obter segurança que eu poderia chegar. Lembrei-me do que Ritsa dissera sobre Criseida: que se ela desse um filho a Agamêmnon, estaria feita para o resto da vida. E ainda assim me contive, porque eu sabia que minha vida mudaria novamente a partir do momento em que eu pronunciasse as palavras. Eu seria a mãe, a futura mãe, de uma criança que era tanto troiana quanto grega. As velhas lealdades, as velhas certezas, as poucas que me restavam, desapareceriam. Assim, sentei-me perto do fogo, tomei meu vinho, e não me manifestei.

46

Ele teve de lutar muito para conseguir o cessar-fogo que Príamo queria. A negociação foi um trabalho complexo e demorado porque ele precisou convencer não apenas Agamêmnon, mas também todos os outros reis. E, de fato, eram incontestáveis os argumentos a favor de prosseguir com o ataque, posto que Troia fora mortalmente enfraquecida pela morte de Heitor. Mas, de alguma forma, no fim das contas ele conseguiu convencê-los. Pátroclo ficaria orgulhoso dele. Até mesmo Odisseu, que colocou obstáculos a cada momento, dissera:

— *Bem*, isso *foi* uma surpresa. Podemos torná-lo um diplomata... um dia.

Aquiles apenas riu e balançou a cabeça.

Não há "um dia".

Todas as manhãs, ele vai para a praia, para a faixa de areia dura, e força os olhos para ter o primeiro vislumbre da mãe.

No início, ela não é mais do que uma mancha escura na gaze branca de névoa, mas então, conforme vadeia na direção dele pela parte rasa, ele percebe o brilho prateado naquela pele. Aquiles ao mesmo tempo anseia e teme o momento em questão, porque cada encontro se tornou um adeus prolongado. Está cansado disso, quer que acabe. Passou a vida inteira saturado pelas lágrimas da mãe. Então, quando enfim ela desaparece em uma onda que se eleva, ele se sente secretamente aliviado. A névoa que ela traz consigo começa a se esvanecer na mesma hora e lá está o mar,

O SILÊNCIO DAS MULHERES

estendido na frente dele, uma transparência fina e brilhante como a primeira película de pele em uma ferida em cicatrização.

Quando ele retorna para a cabana, o sol já apagou os últimos fragmentos de névoa e o acampamento está ganhando vida. Uma mulher está ajoelhada ao lado de uma fogueira, soprando embaixo de um tronco e colocando um punhado de grama seca na chama. Os cavalos fungam dentro de suas bolsas de alimentação e homens se debruçam sobre eles, passando as mãos calosas e suaves por cada perna, levantando os cascos para verificar se há pedras. Nada de novo, nada de especial, ele viu isso todas as manhãs nos últimos nove anos, mas ele nunca viu tão claramente, nunca amou como merecia ser amado, até aquele momento.

Todas as manhãs, Álcimo senta-se nos degraus da varanda, polindo sua armadura. Às vezes Aquiles pega um pano e se junta a Álcimo nessa tarefa, ignorando a expressão escandalizada de Automedonte. O grande Aquiles, o divino Aquiles, não deveria polir a própria armadura. Mas ele gosta do trabalho: o ritmo das passadas; o desafio de remover uma sujeira particularmente teimosa; a recompensa simples e alcançável do bronze reluzente. Quando a mãe lhe deu essa armadura, ele mal havia se preocupado em observá-la, estava tão decidido a encontrar e matar Heitor. Mas ali, dispõe de todo o tempo do mundo para apreciar a beleza do escudo: rebanhos de bois pastando perto de um rio, rapazes e moças dançando em círculo, sol, lua e estrelas, terra e céu, uma briga, um julgamento, uma festa de casamento… Embora ele não consiga deixar de se perguntar o que sua mãe quis dizer com o presente. Trata-se do escudo mais forte, mais bem-feito e mais bonito do mundo, mas não pode salvá-lo. Sua morte está determinada pelos deuses. Em vez disso, todas as manhãs, isso o lembra da riqueza da vida que está prestes a perder.

Ele pensa muito na mãe enquanto lustra o escudo. De alguma forma, por estar no fim da vida, parece-lhe natural voltar ao início, para fechar o círculo se for possível. Quando menino, ao obter permissão para ficar acordado até tarde no salão após o jantar, com as pálpebras pesadas, lutando contra o sono, ele costumava olhar para ela e perceber como seus olhos estavam inflamados. "É o fogo", ela costumava dizer. "A fumaça." Mas ele sabia que não era. Algumas noites ela mal conseguia respirar. E então sua pele começava a se rachar, sempre, os cantos de sua boca primeiro, e então as rachaduras se aprofundavam e se espalhavam até começarem a

PAT BARKER

verter líquido. Não muito depois, a mãe desapareceria e ele seria deixado a vagar, apático e desolado, ao longo da costa até que de repente lá estava ela de volta, envolvendo-o em seus braços e beijando-o, os olhos límpidos, a pele viçosa, seus cabelos pretos e brilhantes cheirando a sal.

Todavia os maus momentos se tornaram mais constantes. Frequentemente, o pai estendia a mão e acariciava o braço dela, e Tétis sempre permitia, ela nunca se afastou, embora, aninhado ao seu lado, Aquiles sentia a violência reprimida de seu recuo. Ela era uma mulher com raiva, sua mãe, com raiva dos deuses que a condenaram ao leito conjugal de um mortal. E como ela odiava: o molde viscoso da cópula e do nascimento humanos. Até amamentando o filho… Ele a imagina — é imaginação ou lembrança? —, todos os músculos do pescoço tensos, tentando não se afastar da boquinha de anêmona-do-mar presa ao mamilo, sugando leite, sugando sangue e esperança e vida, vinculando-a cada vez mais à terra. Ah, deixou sua marca nele, aquela repulsa imaginada ou lembrada. Ele nunca sentiu muita alegria no sexo, fosse com homem ou mulher. Alívio físico, sim… mas não mais do que isso. Até Pátroclo foi obrigado a pagar um alto preço pelo prazer que deu ou obteve.

Todo seu amor, toda sua ternura, são para seu pai. Ele é, antes de tudo, "o filho de Peleu", o nome pelo qual é conhecido em todo o exército; seu título original e sempre o mais importante. Mas esse é o seu eu público. Quando está sozinho, e em especial nas visitas matinais ao mar, ele sabe que é, inevitavelmente, filho de sua mãe. Ela foi embora quando Aquiles ainda não completara sete anos, idade em que um menino deixa os aposentos das mulheres e entra no mundo dos homens. Talvez seja por isso que ele nunca conseguiu fazer a transição por completo, embora tal afirmação pudesse causar espanto aos homens que lutaram ao seu lado. Mas é claro que não diz. É uma falha, uma fraqueza; sabe mantê-la bem escondida do mundo. Apenas à noite, oscilando entre o sono e a vigília, ele se encontra de volta à escuridão salgada do ventre dela, o longo erro da vida mortal enfim apagado.

Até mesmo seu luto por Pátroclo fica mais fácil com a aproximação da própria morte. Não é a agonia dilacerante e desoladora da perda de um membro que costumava ser, mas uma sensação quase pacífica, como se Pátroclo tivesse ido à sua frente para o quarto ao lado. Fala dele com

O SILÊNCIO DAS MULHERES

frequência, contando a Álcimo e a Automedonte, jovens demais para se lembrarem dos primeiros anos da guerra, das batalhas e das viagens marítimas daquela época longínqua. Mas sozinho com Briseida, ele retorna além das batalhas, além de Troia, rumo à infância que ele e Pátroclo compartilharam, voltando até seu primeiro encontro.

— Eu nunca o tinha visto antes em minha vida, mas, quando olhei para ele, meu primeiro pensamento foi: *Eu o conheço.*

— Foi uma sorte, não foi? Conhecê-lo.

— Para mim, foi. Eu não sei o quanto foi uma sorte para ele. Vamos encarar, se ele não tivesse me conhecido, provavelmente ainda estaria vivo.

— Não acredito que ele teria escolhido uma vida diferente.

— Não... mas eu escolheria *por* ele. — Aquiles deu de ombros. — Ele era muito paciente, teria sido um bom fazendeiro. Um bom rei. Ele teria sido bom nas coisas entediantes de verdade, casos judiciais, tudo isso.

Sempre que está sozinho com Briseida, há uma sensação da presença de Pátroclo, às vezes tão forte que é muito difícil não falar com ele. Aquiles nunca perguntou a Briseida se ela sentia, porque sabia que ela sentia. Tem sido assim desde o início, o relacionamento deles, se é que se pode chamar de relacionamento, filtrado pelo amor que ambos sentiam por Pátroclo.

Aquiles vive no presente. Ele se recorda do passado, não sem arrependimento, mas cada vez mais sem ressentimento. Ele raramente, se é que o faz, pensa no futuro, porque não há futuro. É incrível a facilidade com que aceitou isso. Sua vida repousa como uma flor de dente-de-leão na palma de sua mão aberta, uma coisa tão leve que o mais suave sopro de vento pode levá-la embora. De algum lugar, talvez de Príamo, ele parece ter adquirido a aceitação da morte como a de um velho. Ele sabe que não há futuro e de fato não se importa.

E então, certa manhã, acorda e encontra a cama vazia. Ele se acostumou com Briseida sempre presente e então se levanta e sai em busca dela. Ele a encontra do lado de fora, inclinada, vomitando na areia.

— Qual é o problema?

— Nada.

— Bem, *algo* está...

— Estou grávida.

Demora um pouco para entender. Ele diz:

— Tem certeza?

Ele tem uma vaga lembrança de alguém dizendo que uma mulher não sabe que está grávida até o bebê chutar. Seria verdade? Ele não sabe nada sobre esses assuntos.

Ela o mira fixamente nos olhos.

— Sim.

Ele acredita em Briseida. Ela não é uma mulher que conta mentiras. Ela nem mesmo mentiu sobre Agamêmnon não dormir com ela quando seria de próprio interesse fazê-lo. Então, num instante, no período de segundos, *há* um futuro, embora não um futuro do qual ele possa fazer parte, mas, ainda assim, um com o qual terá de lidar.

A ideia dessa nova vida se entranha em sua mente. E com isso vem um medo renovado de morrer. Ele acorda na escuridão, encharcado de suor, perguntando-se como, exatamente, sua vida vai acabar. Não há muito que ele não saiba sobre a morte em batalha, viu o pior, pois infligiu o pior. E então, depois, estar nu e indefeso nas mãos de mulheres... Embora sabe-se lá por que ele está se preocupando com isso. Não é como se ele vá estar *presente*, em qualquer sentido significativo.

Mas ele se preocupa com isso, nas longas horas de escuridão. E então, pela manhã, ele esquece a fraqueza da noite.

Todo esse tempo, sua lira esteve embrulhada em um pano oleado e guardada em uma arca de carvalho esculpida. De vez em quando, ele a tira e toca as cordas, embora sempre termine pondo-a de lado.

Mas então, uma noite, perto do final da trégua de onze dias, ele se pega pensando: *Como eu sei que não consigo?* A verdade é que não sabe; não vai saber até tentar. Então, ele se senta, aninha o instrumento nos braços e escolhe a melodia mais simples que conhece: uma canção de ninar. Depois de tocá-la algumas vezes, ele se põe de pé e anda de um lado para o outro, empolgado demais para ficar parado.

Depois disso, a lira nunca mais sai de suas mãos. Na noite seguinte, no salão, depois do jantar, faz duetos com Álcimo. Canção após canção, as letras se tornando cada vez mais obscenas à medida que a noite avança, até que, no fim das contas, todos estão se acabando de tanto rir. Depois, em seus aposentos, ele toca a música que amava quando menino, canções de batalha, viagens marítimas, aventuras, as mortes gloriosas de heróis...

O SILÊNCIO DAS MULHERES

É uma alegria poder tocar de novo, não apenas sentar de mãos vazias e ouvir os outros tocarem.

Briseida o observa da cama. É tarde, muito tarde.

— Acabei de lembrar, há algo que preciso fazer — anuncia ele, e se levanta e sai para o salão.

Nos degraus da varanda, ele grita por Álcimo, que vem correndo, pálido, sem fôlego, nitidamente com medo de ter feito algo errado, de que algo calamitoso tenha acontecido, como Aquiles ter encontrado um grão de sujeira no escudo milagroso. Ele serve uma bebida ao rapaz, faz com que se sente, no salão, porque não seria gentil fazê-lo na frente de Briseida, e tenta explicar. Tão grande é o alívio de Álcimo por não estar em apuros, que ele apenas fica encarando Aquiles. Está óbvio que não entendeu uma palavra.

— Se eu morrer... — diz Aquiles mais uma vez.

Pelo menos essa parte parece penetrar, embora a princípio Álcimo não se pronuncie, apenas faça movimentos de repelir com as duas mãos, como se essas fossem as piores palavras que já ouvira. *Bem, se eu consigo enfrentar isso, com certeza você consegue?*, Aquiles pensa, começando a perder a paciência.

— *Se* eu morrer... Eu não estou dizendo que vou, *se...*

Álcimo parece apavorado.

— Olha, eu não tive uma premonição ou algo parecido... — Não é premonição, é certeza. — Eu só quero fazer alguns planos sensatos para o futuro.

Álcimo fica boquiaberto.

— Briseida está grávida. — Ah, *isso* penetrou. — Se eu morrer, quero que você se case com ela e...

Ele levanta a mão.

— Se. *Se.* Quero que você a leve para o meu pai. Eu quero que a criança cresça na casa do meu pai.

Silêncio.

— Estamos entendidos?

Álcimo diz, miseravelmente:

— É uma honra que não mereço.

— Mas vai fazer isso?

— Sim.

— Jura?

— Sim, claro. Eu juro — E então indaga: — Ela sabe?

Aquiles balança a cabeça.

— Não, não há necessidade de contar a ela ainda. Contanto que você e eu saibamos o que está acontecendo.

Ele diz boa-noite e volta para seus aposentos, onde encontra Briseida sentada na cama à sua espera. Por um momento, fica tentado a ceder e se juntar a ela, mas seu humor mudou agora, escurecendo conforme as sombras caem.

Então, ele se senta perto do fogo e pega a lira novamente, lembrando-se da canção em que estivera trabalhando antes da morte de Pátroclo. Tinha sido uma parte tão importante de suas últimas noites juntos que ele não tem certeza se pode suportar tocá-la, mesmo naquele instante. E, de fato, as primeiras notas o levam às lágrimas. Porém, depois de alguns minutos, ele tenta mais uma vez e dessa vez toca até o fim. Exceto que não *há* um fim. *Sim*, ele se lembra, *esse sempre foi o problema, não foi?* Ele nunca foi capaz de terminar a maldita música. E Pátroclo não ajudava. "Não vejo o que tem de errado com ela, me parece boa."

Ele a toca por inteiro de novo, ciente de que Briseida o observa, e ciente também, inegável, poderosamente ciente, de Pátroclo sentado em sua cadeira próxima ao fogo. Porque Pátroclo cedeu nos últimos dias, na verdade desde que Aquiles recomeçou a tocar a lira, e agora vem todas as noites. É de fato muito difícil não lhe perguntar o que pensa, mas ele sabe o que Pátroclo pensa. Sempre soube. "Pelos deuses, você não pode tocar algo um pouco mais alegre? É um maldito *lamento.*"

Sorrindo com a lembrança, Aquiles volta a tocar a canção apenas para chegar à mesma sequência atormentadora de notas. A sequência de uma vasta tempestade: gotas de chuva pingando de um galho pendente, gotejando no rio rodopiante abaixo... *Sim*, sim, *mas o que vem a seguir?*

E de repente ele sabe: nada, nada vem a seguir, porque é isso, esse é o fim; estava lá o tempo todo, só que ele não estava pronto para ver. Querendo ter certeza, porque tudo isso parece um pouco simples demais, conveniente demais, toca a canção novamente, desde o início. Não, ele está certo, é isso, esse é o final. Ele olha para Briseida.

— É isso — diz ele, tocando as cordas que ainda vibram. — Está terminada.

47

As notas finais se desvaneceram no silêncio. Aquiles envolveu a lira de volta em seu pano untado com óleo e colocou-a delicadamente de lado. Naqueles poucos momentos, parecia que o tempo havia sido suspenso, que a onda que se avolumava sobre nós talvez jamais se rebentasse.

Pura ilusão, é claro. O futuro precipitava-se em nossa direção, a vida de Aquiles medida, agora, em dias, não semanas.

Na manhã do dia em que voltou à guerra, Aquiles parou nos degraus da varanda e gritou por Álcimo, que veio correndo como sempre, com o rosto redondo e honesto a brilhar de suor. Ele parecia apavorado. Eu ainda estava na cama, mastigando um pedaço de pão seco. Ritsa havia me dito que, se você consegue comer alguma coisa antes mesmo de mexer a cabeça, isso impede o aparecimento dos enjoos matinais. Bem, não funcionou, mas pareceu ajudar um pouco, então agora eu mantinha um pedaço sob o travesseiro. Eu não achei que qualquer coisa que Aquiles quisesse com Álcimo pudesse me envolver, então me forcei a engolir o último pedaço e me virei, com cuidado, de lado, de costas para eles.

Naquele momento, a porta se abriu e um sacerdote entrou. Sem aviso. Sem qualquer cerimônia maior. Dificilmente poderia haver uma noiva mais desmazelada ou mais malvestida, parada ali ainda desgrenhada da cama de Aquiles, envolta em um lençol manchado de sêmen, com migalhas de pão nos cabelos. Álcimo, com manchas vermelhas por todo o rosto e pescoço, lançava olhares angustiados para mim. Ao menos haviam perguntado se ele queria isso? Quando a breve cerimônia acabou, ele saiu da sala, deixando-me sozinho com Aquiles, que disse bruscamente:

— É o melhor. Ele é um bom homem.

E então, talvez percebendo o quão chocada eu estava, ele cedeu um pouco, segurando meu queixo entre o polegar e o indicador e inclinando minha cabeça.

— Ele será bondoso com você. E vai cuidar da criança.

Horas depois: a notícia da morte de Aquiles e o grande rugido da ausência em seus aposentos vazios.

Aquiles não teria aprovado a forma de sua morte: uma flecha entre as omoplatas, disparada por Páris, marido de Helena, em vingança pela morte de Heitor. Há uma versão ainda mais desagradável da história: que a flecha estava envenenada. Outros dizem que Páris atingiu-o no calcanhar, a única parte de seu corpo vulnerável a ferimentos. Preso ao chão e indefeso, ele foi despedaçado até a morte. De qualquer forma, a arma de um covarde nas mãos de um covarde: é isso que Aquiles teria considerado, embora eu suponha que ele possa ter se consolado com o fato de que ele morreu invicto em combate corpo a corpo.

Calcanhar de Aquiles. De todas as lendas que surgiram ao seu redor, essa foi de longe a mais tola. A mãe dele, em uma tentativa desesperada de torná-lo imortal, supostamente o teria mergulhado nas águas do Lete, mas ela o segurou pelo calcanhar, tornando essa a única parte de seu corpo que não era invulnerável a ferimentos mortais. Invulnerável a feridas? Todo o seu corpo era uma massa de cicatrizes. Acredite, eu *sei*.

Outra lenda: que seus cavalos eram imortais, um presente dos deuses por ocasião do casamento de sua mãe com Peleu, uma oferta devido à culpa, pode-se dizer. Os cavalos supostamente desapareceram após sua morte. Às vezes penso neles preguiçosamente mordendo a grama em um campo verde, longe do barulho da batalha, sendo cuidados por um cavalariço tolo demais para se questionar por que seus cavalos nunca envelhecem. Gosto dessa história.

Passei os primeiros dias após sua morte sentada em seus aposentos, ouvindo os gritos dos espectadores em seus jogos fúnebres. O quarto estava silencioso, duas cadeiras desocupadas voltadas uma para a outra diante da lareira vazia. Sem me virar, estava ciente do espelho de bronze atrás

O SILÊNCIO DAS MULHERES

de mim; e ciente, como às vezes se fica, de ser observada por uma pessoa que não se pode ver. Há uma crença de que os espelhos são um limiar entre nosso mundo e a terra dos mortos. É por isso que normalmente são mantidos cobertos no período entre a morte e a cremação. Mais de uma vez, fiquei tentada a me levantar e jogar um lençol sobre o espelho, porque, se já houve um espírito forte o suficiente para fazer a jornada de volta do Hades, era o de Aquiles. Mas no fim decidi deixá-lo descoberto. Mesmo se ele voltasse, eu sabia que ele não me machucaria.

Na noite em que finalmente atearam fogo a Troia, foram necessários três dias inteiros de saque para desnudar a cidade, Agamêmnon deu um banquete. Um dos convidados de honra era o filho de Aquiles, Pirro, que havia matado Príamo, ou melhor, o massacrara. Ele havia chegado ao acampamento ansioso para lutar ao lado do pai: o momento para o qual vinha treinando desde que tinha idade suficiente para levantar uma espada, mas, quando chegou a Troia, Aquiles já estava morto. Um túmulo, uma cabana vazia, mas não um pai vivo para saudá-lo. No jantar no salão, eu o observei cambalear pelo chão, seu rosto jovem e puro, sem expressão devido à bebida e ao choque, olhando de um homem para outro, desesperado para que aqueles homens que conheceram seu pai, que lutaram ao lado de seu pai, dissessem o quão parecido com Aquiles ele era. *Ora, não é parecido com ele? Juro pelos deuses, você pensaria que Aquiles havia retornado...* Mas ninguém o fez.

No banquete, Agamêmnon ficou tão bêbado que caiu duas vezes. A segunda queda pareceu soltar algo dentro de seu cérebro confuso. Álcimo, que fora convidado a sentar-se à mesa principal, tendo se saído muito bem na batalha, seja lá o que "se sair bem" em uma cidade saqueada signifique, ouviu-o divagar para Odisseu.

— Aquiles — ele ficava dizendo. — Aquiles.

— O que tem ele?

Odisseu também estava bêbado, mas tão astuto como sempre.

— Sabe quando te enviei para vê-lo?

— Sim?

— Prometi a ele as vinte mulheres mais bonitas de Troia...

Odisseu esperou esclarecimentos.

— Sim?

PAT BARKER

— Bem, você não entende, ele tem que tê-las, não é?

— Hum, não, não mesmo, ele *está* morto. Ele com certeza não precisa de vinte mulheres, até mesmo uma seria um desperdício.

Mas Agamêmnon estava determinado: Aquiles precisava receber sua parte. Claro, Agamêmnon estava aterrorizado, e dificilmente eu poderia culpá-lo por isso. Havia me sentado de costas para o espelho de bronze e sentido como Aquiles ainda podia ser uma força poderosa. Mas o medo de Agamêmnon ia além da razão. Ele estava se inclinando na direção de Odisseu, sacudindo seu ombro. Veja o problema que Aquiles causou por causa daquela garota. Uma garota, e ele não continuaria lutando porque não podia tê-la.

— Quase nos custou a guerra.

Odisseu acenou com a mão, com desdém.

— Bem, ele não pode lhe custar a guerra *agora*, pode? Você ganhou.

— Não, mas ele pode nos impedir de chegar em casa.

— Eu realmente não vejo como. — Odisseu já estava ansioso para rever sua esposa. — Tudo o que precisamos é de uma mudança de vento. Então são três dias, só isso.

Mas, aos poucos, à medida que a noite avançava, o nervosismo de Agamêmnon se transformou em certeza. Aquiles precisava ter uma garota, e não qualquer garota também. A melhor de todas, a mais bela.

E então Políxena, a filha virgem de Príamo, de quinze anos, foi selecionada para o sacrifício. Lembrei-me dela de minha época em Troia, uma garotinha robusta, moldada como um daqueles pôneis montanheses, pernas curtas, uma cabeleira castanho-escura. Ela era a caçula da grande família de Hécuba, sempre correndo para acompanhar suas irmãs, berrando o grande grito dos filhos mais novos em todos os lugares: "Esperem por mim! Esperem por mim!".

Acordei várias vezes durante aquela noite, pensando nela. De manhã, arrastei-me para fora da cama, sentindo algo de seu pavor pelo dia que se aproximava. Mas certamente não esperava estar envolvida no destino dela.

Antes do café da manhã, a garotinha que era a mensageira de Hecamede entrou correndo no pátio.

— Hecamede quer você — disse ela, sem fôlego. — Ela pediu para vir imediatamente.

O SILÊNCIO DAS MULHERES

Pensei que talvez Hecamede tivesse adoecido, não conseguia imaginar o que mais poderia ser, então corri todo o caminho até a cabana de Nestor, ou fiz o que mais parecia com correr de que era capaz àquela altura. Minha gravidez estava apenas começando a aparecer. Nenhum dos homens por quem passei estava de fato acordado, todos ainda dormiam a embriaguez da noite anterior e os guardas de Nestor não eram exceção. O próprio Nestor, porém, estava de pé e vestido. Hecamede gesticulou para que eu a acompanhasse para dentro do salão.

— Soube de Políxena?

Eu assenti. Não disse mais nada: não adiantava, então ficamos paradas na penumbra e nos entreolhamos. Então Hecamede disse:

— Nestor quer que eu vá com ela, ele diz que a mãe e as irmãs não terão permissão para ir e... Bem. Ela não pode ir sozinha.

Ela retorcia a ponta do véu entre os dedos.

— Você vem comigo?

Encarei-a. Vi o quão pálida, nauseada e apavorada ela aparentava estar, e essa era uma mulher que havia sido bondosa comigo quando realmente importava.

Respondi:

— Sim, claro que irei.

Ela acenou com a cabeça. Então, voltando-se para a mesa ao lado, começou a organizar pequenos bolos de mel em uma bandeja.

— Elas não comeram nada.

Sua voz estava trêmula, ela estava se obrigando a se manter ocupada para não ter tempo para pensar. Eu a ajudei a arrumar os bolos e ela entregou as bandejas para que dois dos servos de Nestor as levassem para a arena. Eu duvidava muito se alguma parte daquilo seria consumida, mas pude ver que ela precisava permanecer em atividade. Terminamos de arrumar uma segunda fornada de bolos e nos preparamos para o que sabíamos que teríamos de enfrentar.

As mulheres da casa real, a viúva de Príamo, as filhas e as noras, estavam sendo mantidas na mesma pequena cabana em que fui colocada na noite em que cheguei. Estava terrivelmente superlotada, pior agora do que havia sido naquela época, e algumas das mulheres haviam se espalhado e estavam sentadas ou deitadas na areia. Cabelos pegajosos, rostos machucados, olhos injetados de sangue, túnicas rasgadas: suas próprias

PAT BARKER

famílias teriam tido dificuldade para reconhecê-las. Helena havia recebido uma cabana para si mesma. Provavelmente era o melhor, se ela tivesse sido alojada com as mulheres troianas, duvido que teria durado a noite. Menelau ainda estava dizendo que iria matá-la, embora tivesse alterado o plano. Agora, permitiria que seus compatriotas a matassem, apedrejada, era de se presumir, mas somente depois que a levasse de volta para casa. Ninguém acreditou em uma palavra. Todos pensavam que ela voltaria a se enfiar na cama dele, muito antes disso.

Abrimos caminho através da multidão de mulheres. Aqui e ali, via-se uma menina sendo amamentada ou uma menininha brincando apática na areia. Por força do hábito, olhei de rosto em rosto, embora não esperasse mais encontrar minha irmã. Eu havia procurado por ela entre as mulheres que vi sendo forçadas a descer a trilha lamacenta que conduzia do campo de batalha ao acampamento, escorregando e deslizando como gado rumo ao matadouro. Aquelas que caíram foram encorajadas a se levantar novamente com golpes de pontas de cabos de lanças. Nenhuma mulher grávida entre elas, percebi. E nenhuma mãe levando meninos pela mão. Agamêmnon cumprira sua palavra. Olhei de uma face apavorada para a outra, mas o medo as fazia parecer iguais. Levei muito tempo para ter certeza de que ela não estava lá. Mais tarde, alguém me disse que um pequeno grupo de mulheres havia se atirado da cidadela quando viram guerreiros gregos atravessando os portões. Eu não tinha como saber, mas pensei no mesmo instante que minha irmã estaria entre elas. Ianthe seria capaz de fazê-lo, assim como eu não o era.

Dentro da cabana, encontramos Hécuba com Políxena ajoelhada a seus pés. Ao lado delas, Andrômaca, a viúva de Heitor, estava sentada olhando para o nada. A mulher ao meu lado disse que Andrômaca acabara de saber que ela fora concedida a Pirro, filho de Aquiles, o menino que matara Príamo. Olhando para o rosto dela, dava para ver o quão pouco isso lhe importava. Menos de uma hora antes, Odisseu pegara seu filhinho por uma das pernas rechonchudas e o atirara das ameias de Troia. Seu único filho morto, e naquela noite ela deveria abrir as pernas para seu novo dono, um adolescente espinhento, filho do homem que matara seu marido.

Ao fitá-la, ouvi novamente, como vinha ouvindo há meses, as últimas notas do lamento de Aquiles. Os versos pareciam ter ficado presos dentro do meu cérebro, uma infestação em vez de uma canção, e me

O SILÊNCIO DAS MULHERES

ressenti disso. Sim, a morte de jovens em batalha é uma tragédia, perdi quatro irmãos, não precisava que ninguém me dissesse isso. Uma tragédia digna de inúmeros lamentos, mas o destino deles não é o pior. Observei Andrômaca, que teria de viver o resto de sua vida podada como escrava, e pensei: *Precisamos de uma nova canção*.

Nada pior poderia acontecer a Andrômaca a partir dali, mas aos pés de Hécuba estava Políxena, aos quinze anos, com toda a vida pela frente, e ela tentava consolar a mãe, implorando que não sofresse.

— Melhor morrer no túmulo de Aquiles — ouvi-a dizer — do que viver e ser uma escrava.

Ah, essas moças impetuosas.

Hecamede abriu caminho até a frente e falou brevemente com Hécuba, depois fomos nos sentar no canto, nas sombras. Não éramos necessárias ainda.

Vagando pela periferia da multidão, Cassandra, outra filha de Príamo, fazia caretas, murmurava e soltava gritos ocasionais. Pensei que talvez uma de suas irmãs fosse tentar contê-la, mas até suas próprias parentas pareciam evitá-la. Ela era uma sacerdotisa virgem de Apolo, que uma vez a beijou para lhe dar o dom da verdadeira profecia e, então, quando ela ainda assim se recusou a fazer sexo com ele, cuspiu em sua boca para assegurar que nunca acreditariam em suas profecias. Surpreendentemente, Agamêmnon a escolheu como prêmio. Só os deuses sabem o porquê, talvez ele sentisse que não ofendera Apolo o suficiente. Ela era uma presença perturbadora e ruidosa; ainda usando as faixas escarlates do deus, embora as guirlandas em seu pescoço estivessem murchas agora, corria de um lado a outro na cabana, empurrando para o lado qualquer uma que cruzasse seu caminho. Foi um alívio quando os assessores de Agamêmnon vieram para levá-la embora. Nos últimos momentos, se agarrou à mãe, balbuciando algo sobre redes e machados, profetizando que ela e Agamêmnon morreriam juntos, que, ao escolhê-la, ele escolhera a morte. Ninguém acreditou nela. E então, ainda delirando, deixou-se ser arrastada, a maldição do deus perseguindo-a até o fim.

Ao passarem por mim, ouvi um dos guardas comentar:

— Puta merda, eu não ia querer isso na minha cama.

— Não — disse o outro —, nunca arriscaria dormir.

Em seguida, foi a vez de Andrômaca ser levada embora. Ela estava muito atordoada de dor para sentir a separação, embora tenha sido um momento ruim para mim, porque foi Álcimo quem veio buscá-la. Suponho que eu deveria ter esperado isso, ele serviu a Aquiles, agora servia ao filho de Aquiles, é claro que seria enviado para buscá-la. Não tinha visto muito Álcimo recentemente. A verdade é que, nos últimos dias, eu estivera evitando-o tanto quanto pude. Eu teria de passar o resto da minha vida com esse homem e saber o que ele fez nos últimos dias e horas de Troia não tornaria isso mais fácil. Agora eu sabia, ou pelo menos sabia de uma coisa: que ele foi o homem que levou Andrômaca embora.

Segurando-a pelo braço, ele parou perto de mim. Sussurrei:

— Quão perto estamos de partir?

— Não muito, ninguém levantou ainda. — Ele sacudiu a cabeça em direção a Políxena. — E tem aquilo…

Ah, sim, pensei. *Tem aquilo.*

As horas se arrastaram, à medida que, muito devagar, o acampamento grego ganhava vida ao nosso redor. Tudo o que precisava ser dito havia sido dito, todos estavam exaustos devido ao luto e ao medo. Eles queriam que tudo acabasse, mas ao mesmo tempo tinham vergonha de o querer, porque esses eram os últimos minutos preciosos da vida de Políxena.

— Ele pode mudar de ideia — disse Hecamede.

Eu sabia que ele não iria. A menos, é claro, que tivesse esquecido o que dissera, o que era possível, dado o quão bêbado estava na hora. Embora, se esquecesse, haveria outros para lembrá-lo: Odisseu, que havia argumentado de forma tão eloquente para que o filhinho de Heitor fosse morto. E, além disso, Agamêmnon estava genuinamente com medo de Aquiles, com mais medo dele agora, é provável, do que quando ele estava vivo. Em vida, poderia pelo menos subornar o safado, ou tentar; bem, eu suponho que a morte de Políxena poderia ser vista como um suborno. Não, ele iria até o fim, com certeza. Ele faria o que fosse necessário para manter aquele espírito turbulento no submundo.

Já passava do meio-dia quando os homens vieram. Eles tentaram agarrar Políxena pelos braços e puxá-la para fora, mas Hécuba se levantou e os confrontou, olhando primeiro nos olhos de um homem e depois nos de outro até que, por medo ou vergonha, eles baixaram o olhar. Em sua túnica amarrotada e enlameada, ela ainda era Hécuba, a rainha. E, de fato, nenhuma força foi necessária: Políxena estava mais do que pronta para ir. Vestindo uma túnica branca e limpa que pertencera a Cassandra, os cabelos penteados e trançados, parecia mais jovem do que era, mas estava calma ao abraçar a mãe e as irmãs pela última vez. Hecamede e eu tomamos nossos lugares ao lado dela e lentamente, precedidas pelos guardas, nos arrastamos até a porta.

Quando saímos da cabana, ouvimos Hécuba uivar como uma loba que acabara de ver o último de seus filhotes ser morto. Ao ouvir o som, Políxena tentou se virar e um dos homens a agarrou com força pelo braço. Entrando na frente dele, eu disse:

— Não há necessidade disso.

E para minha surpresa, devo dizer, ele a soltou.

Foi uma caminhada longa e íngreme até o promontório. Nós nos posicionamos um passo atrás dela, prontas para apoiá-la, caso ela precisasse. Eu não conseguia parar de me lembrar da garotinha atarracada que corria atrás de suas irmãs mais velhas, gritando: "Esperem por mim!".

Um exército inteiro esperando por ela agora.

Ela caminhou com firmeza até chegar ao pé do túmulo onde Agamêmnon estava com Pirro ao seu lado. Pirro, ainda o favorito porque havia matado Príamo, recebera a honra de sacrificá-la no túmulo do pai, embora seja perdoável caso se pergunte quantas honras um adolescente merece por ter despedaçado um velho frágil até a morte. Quando viu os dois parados ali, Políxena vacilou.

Nestor deu um passo à frente, sussurrou algo para Hecamede e entregou-lhe uma tesoura. Então, sem encontrar meus olhos, ele me deu uma faca. Hecamede, com as mãos tremendo incontrolavelmente, começou a tentar cortar as tranças da garota; mas a tesoura não era afiada o suficiente e as lâminas apenas mastigaram as grossas mechas de cabelo. Então, tivemos de parar e desatar as tranças, um trabalho complicado sob o sol quente com milhares de guerreiros observando. Por fim, seus cabelos, pelo longo confinamento, serpenteavam por suas costas até a cintura. De alguma forma, segurando mechas grossas em nossas mãos, conseguimos cortá-lo, apesar de, quando terminamos, eu estar com a boca seca e tremendo quase tanto quanto a própria Políxena. Precisei ficar engolindo para não vomitar. Lembro-me de sombras negras no solo pisoteado, do calor branco e abrasador do sol na minha nuca. E então, sem aviso, Políxena se levantou, cambaleou alguns passos para a frente e começou a falar. Consternação instantânea. Talvez pensassem que ela iria amaldiçoá-los, e a maldição de uma pessoa prestes a morrer é sempre poderosa, pois ela não foi além do nome de Agamêmnon quando um guarda a agarrou e a segurou enquanto outro forçava uma tira de pano preto entre seus dentes e o amarrou com força atrás de sua cabeça. Seus braços foram puxados para trás e amarrados nos pulsos. Cortada e amarrada assim, incapaz de falar, ela começou a gritar do fundo da garganta, o som que um touro às vezes faz antes do sacrifício.

Diretamente à nossa frente, em duas longas filas atrás de Agamêmnon, sacerdotes vestidos de escarlate e preto começaram a entoar hinos para os deuses.

Políxena foi arrastada para a frente e forçada a ficar de joelhos à sombra do túmulo. Parecendo verde e doente, Pirro deu um passo à frente e começou a gritar o nome do pai:

— Aquiles! Aquiles! — E então, sua voz falhando: — Pai!

Pensei que ele parecia um garotinho com medo do escuro. Agarrando Políxena pelo pouco que restava de seus cabelos, ele puxou sua cabeça para trás e ergueu a faca.

Um corte rápido e limpo, eu honestamente acredito que ela estava morta antes de atingir o chão. Ou pelo menos tenho de torcer para que estivesse, embora ainda tivéssemos de testemunhar os espasmos e sacudidas de seu corpo após a morte.

Nenhuma outra cerimônia. Todos, incluindo Agamêmnon, talvez especialmente Agamêmnon, estavam ansiosos para ir embora. Contudo, pensando bem, duvido que a morte de Políxena o tenha afetado muito. Esse era um homem que havia sacrificado a própria filha para conseguir um vento favorável até Troia. Olhei para ele quando se virou e se afastou e vi um homem que não aprendeu nada e não esqueceu nada, um covarde sem dignidade, honra ou respeito. Eu o vi como Aquiles o via, suponho.

Hecamede e eu ficamos de lado, esperando que os homens se dispersassem, antes de descermos a colina juntas. Não falamos muito. Acho que nós duas estávamos nos contendo, determinadas a *não sentir*. A certa altura, paramos e olhamos para trás, para a cidade em chamas. Uma enorme bola de fumaça preta, atravessada por jatos de chamas vermelhas e laranja, elevava-se ao céu acima da cidadela. Eu tremia, mais naquele momento do que quando Políxena morreu. Por que assisti? Eu poderia ter olhado para longe ou para o chão e não ter visto o exato momento

O SILÊNCIO DAS MULHERES

de sua morte. Mas eu queria poder afirmar que estive com ela até o fim. Eu queria testemunhar.

No sopé da colina, paramos. Poderíamos ter voltado para a cabana de Nestor, atacado seus estoques de vinho e passado o restante do dia ficando completamente bêbadas, acho que ninguém teria nos culpado; mas, em vez disso, sem precisarmos sequer consultar uma à outra, voltamos à cabana onde as mulheres troianas eram mantidas. O interior agora estava ainda mais quente e fedorento do que antes: aquele cheiro feminino característico de mães que amamentam e garotas menstruadas. Hécuba parecia atordoada. Ajoelhamo-nos diante dela e contamos como Políxena morrera com bravura, como fora rápido, limpo e fácil. Ela assentiu com a cabeça, retorcendo as mãos em um pedaço de pano em seu colo. O quanto ela entendeu, eu não sei. Uma das mulheres tentava persuadi-la a beber, mas depois de umedecer os lábios Hécuba afastou a caneca com a mão.

Depois de quase uma hora dentro da cabana superlotada, eu me sentia tonta e tive de sair para a arena. Mesmo ali, o ar cheirava a queimado e tinha gosto de poeira. À distância, as longas filas de navios negros cintilavam com o calor. Saindo da névoa, vi um homem caminhando em minha direção, sua forma oscilando conforme se aproximava: Álcimo. Ele carregava um escudo enorme e brilhante, não o dele, e na dobra do outro braço, o que a princípio parecia um pacote de trapos. Quando se aproximou, vi que era uma criança morta. Recuei, pensando que deveria correr para a cabana e avisá-las, porque soube no mesmo instante que esse devia ser o filhinho de Heitor; eu não tinha ideia de quem mais poderia ser. Mas, em vez disso, esperei por Álcimo ao lado da porta.

Nós nos encontramos sobre o corpo da criança morta, homem e mulher, grego e troiana, e ele me contou o que havia acontecido. Colocada cara a cara com Pirro, o menino que agora era seu mestre, Andrômaca caiu de joelhos e implorou-lhe que não deixasse o corpo de seu filho apodrecer sob as ameias de Troia, mas que o deixasse ser enterrado ao lado de Heitor e embalado no escudo do pai. Ela estava pedindo muito, não tanto o enterro, que tomaria menos de uma hora a dois homens, mas a entrega do escudo. Esse era o escudo que Aquiles havia tirado de Heitor no dia em que o matou, e era possivelmente o item mais precioso que Pirro herdara do pai. O escudo de Heitor teria um lugar de destaque no salão de Peleu nas gerações vindouras.

291

No entanto, para fazer justiça a Pirro, ele concordou, embora não permitisse a Andrômaca o preparo da criança para o enterro, ele precisava que ela embarcasse imediatamente; planejava navegar assim que o vento mudasse.

— Então... — disse Álcimo. — Aqui está ele. Eu o lavei no rio na subida, não haverá tempo para elas fazerem isso.

Ajoelhando-se, ele transferiu o corpinho de seus braços para o interior do escudo e carregou-o para a cabana.

A princípio ninguém lhe deu atenção, era apenas mais um guerreiro grego abrindo caminho no meio da multidão, mas então alguém avistou o que ele carregava. O conhecimento saltou de língua em língua para ser seguido, imediatamente, pela primeira ululação de pesar. O som aumentou num crescendo e se esgotou, gradualmente, enquanto Álcimo colocava seu fardo aos pés de Hécuba.

Nada poderia ter preparado Hécuba para isso. Ela sabia, é claro, que o neto estava morto, mas saber era uma coisa, ver seu corpo depositado no chão diante de si, com seus bracinhos e perninhas quebrados e um corte na cabeça, profundo o suficiente para expor o cérebro, isso era outra bem diferente. A avó caiu de joelhos ao lado dele e começou a tocá-lo todo. A certa altura, ela parecia prestes a pegá-lo, mas recuou e o deixou deitado onde estava, na cavidade do escudo de seu pai. Em determinados momentos, creio que ela não sabia por quem estava chorando. Mais de uma vez, ela o chamou de "filho", como se pensasse que era Heitor deitado ali, Heitor, como ele havia sido no início quando ela o segurou pela primeira vez em seus braços.

Álcimo sussurrou:

— Vou cavar a cova. Estamos quase prontos para zarpar, ele está apenas esperando o vento. Eu sei que é difícil, mas elas têm que se apressar.

Hecamede correu pela arena para buscar um tecido de linho limpo na cabana de Nestor e juntas ajudamos a preparar a criança para o enterro. Uma ou duas mulheres trouxeram miudezas que conseguiram preservar, tudo o que não fora arrancado de seus pescoços pelos guardas, e as colocamos em volta do pescoço do bebê para que tivesse algo que ao menos parecesse um enterro de um membro da realeza.

Hécuba estava mais calma no final, embora o ferimento na cabeça do menino a angustiasse.

O SILÊNCIO DAS MULHERES

— Não consigo esconder isso — ela ficava dizendo.

Hecamede ajeitou uma dobra de pano para cobrir a cabeça da criança, mas não fez diferença. Hécuba continuou repetindo:

— Não consigo esconder isso, não consigo esconder isso.

Ela amassava as dobras da túnica nas mãos e olhava vagamente de um rosto a outro.

— Não consigo esconder isso.

Não, pensei. *Nenhuma de nós consegue.*

De repente, ela se sentou sobre os calcanhares, parecendo de súbito quase indiferente, dizendo que tínhamos feito tudo que podíamos e tínhamos de deixar a criança agora, Heitor cuidaria dele no outro mundo. Houve um suspiro coletivo de alívio quando ela o deixou ir. Eu não sabia até então que estava prendendo a respiração.

Álcimo voltou com Automedonte, que o ajudara a cavar a sepultura, e juntos levaram o corpinho embora.

Hécuba continuou ajoelhada, balançando para a frente e para trás, esfregando as mãos vazias para cima e para baixo nas coxas.

— Não importa para eles — disse ela, referindo-se aos mortos. — Não importa para eles se têm um grande funeral ou não. É só para os vivos, tudo isso. Os mortos não se importam.

Ela ficou quieta depois disso. Todas ficamos, embora o clima tenha mudado assim que Álcimo e Automedonte retornaram.

— Precisa ir agora — Automedonte disse a ela, falando bem alto e com muita clareza, como se pensasse que ela poderia ser surda ou demente. — Odisseu está pronto para navegar.

Odisseu havia matado seu neto e agora ela era escrava de Odisseu. Observei quando duas das mulheres a ajudaram a se levantar. Ela parecia tão frágil, tão magra, como uma folha no inverno que as tempestades desnudaram até suas veias enrugadas. Sinceramente, pensei que ela não viveria o suficiente para chegar aos navios. Eu esperava que não, para o próprio bem dela.

Mais guardas chegaram. Sem gentileza agora, sem consideração pela idade e enfermidade. As mulheres foram conduzidas rudemente para a arena e alinhadas para a marcha até os navios. Comecei a andar para o outro lado, determinada a dar uma última olhada no túmulo, mas um dos guardas ergueu sua lança e tive de recuar.

293

PAT BARKER

— *Ei!* — alguém o repreendeu. — O que você pensa que está fazendo? Essa é a *esposa* de Álcimo.

Imediatamente, a lança foi abaixada.

Então, eu estava livre para voltar ao túmulo. Havia mais uma coisa que eu sabia que precisava fazer. O cadáver de Políxena estava onde havia caído, seu manto branco esvoaçando ao redor dela com o vento que nos levaria para longe de Troia. Preparando-me, eu a rolei de costas.

O corte profundo em sua garganta fazia com que parecesse ter duas bocas, ambas silenciosas.

O silêncio é apropriado à mulher.

Lentamente, porque o nó atrás de sua cabeça estava emaranhado em seus cabelos, soltei a mordaça e a tirei de sua boca. Seus olhos olhavam para mim, cegos. Quando terminei, meus dentes batiam e tive de me virar.

Olhei para baixo e vi, bem abaixo de mim, homens como colunas de formigas negras transportando cargas pelos passadiços dos navios. As cabanas estariam vazias naquele instante. Imaginei o acampamento como seria no próximo inverno, como os ventos fortes assobiariam pelas salas desertas. Na próxima primavera, ou na primavera seguinte, as mudas teriam criado raízes nas sarjetas, a guarda avançada de uma floresta que um dia reclamaria o que lhe pertencia. E na praia propriamente dita, nada restaria, nada, apenas aqui e ali algumas vergas quebradas, alvejadas como ossos pelo sol. E, ainda assim, as torres quebradas e enegrecidas de Troia estariam de pé.

Olhei para o túmulo e tentei me despedir de Pátroclo, que sempre havia sido delicado, e de Aquiles. Eu não sofri por Aquiles naquela época, e não sofro agora, mas muitas vezes penso nele. Como não pensaria? Ele é o pai do meu primeiro filho. Mas dizer adeus a ele naquele dia foi difícil. Lembrei-me de como ele segurou meu queixo com a mão, virando minha cabeça de um lado para o outro, antes de caminhar para o centro da arena, erguendo os braços e dizendo: "Obrigado, companheiros. Ela serve". E de novo, no final, segurando meu queixo, inclinando minha cabeça: "Ele é um bom homem. Ele será bondoso com você. E ele vai cuidar da criança". Aquela voz, sempre tão dominante, abafando todas as outras vozes.

Mas é das garotas de quem mais me lembro. Arianna, estendendo a mão para mim no telhado da cidadela antes de se virar e mergulhar para a morte. Ou Políxena, apenas algumas horas atrás: "Melhor morrer no

O SILÊNCIO DAS MULHERES

túmulo de Aquiles do que viver e ser uma escrava". Eu fiquei lá, no vento frio, sentindo-me embrutecida, deslocada e degradada em comparação com sua ardente pureza. Mas então senti meu bebê chutar. Pressionei a mão com força contra minha barriga e fiquei feliz por ter escolhido a vida.

Álcimo, acenando com urgência, subia a colina na minha direção. Obviamente, os navios estavam prontos para zarpar. Virei-me para dar uma última olhada no monte. Em algum lugar sob todas as toneladas de terra que os mirmídones ergueram em homenagem ao seu líder perdido, Aquiles jaz com Pátroclo, seus ossos carbonizados misturados em uma urna de ouro. Mesmo longe, no mar, aquele monte ainda era visível, sua terra vermelha cozinhando ao sol. E ainda deve estar lá, embora a grama cresça verde sobre ele.

Álcimo quase chegara ao topo da colina e eu ainda não havia conseguido encontrar uma maneira de me despedir. Pensei: *Imagine, imagine que apenas uma vez,* uma, *em todos esses séculos, os deuses traiçoeiros mantenham sua palavra e Aquiles receba glória eterna em troca de sua morte prematura sob as muralhas de Troia...?* O que pensarão de nós, o povo daqueles tempos inimaginavelmente distantes? De uma coisa eu sei: não vão querer a realidade brutal da conquista e da escravidão. Não vão querer ser informados sobre os massacres de homens e meninos, a escravidão de mulheres e garotas. Não vão querer saber que vivíamos em um campo de estupro. Não, vão preferir algo muito mais suave. Uma história de amor, talvez? Só espero que consigam entender quem eram os amantes.

A história dele. *Dele*, não minha. Termina em seu túmulo.

Álcimo está aqui agora, tenho que ir. Álcimo, meu marido. Um pouco tolo, talvez, mas como Aquiles disse: um bom homem. E, de qualquer maneira, há coisas piores do que se casar com um tolo. Então, dou as costas para o túmulo e deixo que ele me conduza até os navios. Uma vez, há não muito tempo, tentei sair da história de Aquiles e falhei. Agora, minha própria história pode começar.

NOTA DA AUTORA

Gostaria de agradecer a Clare Alexander por muitos anos de incentivo e bons conselhos, primeiro como minha editora na Viking Penguin e, mais recentemente, como minha agente na Aitken Alexander Associates. Simon Prosser, da Hamish Hamilton, sempre foi um editor muito entusiástico e encorajador. Nenhuma autora poderia ter uma equipe melhor, e eu sei a sorte que tenho.

Um agradecimento especial também à minha preparadora, Sarah Coward, que sempre consegue ser ao mesmo tempo meticulosa e diplomática.

Por fim, gostaria de agradecer à minha filha, Anna Barker, por ser uma primeira leitora assustadoramente objetiva.

SIGA NAS REDES SOCIAIS:

@editoraexcelsior
@editoraexcelsior
@edexcelsior
@editoraexcelsior

editoraexcelsior.com.br